MINGUO TONGSU XIAOSHUO
DIANCANG WENKU

白门秋

民国通俗小说典藏文库·冯玉奇卷

冯玉奇 ◎ 著

中国文史出版社

目　录

第一回

情急智生掌颊拯义士

被炮火曾经一度袭击过后的石头城，此刻又繁荣地热闹起来。沿着那秦淮河两岸，已没有过去那样一片焦土满目荒凉的悲惨的景象了。那巍峨的高楼、富丽的大厦，密密地在泥土地上建筑起来。灯红酒绿，火树银花，显现着歌舞升平的气象。每当华灯初上的时候，那一片管弦呕哑之声，充满在这大都会的空气中流动，十足地表示国富民强，其乐融融，大家都在过着天上人间的幸福的生活。

金光大戏院是石头城里规模最大的一个剧院，房屋建筑得仿佛有些宫殿式的，金碧辉煌，气象是非常巍峨。据说这是当地金志光将军特地把一笔制造国防军械的费用节省下来而建筑成这个壮丽的剧院。他的目的是要博得一个唱戏姑娘的欢喜，因为将军为她花费这样巨款，给她作为演戏的场所，那么美人的芳心不是可以赤裸裸地呈现到将军的手中来了吗？

只要袋里有钱，享乐是人人都会的。所以金光大戏院自从开幕以来，票价无论怎么样昂贵，客满的牌子还是常常发现在大门口的。这原因一半固然是为了大家都想见识一下这个戏院的内容究属如何富丽，而大半还是为了"美人蕉"这个唱戏姑娘的吸引观众的魔力太伟大了。当然，在这样纸醉金迷的情况下，产生了这么一个色艺双绝的姑娘，是成为大众心目中的恋人。金志光将军固然拜倒在她的旗袍角下，就是那些胖猪似的大腹贾、年轻的学府子弟，也无不想在这位姑娘面前献些殷勤。

夜是静悄悄地占据了整个的宇宙，从远处望着黑暗里那三个"美人蕉"的大霓虹灯光的字样，是更呈现得灿烂明亮的。门口的车马是络绎不绝，粉白黛绿的太太小姐，西服革履的老爷少爷，臂挽臂，手挽手，进进出出地忙个不了。那时戏院里的锣鼓之声，已是震耳欲聋。后台化妆室中的那些角儿，画眉的画眉，点唇的点唇，也是同样地显得忙碌。

周五爷是个近六十岁年纪的人了，他的头发是完全秃顶的了。虽然过去他是被无数无数的人们所热烈地爱上过的，然而现在到底是没落在黑暗的一角里了。他在锣鼓的喧闹声中，弯了背脊，颤巍巍地踏进了化妆室。手里拿了一只精巧的小盒，用着他微弱而苍老的目光，向许多角儿的身上掠了那么一瞥。最后他步到镜台前坐着的那个妞娘身旁，用了极低沉的口吻，叫道：

"菊芬，金将军着白副官又送礼物来了。"

"是什么礼物？"

菊芬正在撮起了小嘴儿，拿着鲜红的唇膏涂抹上去，从镜内望到身后的五爷，她便回转脸儿来，颦蹙了翠眉，凝眸向他望了一眼。

周五爷被菊芬这样一问，遂把颤抖的手揭开了盒盖子，菊芬的眼睛突然受到一阵强光的威逼，使她不禁闭了一闭眼皮儿。只听五爷说道：

"是一只很大的钻戒。"

菊芬伸手接过，在那灯光反映之下，只见钻戒的光芒四射，闪烁不止，耀人眼目，果然十分珍贵。但她沉吟了一会儿，却又交还到五爷的手里去，说道：

"爹，你跟他去说，际此天灾人祸继续不断的时候，菊芬是不需要戴那些装饰品的。谢谢金将军，请他仍旧拿回去吧！"

说毕，身子又别了转去，撇了撇嘴，冷笑了一声，把她手中的唇膏对镜依然涂搽到她的小嘴儿上去。

周五爷见这孩子那种古怪的脾气，不免微微地叹了一口气，愣住了一会子，低头望着那只挺大的钻戒，忽然一撩眼皮，抬头又向镜中的菊芬微笑着道：

"菊芬，你别那么傻，金将军既然送给你这么名贵的礼物，你怎么倒不愿意收？我想这种人的金钱就是只爱在女人身上花，你不收也是白白地……"

菊芬听了他这几句话，心里老大不高兴，这就不待他说下去，把身子骤然又回过来，她绷住了面庞，含了微怒的意思，说道：

"爹，你这话太没有意思。他把我们女人家当作玩具一样看待，难道说咱们也承认自己是个被人戏弄的玩物吗？哼！你不要啰唆了，我就是得了那一枚钻戒，于爹有什么好处？"

周五爷对于菊芬这回猛可转身的姿势是感到冷不防的，一时不免吃了一惊，身子向后倒退了两步。他那两条稀疏的眉毛也紧紧地皱起来，低声地叹息道：

"孩子，你别太任性干事了，咱可是为的你好。这么一个猛虎似的大将军，凭你有几条性命敢和他强拼？这个年头儿，在这个环境之下，还不如敷衍他们得了吧！"

说到这里，顿了一顿，眼睛望到菊芬的娇靥，怒容已消失了一些，于是他又叹了一声，接下去道：

"爹的年纪是老了，什么事情都不中用，虽然你不是我亲生的女儿，但是我也抚养了你十多年，爹怎么会不希望你能够得到一些光明的前途？咱也明白金将军的人格是怎么样卑劣，不过，孩子你应该知道，得忍耐的地方是要忍耐的。"

五爷这几句话的声音是带有些颤抖的成分。菊芬满面的怒意已被五爷这几句话轻轻地拨走了，她那水盈盈的明眸凝望着五爷瘦黄而苍白的脸，她在回忆着生命过程中辛酸的一切。悲哀已占有了她整个的心灵，使她眼眶子里已含满了晶莹莹的泪水。但她还是竭力熬住悲哀的扩展，镇静了态度，点着头儿说道：

"爹，我知道你老人家是为的我好，虽然他是有势力的人，但总也不能强迫人家接收礼物的。并不是咱不肯听从爹的话，因为这个年头儿咱实在不忍心收受那种没有用的东西。你就给咱拿去还给了他，你说咱心领谢谢是了。"

菊芬说着，她又别转身子去，表示不再理睬的意思。周五爷知道菊芬的脾气，他明白不能移动她的主意，微叹了一声，移动着自己沉重的步伐，缓缓地走出化妆室的门槛。

白得标副官的为人，险恶之中带着狠毒，他是金志光将军的爪牙，也是助纣为虐的坏蛋。会客室的地板上，踱着一个身穿军服、年约三十左右的男子，他的眼睛是三角形的，鼻子挺尖，一望而知是个阴险的人。

"五爷，你瞧我这个人糊涂不糊涂？连最要紧的一件事情都忘记啦！这儿将军还有一封信给姚小姐，劳你的驾，再给咱拿进去吧！"

白得标见五爷很颓丧似的进来，便停止了踱步，迎上前去，满脸含笑地说着。

"白副官，你太客气，咱准定给你送去。只不过咱的姑娘说，她屡次花费金将军的钱，心里很不好意思。所以……所以……这个礼物她不敢受用，请你老人家带回去转向金将军说，咱们姑娘心领谢谢吧！"

五爷竭力镇静了脸部自然的表情，勉强含了一丝笑意，把那只精巧的盒儿送还过去。

白得标听他这样说，便先来了一阵哈哈的笑声，说道：

"五爷，你的姑娘真是一个大傻瓜。咱们将军的脾气就是这个样子，只要他心里爱上了谁，漫说几枚钻戒算不了什么，就是你要他的头，他恐怕也会割下来送给你的。倒是你不接受他，他老就要不高兴，说你瞧不起他，那时候他要恼怒起来，哼，哼！这就不得了，恐怕连你老人家的脑袋都要搬了家。五爷，这个话咱可不是跟你说着玩的，所以你还是快去劝你姑娘收下了是正经。"

白得标说话的神情是刻刻在转变着，他一会儿笑，一会儿恼，说到最后，才把脸色和平了许多，表示自己完全是一片好心。周五爷脸部的表情是随了白得标的话在转变着颜色，他那颗衰弱而胆小的心是显得极度紧张。在这个威胁的情势下，他当然不得不弯了腰，连说"是是"，接过了他从袋内摸出来的信件，脸上含了惊慌的笑容，说道：

"白副官，那么请你再稍待片刻，咱立刻就跟姑娘说去。"

白得标点了点头，周五爷的身子便在会客室的门口消失了。

"菊芬，唉！咱早就猜想到的，你不收受，他肯依吗？并且，并且……他还有一封信写给你哩！"

周五爷第二次和菊芬见面的时候，轻轻地叹了一口气，脸部是浮现了忧郁的神色。菊芬已是扮好了头脸，她把那雪白的牙齿微咬着殷红的嘴唇皮子，恨恨地把脚一顿，接过了那封信笺，展开来瞧道：

　　兹着白副官奉上钻戒一枚，希请哂纳。今晚十二时半，在国华饭店请客，散戏后即请大驾贵临，不得有误。现约友朋多人，在本院包厢内捧你，咱们在舞台上再行相见吧！

　　此请

　姚菊芬台安！

　　　　　　　　　　　　　　　金志光手启

　　　　　　　　　　　　　　　即日

菊芬瞧毕这张字条儿，觉得"不得有误"之句未免带有些命令式，一时非常愤怒，冷笑了一声，把那笺纸早向地上掷去了。周五爷还不知道里面写的是些什么话，见菊芬恼恨的举动，心里急得什么似的，慌忙俯身去把信笺拾来，瞧了一遍之后，方才恍然大悟，遂忙用了央求的口吻说道：

5

"菊芬，我劝你还是去一次吧！"

"哼！其实我又并不是怕他，因为我不愿意跟他们这一班狗蛋厮混在一块儿。也好，我就去一次有什么关系？"

菊芬鼓着红红的脸腮子，恨恨地说。周五爷这才落下了一块大石，觉得身子轻松了许多，微笑着道：

"随机应变，那才是个聪敏的人。菊芬，总有那么一天让咱们脱离了白门，才会见到光明哩！"

说着，又把手中拿着的钻戒盒儿送了过去。

"不，爹，你给我藏着吧！"

菊芬摇了摇头，正在说的时候，外面有人喊苏三上场，于是菊芬披上了戏装，五爷给她上了鱼枷，她便轻移着步子到后台去了。

这是一出《三堂会审》的戏，当玉堂春出场的时候，整个院子里的观众，大家都静寂得鸦雀无声，几千道目光都集中在那个绣花的门帘上。因为是静寂的缘故，所以菊芬在后台门帘那一声"苦啊！"的叫头，更觉得清脆动听，凄婉欲绝。不见其人，先闻其声，大家已不禁为之动容。菊芬在门帘一掀步出后台的当儿，耳中就听得一阵喝彩的声音，犹若雷响。菊芬偶一抬头，瞥见那楼上包厢内果然坐有十多个身穿军服和便服的男子，其中一个正是金志光，他今天没有穿军装，着了一件蓝缎的袍子，外罩一件黑缎的马褂。一个四方皮肤甚为粗糙的脸，两条浓眉，一双环眼，人中上留了一小撮的短须，嘴里衔了一段雪茄烟。他此刻的两眼受了强有力的吸引，全副精神都集中在菊芬的脸上，所以菊芬抬头向他望的时候，四道目光就接了一个正着。金志光见菊芬居然秋波脉脉送情，一时真乐得满心甜蜜，向她笑了一笑，但菊芬却垂下了粉颊，慢步地跪到都察院的门口去了。

《三堂会审》原是全部《玉堂春》中最精彩的一段，其中唱词有导板、原板、快板、二六等调门。扮演玉堂春的人当然是颇为吃力。以菊芬的嗓子及身段和表情演出，真是入木三分，形容毕肖。

审到关帝庙与公子相会之时,其娇羞之态令人为之神往。审到洪洞县坐监无人探望之时,其哀怨之声,又令人为之凄然。迨后王公子吩咐她"出院去吧",在菊芬口中念出"悲悲切切出察院"之句,触鼻辛酸,几乎引人泪下。一时彩声四起,掌声更加在空气中流动了。

散戏后的化妆室中,嘈杂的声音又热闹起来。许多角儿在卸妆的时候不免高谈阔论,嘻嘻哈哈地笑作一堆。菊芬因为不情愿赴这个约会,所以戏妆也不卸,坐在椅上,兀是呆然地出神。扮演王公子的是个反串小生李雅君,她本来也是唱青衣的。这时她已穿了一件墨绿绸的夹旗袍,笑盈盈地走过来。耳朵上那串亮晶晶钻石的环子在灯光下荡来荡去,怪耀人眼目的。她把手搭在菊芬的肩胛上,望着她发怔的意态,柔声儿地笑道:

"咱亲爱的玉堂春呀!你想什么心事啦?咱王公子可不是负心的郎,你快跟咱回去享受画眉之乐吧!"

她一面说,一面已是抿着嘴儿咪咪地笑起来。菊芬见她讨自己的便宜,遂抬头啐了她一口,笑嗔道:

"亏你说得出,羞也不羞?"

说时,秋波白了她一眼,把手儿扬了一扬,做个要打她的姿势。

"那有什么害羞?咱们俩不是一对夫妇吗?刚才你自己还怨恨咱薄幸呢!"

李雅君却并不逃开,反走了上去,把她的手握住了。说了这几句话后,忍不住又咪咪地笑弯了腰。

菊芬见她花朵儿似的脸和那柳条儿那么的腰,觉得真也怪惹人爱怜的,遂把她身子直拉到自己的身怀来,望着她花枝乱抖般的意态,微笑道:

"你真也高兴,做人家的丈夫到底有什么好处呢?"

"不高兴又怎么办?常言说得好,积劳所以致疾,久郁因以丧生。谁像你成天地愁眉不展,好像家里柴米没有了的模样,那又有何苦呢?"

雅君见她翠眉含颦,那种西施捧心的意态,会令人感到楚楚可怜,遂在她的身旁坐下了,低低地充满了热情的情绪,向她劝慰着。

"雅君,你真不知道咱心中的苦楚,像这个时代中,咱们身为唱戏姑娘的是最不幸的了。被人家捧,被人家骂。祸国害民,真是最卑劣的东西。其实咱们又何尝要人家捧?只要让咱们有了一日三餐安定的生活,也就是了。所以咱很想脱离舞台生活,至少去干些有意义的事情。但是可恨这断命的金志光,他强迫我订了三年合同。唉!那不是叫人有翅难展吗?"

菊芬听她这样说,便深深地叹了一口气,回眸望着雅君的粉脸,十分哀怨地说出了这一篇话。她感到四周环境的黑暗,只觉前途茫茫,忍不住要淌下泪水来。

"你放心,照咱的眼光看来,他横行的世界也绝没有怎样悠久。咱们不能性急,在这恶势力的环境下,我们唯一应付的办法是只有忍耐。忍耐着光明的来临,那就是咱们出头的日子。"

雅君紧紧握住她的纤手,对于菊芬这几句话是激动了同情的悲哀。但是她不愿引起菊芬心头的伤悲,所以用了坚定真挚的话,鼓励她的颓丧的精神,使她从悲观中感到兴奋起来。

"雅君,你这话对极,咱有你那么一个好朋友,我的心里就会宽慰了许多。是的,咱们唯一应付的办法是只有忍耐。只要咱们不自甘屈服在这黑暗势力下,咱相信光明一定会降临在咱们的头上。"

雅君这一番安慰的话听到菊芬的耳中,使她那颗脆弱的心灵会蓦地感到振奋了一些。握着雅君的手,亲热地摇撼了一阵,掀着她笑靥上的酒窝儿,连连地点了点头,表示非常感激。

"时候不早了,痴妮子,还不赶紧地换了衣服干什么?难道你打算在这儿睡一夜不成?"

雅君听她也这样肯定地说,心里当然非常欢喜,抚摩着她白胖的纤手,微微地笑了一会儿。忽然想着她戏装也不脱,只是呆坐,一时奇怪，遂把秋波逗了她一眼，又忍不住笑盈盈地发问。菊芬听了，轻声叹了一口气，正欲向她告诉，突见周五爷很快地步进来。

"菊芬，你怎么还没有卸妆吗？金将军已差白副官来接姑娘哩！"

雅君听了五爷的话，更有些弄不明白，再瞧菊芬的粉脸，似乎很显讨厌的样子，凝眸含颦地好像在想什么心事。这就觉得其事必有蹊跷，遂放低了声音，向菊芬问道：

"金将军接你到哪儿去？今天晚上他不是也在包厢里瞧戏吗？"

"真是个讨厌鬼，他在国华饭店请客，干我底事？总要来缠绕我的。你想，那不是叫人恨吗？"

菊芬听问，把眉尖很紧地蹙起来，鼓着红红的小腮子，显出十二分的不高兴。

"这样夜深了还请什么客？嗯！咱想……他……一定有什么事情吧！"

雅君听了，做个沉思的模样，悄声儿地猜测着。菊芬被她这么一说，胆子倒小起来，拉了雅君的手，急急地问道：

"雅君姊，你猜他是什么用意？咱想，你和咱做一个伴儿，大家一块儿去好吗？"

"那可不行吧！金将军请的是你一个儿，他若见了咱，心中不是很恼恨吗？所以你还是自个儿去吧！照咱的猜想，他倒不是在你身上有什么用意，因为今晚在包厢里不是坐着很多很多的社会闻人吗？哎！他的用意还在他们的身上呢，你放心去好了。"

雅君听她这样说，显然她是感到有些害怕，遂又含了微微的笑容，向她低声儿解释着。

"你怕金将军恼恨吗？那倒没有关系，反正他是请客呀！咱多请了一个人，要如他生气的话，咱们立刻就走，看他怎么样！好姊姊，你就伴咱走这么一遭儿吧！"

菊芬听她不肯答应，遂把娇躯倒向雅君的怀里去，掀着倾人的笑窝儿，话声带有些央求的口吻。

"李小姐，好吧！菊芬这孩子是很胆怯的，你就答应她走一遭吧！"

周五爷站在旁边，见菊芬这个模样儿，遂向雅君也含笑恳求着。

"周大叔，你为以菊芬真是个老实的姑娘吗？她在这班大人们的四周应酬的手腕是挺高明哩！只有在咱的面前，她就会变成了孩子似的尽向咱撒娇，真是叫人心里可爱呢！"

雅君听了五爷的话，一时心里也有些活动起来，抚着菊芬乌亮的云发，微微地笑。

"得了吧！谁向你撒娇？好姊姊，你快给我换了衣服，就一块儿去吧！"

菊芬听她这样说，心里有些难为情，离开了她的身怀，拉了雅君的手，一同站起身子，秋波水盈盈地却逗给她一个妩媚的娇嗔。

"你瞧，你瞧，这么一年大如一年了，还叫咱来给你换衣服，那不是尽向咱撒娇吗？"

雅君听了，忍不住扑哧地笑。菊芬也觉得好笑，遂索性偎着她的身子不依起来。周五爷见菊芬这样淘气，遂笑道：

"别闹了，快换了衣服，人家已经等了大半天了。"

一面说着话，一面身子已向会客室里走。心中可暗暗地想：才是个二十岁的姑娘，这也怪不了她尽闹着孩子气呀！不知怎的，他有些感触，忍不住轻轻地叹了一口气。

"五爷，怎么啦？姚小姐还没有换好衣服吗？"

白得标坐在会客室里的沙发上，静悄悄地只管吸着烟卷，他见周五爷推进门来，遂皱了两道浓眉，向他问着。在这两句话的成分中，显然含有些等得不耐烦的意思。

"女孩儿家赴宴会上去，少不得要打扮打扮，你老不要性急，请再坐会儿就好了。"

周五爷赔了笑脸回答着，一面走到茶几旁来，伸手在烟罐子里抽出一支烟卷，递到他的手里去，又说道：

"换一支吸，咱们谈一会儿。"

说着，也在旁边沙发上坐下了，划了火柴，给他燃烟。白得标凑过脸去，说声劳驾，便吸了一口烟，笑道：

"五爷，你也不知几时修来的福气，竟有那么一个美丽的干女儿。将来……将来……嘿嘿……你老人家的造化可就不小啦！"

白得标说到这里，耸着肩膀已忍不住笑起来。

"那当然还得靠你老的福呀！"

周五爷嘴里虽然笑呵呵地说，但心里却在暗暗地骂：你们这班暴虐不仁的狗才，谁稀罕你们来给咱的造化？白得标听他这样说，便很得意地把胸部拍了拍，笑道：

"五爷，不是咱夸一句海口，你那干女儿凭咱从中这么一帮忙，金将军准会把她收作太太的。"

周五爷心里在冷笑：他妈的，谁要你讨什么好？但口里还是微笑着道：

"那当然是承蒙你老的照顾，不过，金将军他……不是已经有个太太了吗？"

"这个……像金将军那么有地位、有势力的伟人，多讨了几位太太，也算不了什么稀奇。你老不知道，咱们将军的姨太太真多得算不清，不过这些姨太太都不是国色天香，将军玩过算了，赶的赶，送的送，到现在还只有一个太太。那位太太姓秋的，年纪也不过二十二岁吧，倒是生得真不错，和你的干女儿堪称为是对姊妹花。可是那位秋太太虽然很美丽，却没有媚人的手腕，所以将军和她感情很不好。照将军的脾气说，早已欲把她一枪打死啦，因为她实在美丽得可爱，虽然感情不好，还是把她关在冷房里，叫她悔过。现在将军见了你那干女儿，他倒有收你干女儿做太太的意思。假使姚小姐会奉承一些的话，哈哈！那么将军一定会拜倒在她的旗袍角下。那个时候，你老的造化还能说小吗？"

白得标听周五爷只向自己奉承，心里未免有些得意忘形，遂把金志光生平的行为都直嚷出来了。

"哦，哦！"

周五爷听了他这一篇话，心里真有说不出的愤怒，响了两声，他情不自禁地说道：

"想不到金将军倒是个挺风流的人，他专门在女孩儿家身上用功夫，那么国家大事他难道就都不管的吗？"

周五爷在说这几句话的时候，完全是被一种情感激动着。但既说出了口，他才感到自己的大胆，身子抖了抖，不免打了一个寒噤。但白得标却并不注意到他末了那一句话，喷了一口雪茄烟，反而哈哈地大笑起来，说道：

"五爷，你说金将军倒是个挺风流的人，这句话就一些也不错。咱倒又想起一件金将军的风流事来了，记得那一年跟随将军赴前线去作战，吃了一次败仗，逃到一个小村子里。将军心中烦恼得了不得，齐巧部下捉到了一批间谍的嫌疑犯。其中有个女孩子，村姑装束，非常可爱。将军这就看中意了，把那女孩子关到屋子里去。晚上咱因内急起来，在院子里见到将军房内还亮了灯火，咱不知将军在做什么，就凑在窗缝中那么一瞧。嘿嘿！真有趣味儿，人家姑娘不答应，将军却把她的两脚两手在床柱上绑起来，因此那姑娘的身子仿佛成个大字形，就那么仰天地躺在床上，一动也动不得的了……"

"好啦，好啦！你老哥快别再说下去了，咱已经知道了以下这一回事，你们的将军实在可说是风流极了……"

周五爷听到这里，觉得有些听不下去，他摇了摇手，脸儿呈现了灰白的颜色，身子有些颤抖，但他嘴角旁还是显露一丝不自然的强笑。

"对于这一件事咱以为还不能说风流，后来他转败为胜的时候，心里一高兴，他干的……才可以说是真正的风流呢！"

白得标却是愈说愈起劲，依然滔滔不绝地说下去。周五爷见他

12

嘴角旁唾沫横飞，说得津津有味，感到有些憎恨，微蹙了两道稀疏的眉毛，忙着打岔说道：

"咱想如今这么一个竞争军备的世界，像你们将军也可说是个咱们国家的伟人，不是应该努力一些国事来增强咱们国际上的地位吗？你瞧那些老百姓，今年遭旱荒，明年遭兵荒，真痛苦得像在活地狱里受苦，你们将军难道都不放在心上的吗……"

五爷说到这里，他又感到害怕起来了，慌忙补充着笑道：

"白副官，你别计气，假使咱说错了话，你老只当咱是放屁好了。"

白得标听了他这一篇话之后，方才把他一肚皮的兴趣淡了下来。两颊有些发红，虽然有些恼恨他的说话造次，但他还是竭力镇静了态度，叹息着说道：

"五爷，你这话虽然也问得有理，但你可不知道咱们做军人的苦楚。常言道：国富民强，先要国富而后方能民强。如今咱们的国家就是太穷一些，假使捐税加重吧，又说压榨着老百姓，但不加捐吧，怎能维持得下去？咱们部下千千万万的兄弟，既不能束紧了裤带打仗，也不能光着两拳跟炮火拼命。在这样困难的环境之下，咱们将军若不找寻一些快乐，他妈的，准会急得上吊的。所以咱们将军是苦中作乐，沉着应付那困难的环境，只要渡过了目前的难关，咱们国家的前途是会歌舞升平哩！"

周五爷听了他这一篇鬼话，心里当然有一个强烈的反感。妈的，闹什么穷？建筑金光大戏院的钱打哪儿来的？咱们国家要强起来的话，除非你这班狗蛋一个个地滚了，让别的军队打到这儿来的时候，那么咱们国家才会见到光明哩！心里虽然是这么地骂着，但究竟是没有骂出嘴外来。就在这个当儿，一阵咯咯的革履声响到了耳中，这就见姚菊芬和李雅君携着手儿姗姗地进来。菊芬身穿一件绯红色银花点儿的丝绒旗袍，在灯光反映之下，一闪一闪的，鲜艳夺目，仿佛一树灿烂的桃花，脚下踏着那双四寸高的银色革履，配着肉色的丝袜，好像是裸着足一样，亭亭玉立，犹若仙子凌波。白得标不禁暗暗地喝了一声彩，慌忙站起身子，走上前去，向她行了一个四十五度的鞠躬礼，笑着叫道："姚小姐，你叫人好等，现在可一切都舒齐了吗？"

菊芬见他涎皮嬉脸的神情，遂平静了脸色，点了点头，却不给予回答。这时，院中侍候的仆妇已把两人大衣拿上，白得标欲讨个好，便抢着把那件枣红呢的大衣接过，提了衣领，向菊芬微微地笑，意思是要给她穿大衣。不料菊芬却摇头说道：

"那件是李小姐的。"

白得标听了这话，不免窘住了一会儿。因为菊芬和雅君同样是个唱戏的姑娘，咱既给菊芬穿大衣，当然也得给雅君穿大衣。否则，那似乎太失了雅君的面子，因此他"哦"了一声，回身把大衣拿到雅君的面前，笑道：

"原来这件大衣是李小姐的。"

"劳驾了你。"

雅君自然不好意思叫他给自己穿大衣，遂含笑点了点头，伸手把大衣去接了过来。待白得标回身再要去献殷勤的时候，菊芬的大衣也早已披在身上的了，于是只好把手儿一摆，向菊芬笑道：

"那么姚小姐请吧！"

随了这一声请字，只听一阵皮鞋脚的声音，四个人前后地便步出了会客室的门框子。

天空是碧青的，像一块常青的哔叽，但在微微的夜风中，偶然地也飘浮来几朵灰白色的云，它凝望着宇宙间的一切，静悄悄地好像是个诗人正在沉吟它的诗句。月亮姑娘的脸庞晶莹玉洁，真像青春时期的少女，在喝过一杯葡萄酒之后，容光焕发，而浮现了美丽的色彩。

菊芬携了雅君的手，步出了金光大戏院的门，迎面吹过来一阵凉意的秋风，不禁身子抖了一抖，感觉到夜是深的了。人行道旁那

14

株街树的下面，停着一辆簇新的黑牌子汽车。白得标抢在前面拉开了车厢，给两人跳了上去。然后瞧着周五爷跳上车夫坐的一排，他才关上车厢的门。只听呼呼的一声，车轮已在地面上飞滚的了。

在车厢里，白得标乐得有些不知所云。今日居然和二美同车，这不是千载一时的艳遇吗？但他还感到有些遗憾的，是自己没有坐在二美的中间。不然，左顾右盼，岂不是要乐死人了吗？在白得标的意思，是很想对两人说些讨好的话，以博得美人的欢心。但说也奇怪，白得标的喉咙口仿佛有什么东西塞住似的，除了斜眼望着两人贼秃嘻嘻地傻笑外，嘴里却再也说不出一句话来。

汽车在国华饭店门口停下的时候，菊芬是第一个先跳下车厢，谁知这时人行道旁就走过来一个乞丐，头发又长又脏，好像是一堆被马踏坏了的乱草，面目黧黑，衣衫褴褛，倒有七分像鬼。他伸出那条枯槁的手臂，向菊芬讨钱。因为这是出乎菊芬意料之外的举动，自不免吃了一惊，向后倒退了一步，定睛细瞧，方知是个乞丐。菊芬的秋波掠到那乞丐的脸部，觉得虽然是满脸肮脏，龌龊不堪，但两道目光却颇为炯炯有神。芳心奇之，正欲扭开皮匣给他钱钞，谁知后面白得标也跟着跳下，他瞧见了这么一个脏东西，便勃然大怒，向乞丐瞪了一眼，喝道：

"妈的，你瞎了眼珠，敢在这儿讨钱？快滚开，你在寻死吗？"

那乞丐被白得标一喝，便吓得倒退了数步，眼瞧着菊芬和雅君姗姗地跟着白得标步进国华饭店的大门去，倒是愣住了一会子。后面周五爷瞧此情景，心里有些不忍，遂在袋内摸出一元白花花的洋钿，塞到那乞丐的手里去，很感慨地说道：

"年纪还轻啦！为什么弄成那么狼狈的样儿，不是太自暴自弃了吗？"

说着，弯了背脊，咳嗽了一阵，也不待那乞丐道谢，身子也被国华饭店的大门所吞没了。周五爷跟着菊芬等乘了电梯，由楼下到五楼，步进了一间精美的大餐间。白得标先向金将军行了一个举手礼，报告着道：

"姚小姐到！"

随了这句话，金志光和许多商界巨子、社会闻人，都由沙发上站起身子，表示欢迎的意思。

"姚小姐，咱们等候您好多时候了。"

金志光很得意地把手捻着人中上那一小撮的短须，挨近到菊芬的身旁，两眼在她粉颊上打滚，微微地笑。

"对不起得很，因为咱拖了咱的姊姊李雅君小姐一块儿来，大家不是更可以热闹一些了吗？金将军，你认识这位李小姐吗？"

菊芬拉了雅君的手，掀着酒窝儿，一撩眼皮，秋波水盈盈地却逗给了他一个甜蜜的娇笑。雅君听说，先向金志光弯了弯腰，笑道：

"金将军，咱可来得孟浪，请你别见怪。"

"李小姐，你说哪儿话？因为当初咱没有想到你，所以忘了。现在你来了，那咱怎么还不欢迎吗？来得巧极巧极……"

金志光听她这样说，便走上前去，握住她的手，很高兴地说，说到后来，却是哈哈地笑起来。这时，侍役来把两人大衣脱去，金志光又向诸位商界巨子把手一摆，介绍着道：

"诸位在舞台上一定是瞧得很熟悉了，不过大家还不曾说过什么，今天咱来给你们介绍介绍。这位就是红极一时的美人蕉小姐，可是她的真姓名叫姚菊芬，她的色艺之佳，堪称前无古人，值得令人佩服。这位是李雅君小姐，也是色艺双绝，堪称伶界英雄的。今日名士与美人相聚一室，真可说是风雅之至了。"

金志光这么滔滔地说了一大套，忍不住又哈哈地大笑起来。接着，指了那个头顶发光的老者，并那个大腹硕硕的西服客，笑着道：

"这位是商会的会长，高大生先生。这位是银钱业的领袖李光达先生，说起来和李小姐也许还是一家人哩！"

菊芬、雅君听了，一面向两人招呼，一面已是抿着嘴儿笑起来。金志光又把其余众人一一地介绍，这位是徐青奇先生，这位是史琪生先生，大家都是公司经理、工厂厂长，有身份的人。菊芬虽然和大家招呼着，但心里想着雅君的话，觉得今天这个宴会，确实是很有个意思的了。

一张长方形的大餐台，上面铺着雪白的台布，安放着几只银制的花瓶，瓶内插了鲜美的花朵，是怪可爱的。金志光坐在大餐台的尽头，左边第一个坐的是菊芬，右边第一个坐的是雅君。金志光对面坐的是商会会长高大生，其余都挨次而坐。雅君的旁边，齐巧是白胖子李光达，他向雅君有一搭没一搭地闲谈着，他真的想跟雅君认作自己人了。

侍者在放摆刀叉的时候，四周是显得静悄悄的，一些声息也没有。大家端端整整地坐着，在这位金将军的面前，是显得特别严肃的样子。金志光那双凶锐的目光在众宾脸上扫射了一下后，当他望到四月里蔷薇那么娇艳的菊芬的脸庞，他的笑容又在嘴角旁堆上来，微侧转脸去，向菊芬低声地笑道：

"姚小姐，那只钻戒光芒不甚好吧？多谢你瞧得起咱，给咱收下了。"

"金将军，你太客气了，我时常受您的恩赐，实在感到很不好意思。你瞧咱这个人可糊涂，还没有向你道声谢谢哩！"

菊芬听他这样问，乌圆眸珠转了转，娇靥上显出了妩媚的笑。金志光被她这么一说，脸儿倒是飞上了一阵红，向她悄声儿道：

"姚小姐，你可不要误会，咱并不是为了要你谢一声，所以才问的呢！"

菊芬听他这样声明着，秋波逗给他一个娇嗔，扑哧一笑，却没有给予回答。

金志光见她虽然没有回答，但菊芬那种可人的意态，实在是很够人魂销的。他这时已忘记了自己是个将军的身份，假使没有众人在座的话，他真的会向菊芬求爱的。两眼是只管在她的脸上打滚，菊芬玫瑰花儿上的笑窝把他迷醉得神魂都飘起来。到此，他真有些情不自禁，竟从台底下伸过手去，把菊芬的纤手紧紧地握住了。因为摸不到自己送她的那一枚戒指，心里不免感到奇怪，遂悄悄地又问道：

"咦！你怎么不把那枚钻戒戴起来？"

这一句话倒是把菊芬问住了，怔了一怔，但不到一分钟的时间内，她乌圆的眸珠转起来，这就有了一个主意，笑盈盈地抿嘴道：

"咱舍不得戴。"

就这么简单的五个字把金志光说得笑起来，说道：

"傻孩子，那有什么舍不得？明儿咱再送你几枚好不好？"

菊芬含了浅浅的媚笑，把头儿摇了两摇。忽然金志光手的感觉，菊芬是用两指在自己手背上轻轻地捻了一把，再瞧她脸部的表情，却把小嘴儿微努了一下，遂低头去瞧，原来侍者已在各人面前倒了一杯满满的香槟酒了。金志光把她柔若无骨的纤手于是不得不放下了，偷偷地伸到台子的上面，握起了那杯香槟酒，很从容地站起身子，用了极亲热的目光向众宾脸上掠了一下，展开笑容说道：

"今日承蒙各位兄弟瞧得起，一个一个地前来参加这个宴会，本将军是非常快乐，并且感到十二分的荣幸。同时还向姚菊芬、李雅君两位小姐表示感谢，允许给本将军作为陪客。各位兄弟有这么两个千娇百媚的小姐做陪客，那不是难得的机会吗？来，来！咱们痛快地喝一个干杯吧！"

高大生等众宾听金将军这样说法，一时也不知他葫芦里卖的什么药。虽然各人心中都怀了鬼胎，但是也只好站起身子，把门前的那杯香槟酒举起，还这么提了一提，然后喝到嘴里去，表示谢谢的意思。菊芬听志光说她们俩人不过陪客而已，那么换句话说，今天这个宴会上她们也是主人的一分子，大概金将军和这班有钱的绅士有什么交涉要办理了。心里这么地想，俏眼儿就向雅君脸上掠过来，谁知雅君的秋波也在菊芬的脸上动荡。菊芬感到雅君有些先见之明，忍不住微微地都笑起来。两人在这一笑之中，似乎体会出一些神秘的意味来。

商会会长高大生在受过金志光这一杯香槟酒之后，他的心中是感到极度不安。所以他把空杯子放下的时候，就抓了一下光秃秃的头顶，笑着说道：

"今天辱承金大将军的下招，既在金光大戏院欣赏过姚小姐和李小姐的艺术，又参与了这个盛大的宴会，咱们在无限惶恐之余，又表示万分感激。现在鄙人代表各位谨向金将军表示深切的谢意，以答金将军的一片盛情。"

说罢，恭恭敬敬地低下头，向金志光行了一个鞠躬礼。李光达等于是也跟着站起，向金志光深深地一个鞠躬。金志光自然得意非常，把手拈着人中上的小胡须，忍不住哈哈地大笑起来。金志光这种劈毛竹似的笑声听到众宾的耳鼓，不知怎么的都会感到有些心惊胆寒，觉得金将军今日的举动至少是含有些作用的。不过到底含有些什么作用，这当然难以猜测。但想起来总不见得有什么有利于咱们的事情。众人在经过这一阵子沉思之后，两股的感觉并不是软绵绵的沙发椅了，好像有千万枚的针儿钻出来，刺得有些坐不下去，虽然口里喝的是美酒，吃的是佳肴，但也感到有些食而不知其味的了。

高朋满座，觥筹交错，正在灯红酒绿之间，突然从室外走进一个惨绿的少年来。他身穿一套上青的学生装，手里还拿了一本厚厚的簿子。菊芬脸儿是向着外的，所以第一个先瞥见他，那少年的个子很高，脸庞白净中带了英武的气概，明眸中充满了炯炯发光的精神，一望而知的，是个挺热血的好男儿。那少年很从容地步到大餐台的面前，向着众人行了一个四十五度的鞠躬礼，开口朗朗地说道：

"咱们是中华青年团募捐队里出来的队员，际此国家多事之秋，不是内战，便是旱灾，频年来天灾人祸，民不聊生，流离失所的，真不知多少！况且现在天气渐寒，大雪将降，咱们睹此遍地哀鸿，嗷嗷待哺，能漠然无动于衷吗？所以咱们身为国民之一，有钱的出

19

钱，有力的出力，大家都应该负起这个救济的责任。鄙人为良心所激，乃忝居出力的一分子。今瞧在座诸公，都是社会闻人、商界巨子，而且热心过人，爱怜灾民，均有同心。在诸公不过略为布施，而难胞实已受惠匪浅了！"

那少年滔滔不绝，话声非常洪亮。说到后来，向众人又深深地鞠了一个躬。商会会长高大生当初却不曾注意到这是怎么一回事，听到后来，方知有人在募捐。再听那说话的口音，是非常耳熟，他心里奇怪，遂把那副架在鼻顶上的老花眼镜伸手抬上一些，睁了两只眼睛，从镜中用力望了出去。这一望正是应着了不瞧犹可的一句话，原来那募捐的少年不是别人，却是自己的儿子高思明，一时心中的恼怒真是难以笔述，暗想：深更半夜，这小畜生却瞒着咱在干那种丢脸的工作，假使在座诸君有谁认识他是咱的小犬，那叫咱岂不是丢了商会会长的脸颜吗？高大生想到这里，真所谓敢怒而不敢言，恶狠狠地望着儿子只管发怔。

那时金志光早已不耐烦起来，扬着一脸横肉的面孔，皱了两道浓黑的眉毛，向高思明大喝了一声"浑蛋"，说道：

"你们这一班孩子真是胡闹，年纪轻轻，不在学校里好好儿地读书，却尽管在外面募捐啦、演说啦，闹得一个不亦乐乎！要知道靠你们这些微弱的力量，能够救了那天灾人祸吗？真是小孩子一般的见识，现在本将军劝你快快回去自管用功读书去，再不要在外面东跑西奔地胡闹。你若不听从本将军的话，那你就是存心扰乱社会，本将军立刻把你就可以定个乱党的罪名，知道了没有？"

金志光向他说到这里的时候，不免声色俱厉，显出令人感到害怕的态度。高思明被金志光这一顿教训，遂把两道有神的目光移到他的脸部上来。一眼瞧见了金志光，便微微地一笑，走上了一步，向志光很恭敬地行了一个礼，接着回答道：

"咱道是哪个在宴会？原来是金大将军，多有冒犯的地方，还请海涵是幸。听了将军的教训，虽然深以为然，不过一个国家的人民，他必定是爱他的同胞，这是天性的流露，绝不能勉强。所以咱不得不向众位大人们说几句话……"

高大生见思明在金将军的面前不但一些也不害怕，而且还要说几句话，对于这说出来的几句话，金将军当然是不爱听的，假使触怒了他，果然给思明定了一个乱党的罪名，这小畜生的性命固然难以保全，就是咱这条活了六十四岁的老命恐怕也要受累在内的了。一时又恨又气，又急又怕，遂不待思明再说下去，立刻站起身子，向他大喝道：

"你这不知厉害的孩子，快不许给咱胡说下去，金将军一篇金玉良言，谁知你竟逆耳不听吗？翅膀还没有长成，枉喊救灾有什么用？你快给咱滚，你快给咱滚，滚！"

高大生这样发狂似的大骂，无非欲保全思明的一条小性命。不过众人既不知道高大生内心具有这一番苦心，对于他这种愤激的举动当然感到有些奇怪，尤其在菊芬的心中更引起了极端的反感，觉得那少年是太受一些委屈了，意欲站起来安慰他几句，嘱他快些离开了这个不可理喻的所在，但自己是个女孩儿的身份，而且又在这许多人的面前，觉得究竟太不好意思了。所以明眸脉脉地凝望着他英武的脸，呆呆地出神。

高思明听那个说话的老者比金将军更要凶恶了一些，遂回眸望了过去，当他视线接触到大生脸上的时候，他忍不住哑声笑起来，说道：

"咱为同胞日夜奔走忙碌，使他们这班无衣无食者稍得一些温暖和饱腹，间接地也是为社会谋幸福，咱可并不是强盗，也不是偷儿，你们如何可以用这一种态度对付咱？岂不被天下人所笑吗？"

高大生见他胆敢公然地与老子回嘴，简直不认得咱是他的老子，心中这一气愤，真恨不得离开座位奔上来敲他几下，但又恐思明向自己喊起爸爸来，那可是玩的吗？所以他怒目切齿地望着思明，犹向他恶狠狠地发恨。不料高思明并不因他父亲发怒而停止他内心火样燃烧水样沸滚的情绪的奔腾，转着灵活的眸珠，依然朗朗地说道：

"大凡一个人的构造，都是有血肉有心肝有灵魂的。那么咱们在未踏进坟墓之前，应该来干些有血肉有心肝有灵魂的工作。现在在座诸公，身份固高人一等，即名望与地位而说，也是出人头地。你们都是咱们青年的模范，都是咱们青年的领导者，同时是咱们国家社会的创造者。然而，你们的行为并不像你们的身份一样崇高，你们的心肝并没像你们的名望那么光明和伟大，把准备国防军械的军资建筑这迷人的金光大戏院，以捧唱戏姑娘的本领为大人物唯一的能事。哈哈！那可笑极了，也可怜极了。但咱们绝不能见了受灾的同胞，任他哀鸿遍野，老老少少地相继饿毙。哼，哼！想不到更有那一班狐群狗党在跟着做醉生梦死的沉迷，言之令人心痛。你们今日有女人陪伴，美酒大餐吃喝，生活固然快乐，但哪想得到将来末日到临之时，真是死无葬身之地哩！"

高思明自己也想不到竟有这样的勇气和胆量，会不怕受"枪毙"两字的束缚，而终于把腹中要说的话全都嚷了出来。他涨红了愤怒的脸，在说完了这句话以后，一骨碌转身，便向室门口恨声不绝地走了。金志光被思明这一顿痛骂，气得脸由红转变成了青的颜色，两只凶狠的目光几乎要冒出火星来。他把脚狠命地一顿，大喝一声："卫队何在？"喝声未完，早见上来两名如狼如虎的卫兵，把思明的肩胛一把抓了回来，怒斥道：

"好大胆的小子，往哪儿走？"

说着话，思明的身子已被他们簇拥到大餐台前来。高思明血气方刚，兼之内心的愤怒犹若江潮似的澎湃，所以虽然被抓住了，却没有一些惊惧的样子，面不改色地怒视在座诸人，仿佛有恨不得生啖其肉之概。但是高大生的心中绝对和思明相反，他额角上的冷汗已像雨点儿似的冒出来，脸色本来是瘦黄的，此刻更像一张纸那么灰白了。心的跳跃仿佛似小鹿般地乱撞，暗想：该死，该死！这小畜生简直是在自寻死路，死不足惜，只不过可怜咱年已古稀，仅有这一点儿骨血，若被金将军判罪杀死，那么咱们高家岂不是要绝嗣了吗？而且咱那个老妻势必也要悲伤而死，那可怎么办？天哪！你不是叫我束手无策了吗？高大生在这个情形之下，既不敢讨情，又不忍袖手旁观，心中的焦急和痛苦真非作者一支秃笔所能形容的了。

金志光见思明已被卫兵捉住，尚显出犟头倔脑的神气，心中更加大怒，把手在桌上一拍，冷笑了一声，怒斥道：

"小贼，胆敢道吾短处，汝不怕死了吗？"

"死则死耳！何怕之有？咱今虽死在你这残暴的势力下，但你的生命也恐怕不会久长了呢！"

高思明挺起了胸膛，咬牙切齿，恨声不绝地骂着，还是显出头可断血可流，此志不可辱的气概。金志光听了这话，陡然变色，这就动了真怒，猛可地把高脚玻璃杯向地上掷了下去，只听乒乓的一声，香槟酒泼了一地。他正欲吩咐卫兵们把他带入司令部去枪毙，就在这个当儿，菊芬想不到竟有这一股子勇气突然地站起身子，她很快地奔到高思明的面前，倒竖了柳眉，圆睁了杏眼，把高跟鞋在地板上重重地一顿，哼了一声，就这么撩起手来，啪的一声响亮，在思明的颊上竟狠狠地量了一下耳刮子，同时鼓着绯红的两腮子，露着雪白的牙齿，兀是娇声地斥喝道：

"你这不知死活的东西，你有几颗脑袋胆敢和金将军拼？瞧你倒是挺聪敏样子的人，想不到却会这样不识时务，你还不给咱滚出去，你难道在这儿等死不成？"

菊芬骂了这几句话后，伸上手去扬了扬，啪的一记，竟又是一个耳刮子。高思明的身子本来是被两个卫兵捉住着，经过了菊芬这两下耳刮子以后，大家就不由自主地松开了手。因为菊芬这突如其来的举动，不但卫兵和思明所意想不到，就是金志光和在座的诸人也料不到她有这样的胆量，所以大家瞧着这一幕话剧化的情景，自不免愕住了一会子。高思明到底是个聪敏的人，他听了菊芬这几句话，不觉灵机一动，暗自想道：这位姑娘的举动虽然不知道她是好

23

意提醒，还是恶意行凶，不过她说的话是对的，我难道甘心地被杀吗？死有重于泰山，轻于鸿毛，但咱这个的死，究竟是太无价值的了。高思明在这样感觉之下，虽然右颊是被菊芬打得热辣辣地发烧，但是他此刻已管不了许多，捧着脸急急地奔到门外去了。因为金志光愕住着并没有说话，所以两个卫兵也没有追上去。菊芬瞧此情形，心头是感到一阵说不出的痛快，想不到老奸巨猾的金将军今日也有被咱欺骗的时候呢！她回过娇小的身子，向金志光逗了一个妩媚的娇笑，柔声儿地说道：

"金将军，你别和这种年轻人一般见识，咱们今天这个欢欢喜喜的宴会，若发生了意外的事情，岂不是叫人扫兴了吗？所以就放了他，给他一些教训也就是了。"

"对啦，对啦！姚小姐这个话真不错，唉！你真有毅力，你真能干，你真不愧是个女界中的豪杰！"

高大生见思明在菊芬这么两记耳光之下，居然保全了一条性命，一时深深地透了一口气，暗自叫了一声"好险"，那额角上的汗点儿便像雨一般地落了下来。今听菊芬向志光这样说，他内心是表示无限的感激，竖起了那枚大拇指，对菊芬连声地称赞着。金志光听高大生向菊芬连说了三个"你"字，看他样子，竟是佩服得五体投地的神气。因为菊芬是自己所心爱的人，现在有人这么称赞不绝，心中当然也是非常欢喜，握住了菊芬的纤手，方才似梦初觉地笑了一阵，说道：

"真便宜了这小畜生，不过你这两下耳刮子量得真干脆，他妈的，咱听了也高兴！"

菊芬听了，忍不住酒窝儿一掀，咯咯地笑得花枝乱抖起来，一面在位置上坐下，一面犹故作生气似的鼓着小嘴儿，说道：

"金将军，这班年轻的孩子太胡闹了，简直是浑蛋。不过若杀了他，说起来他到底是因怜恤灾民，被外界不明真相的得知了，就容易引起了误会，所以稍微给他一些处罚，也好叫他脑袋清楚一些，不知诸位的意思以为对吗？"

说完了这几句话，又把笑盈盈的秋波向众人脸颊上逗了那么一瞥。高大生和众人听了，早又齐声地称赞，说"姚小姐见识卓绝，心细如发，这话对极对极"。菊芬在听到了这几句话后，在万分痛快之余，真是无限安慰，因此她那芙蓉出水般的娇靥上，这个倾人的笑窝儿也就没有平复的时候了。

精美的西餐一道上来了又是一道，鲜美的香槟一杯喝去了又是一杯。大家见金志光别无他的用意，遂开怀畅谈，不觉都有些醉意。正在觥筹交错、杯盘狼藉之间，金志光忽然站起身子，用他凶锐的目光在众人微红的脸上扫射了一下，未说话之前，先来了一声干笑，然后方徐徐地说道：

"今天本将军请诸位兄弟瞧戏吃饭，承蒙诸位不弃赏光，本将军深感喜悦。现在本将军有件大事要跟诸位商量，希望诸位兄弟多多出力，慷慨解囊，实乃大幸。"

众人突然听到金志光又提出条件来商量了，一时各人的脸上笑容都没了影子，酒气也方才醒了大半。暗想：原来这狗蛋今晚宴客果然乃另有作用的，那咱们不是全上了他的当吗？众人经此一想，心的跳跃是增加了速度，脸上本来是有了几分醉意，此刻就涨得更加像血喷猪头一般地通红起来。但事到如此，又不能置之不理，所以大家也只好站起身子，微弯了腰，齐声地说道：

"金将军这话太客气，哪儿谈得上'商量'两字？只要金将军吩咐一句话，咱们若能够做得到的，岂敢不尽力的吗？"

金志光听众人这几句漂亮的话，一脸横肉掀起，遂呵呵地大笑了一阵，在笑过之后，他的脸色突然又转变了严肃的样子。两道发绿的目光锐利得像猛兽正欲找人吞吃的神气，掠在众人的面上，使众人心头都感到一阵莫名的害怕。只听他大声地说道：

"好，众位兄弟说得又漂亮又豪爽，足见众位兄弟热心过人，令本将军不胜敬佩之至……"

金志光先给他们戴了一顶高帽子，接着又说下去道：

"现在本将军所需要诸位帮忙的，就是诸位身上现成的东西。你们总也该明白咱们的国家是世界上最穷苦的一个，不过老百姓多数的虽然在度活地狱的生活，但少数的人们还是拥资百万千万，住的洋楼，坐的汽车，娇妻美妾，一切起居较之本将军也许更要舒服。照理，在国家正需要经济的时候，这些财产原都要收归国有，但本将军也是个慈悲为怀的人，绝不肯使众位兄弟感到痛苦的。所以，现在只要各位捐助十万元钱，这儿一共十五位兄弟，都是慷慨之辈，对于十万区区之数，想必均能乐而输捐，以充军实。将来国泰民安，也是诸位得意的时候哩！"

金志光一口气说到这里，他回过头去，又向外面高声叫道：

"白得标，来吧！把捐款的簿子拿来，请各位兄弟一一填入，明天早晨把款子一齐交到司令部去，这样你们才不愧是个慷慨的好百姓。假使各位兄弟有一个不愿出力的，那么回头就请他跟咱到司令部里去玩几天……"

金志光的脸始终是包含了一股子杀气。随了金志光这两句话，只见白得标带领十六名卫兵，各执盒子炮，匆匆地进来。在大台子的面前，一字儿地排开。白得标一手拿了捐款簿子，一手拿了笔，满脸含了阴险的笑。他仿佛胸有成竹的神气，先步到商会会长高大生的旁边，把簿子摊在他的面前，笔交到他的手里，笑道：

"高老先生，你是被人所敬仰的一位长者，你应该给众人做一个绝好的模范，你不用做客，你也不用装什么娘儿态，还是提笔这么一挥而就，岂不痛快吗？"

白得标这几句干脆的话，未免带有些慷他人之慨的意味。这时，在座的十五位商界巨子瞧了这个强迫的情景，心惊胆寒，真弄得有些啼笑皆非。大家都你望着我，我望着你，面面相觑，仿佛已经失去了知觉和灵感，都成为一个泥塑木雕的模型了。菊芬到此这才恍然悟到金志光说咱和雅君是陪客的话了，心中暗想：果然不出咱和雅君所料，志光原来真有这番深刻的用意哩！这班老奸巨猾的守财奴，平日一钱如命，在工商业之下，可怜不知有多多少少的劳工受他们的剥削；今日在这绑票式的强暴势力下，看你们这班诡计多端的市侩还有什么办法？这叫作毒吃毒，令人瞧了也有趣。于是菊芬又想起刚才那个募捐少年被高大生侮辱的情形，她心中在无限哀痛之中又感到无限轻快，她觉得这是一个报复，令人兴奋的报复。菊芬想到这里，她瞧着目前这一幕紧张的场面，她并不感到一些害怕，她只觉十二分的快乐和好笑。秋波先向坐在对面的雅君瞟了一眼，聪敏的雅君心中似乎和菊芬有个同样的感觉，当她们视线接触在一起的时候，彼此忍不住扑哧的一声，发出了一个会心的微笑。金志光这时的目力完全集中在高大生的身上，他见白得标虽然把笔交到高大生的手里，但高大生握住了笔杆，并不在簿子上写下去，兀是在瑟瑟地发抖，仿佛深夜中在路上遇见了盗匪，使他惊怕得呆住了的模样。高大生当然也在满腹地思忖，暗想：妈的，十万元钱谈何容易，这个年头儿，扣薪停职搜刮下来的也没有十万元之数目，那不是挖去咱的一颗心一样痛苦吗？因此他紧紧地锁了两条稀疏而掺和灰色的眉毛，脸儿由血喷猪头般的通红而转变到惨白的神色，两眼几乎有些呆滞的神气。他向众人望了一眼，似乎欲叫众人援助一下的意思，不料李光达和徐青奇等也都在扮城隍，真个是泥塑木雕，可见众人的心中痛苦也和自己一样，于是高大生握着的笔杆也就更加地写不落手了。高大生这种发抖呆住的意态，瞧在金志光的眼里，当然是非常不快乐，暗想：他妈的，这个老王八，咱若不给他一些颜色瞧，想来这个狗蛋是不肯落笔的。于是他在袋内猛可取出一支轻巧的白朗林来，握在手里，冷笑了一声，说道：

"诸位你们要明白，这捐下的钱不是咱金志光私拿的，这完全是国家的急需。谁不答应，就是谁不爱国。不爱国家的人民，要他留着何用？看吧，谁不爱国，谁就死……"

金志光说到"死"字的时候，语气特别沉重，他把手中的白朗林扬了扬，只听砰的一声响亮，这么一来，把个高大生老头子早已吓得魂不附体，一时也不知道自己究竟是生抑是死，竭声地叫了一声"啊哟"，身子顿时跌倒下去。合座诸人骤然睹此情景，心里一阵剧痛，各人的脸都早已呈现着惨白的色彩了。

第二回

觥筹交错将军心胆寒

商会会长高大生拿了笔杆儿正在犹疑不决的当儿，突然金志光将军拔出手枪向空扬起，只听砰的一声，竟向自己放射过来，一时吓得魂不附体，脸无人色，真所谓不知是生是死，身子早已仰后跌到地上去了。在座诸君还以为高大生业已中弹身死，所以大家心胆俱碎，身子仿佛都患了疟疾症般地瑟瑟地颤抖起来了。

"高老先生，你怎么啦？快坐起来呀！金将军是和你们闹着玩笑的，他老岂真的要伤你们性命吗？"

站在他身后的白得标瞧了这幕情景，脸上浮现了阴险的笑。他弯了身子，把高大生从地上像抱孩子似的扶起来。高大生这时的魂灵已经一半不在身边了，虽然白得标已把他扶起身子，可是他的神志依然模糊得可怜，手摸着自己的光头，茫然地问道：

"我……是活着，还……是已经死了呀？"

"高老先生，你怎么害怕得这一份样儿？你假使已经死了的话，那你还能够说话吗？你且快把心神定一定，好好儿地提起笔来就这么写上了十万元钱，那不是天大的事情也都没有了吗？"

白得标听他这样一问，几乎要忍俊不置，遂伸手拍了拍他的肩胛，一面向他安慰，一面把那支笔杆依然塞到他的手里去了。这时，在座诸君方知金将军原是拿枪来威胁我们的意思，只要我们情愿捐出十万元钱，想来是没有问题的了。因为高大生这两句话实在问得令人有趣，本来都是十分害怕，此刻也由不得好笑起来。金将军见众人的脸色在一度惨白后竟会露出一丝笑意，当然，这是一幕有趣的喜剧，于是他把面前一杯鲜红的香槟交白得标送到高大生的面前，表示给他压惊。高大生在经过一度昏迷之后，他望着座上许多人依旧很清楚地映在眼帘之下，他明白自己确实是还活在这个世界，究竟他也是个老奸巨猾的狐狸，于是竭力镇静了态度，站起身子，接了金志光所赐的那一杯酒，表示谢意，并且朗朗地说道：

"我以为每个国家的人民，没有一个是不爱他们国家的，这因为是人类的天性如此，那么我岂有不爱国的道理？况且金将军为了我们民众，日夜地操心，他也无非要使国家强盛起来。那么我们的爱国，换句话说，也就等于爱自己一样。十万元的数目虽大，不过我们也总得设法去凑足它。诸君和我情意相投，当然亦是乐而赞助的吧！"

李光达和徐青奇等众人听这老头儿的话锋转变得好快速的，大家心中也暗暗佩服，因为一则是怕死，一则也要挽回商界的面子，所以无不拍手赞成，表示高会长的话说得一些也不错，大家都非常同情。高大生在这个情势之下，不得不咬紧牙齿，熬住眼泪，委委屈屈地在募捐簿子上写了十万元的数目。众人不敢怠慢，遂挨次一一地填毕。白得标见功德圆满，遂含笑把簿子交与金将军过目无误。金将军这时浓眉一扬，破喉咙里发出了一阵哈哈的大笑，站起身子，握了高脚玻杯，说道：

"本将军素知各位乃热心慷慨之人士，尤以爱国事业乐而输捐。本将军在万分欣喜之余，而且又表示非常感激。这一杯香槟就表示一些小意思，请众位大家喝一个干杯。"

随了这几句话，大家都站起身子，举杯答谢。金志光遂含笑向白得标吩咐奏乐。白得标早已领进一班西乐队，当筵奏起热狂兴奋的爵士乐曲。刹那间，室中那股子杀气早又显得一片欢笑的景象。谁知音乐奏了一半，忽然又有个西洋女子全身精赤，胸前只用两个金丝乳罩，腰间围了一条草裙，就扭转着屁股，在筵前跳起舞来。她面对着众人，含了诱惑性的甜笑，毫无一些羞涩之意，表演得淋漓尽致，真是非常肉感。这使在座诸君那颗已带微醉的心头会增加速度地跳跃起来。尤其那个色鬼李光达，睁大了眼睛，伸长了脖子，在他心中的意思，最好在草裙一丝丝飘舞起的时候，能够给他发现了女性最神秘的一处。

菊芬在这样醉生梦死的环境之下，她一寸芳心自然是感到非常沉痛。想起刚才那个少年对大众说的几句话，她身上仿佛有千万枚针在猛刺一样，只觉坐立不安，她差不多垂了粉脸，已欲淌下眼泪水来了。不料正在欢舞之间，突然一阵响亮，在金志光将军的面前的桌上，竟竖了一支小小的银镖。这把金志光从欢乐之中惊怕得跳了起来，立刻离座而起，大呼：

"白得标何在？快快前来捉拿刺客！"

白得标一听这话，也不知是出了什么乱子，立刻吩咐停止乐声，一面早已传令奔入二十个卫兵，到洋台四周去搜查了。高大生等众人也由不得大吃了一惊，身子都又再度颤抖起来。金志光这时才大胆拔起桌上的银镖，见尾端飘有一纸，遂把纸取下。菊芬坐在他的身旁，遂也凑过头去同瞧。只见纸条上用自来水笔写了几行小字道：

金志光将军勋鉴：

你是一个国家的伟人，应该如何尽忠于国，使国家兴强，使人民安乐才是。现在你竟醉生梦死，搜刮民脂民膏，公然干此卑鄙的勾当，汝实乃国家之妖孽也。本当将汝一镖结果，但犹望你自新改过，猛然省悟，拿出心肝来干一些热血的事吧！

鸣不平者白

金志光虽然是个武夫，瞧了这张字条之后，也不免心惊肉跳，立刻捏在手中，皱了浓眉，不禁怔怔地愣住了一会子。菊芬也暗暗称奇，这是怎么的一回事？谁有这样大胆？谁有这样本领，竟会干此冒险的事情？就在这时，白得标走到金志光面前报告道：

"回将军的话，四周并没有什么刺客。"

金志光有些畏怯的神色点了点头，向众人说道：

"夜已深沉，请各位自管回家，改天再当奉请欢聚。"

高大生等疑神疑鬼，也巴不得他有这一句话，遂起身拱手称谢而去。金志光待他们走后，方向菊芬又道：

"姚小姐，李小姐，本当亲自送你们回府，无奈今日心神不宁，只好请你们自己回去了。"

"金将军，你不用客气，那么咱们再见了。"

菊芬知道他心中也在发愁，所以倒暗暗痛快，遂和雅君向他弯了弯腰，一面在侍者手中穿上了大衣，两人匆匆地走下国华饭店去了。周五爷在下面已给她们雇好了一辆马车，两人跳上车厢，五爷和车夫并坐一处，见那车夫挥起鞭子，四轮就在柏油地上辘辘地移动了。

"菊芬，这事情我感到太奇怪了，纸条上到底写些什么字？那人的胆量可真也不小呀！"

在车厢里，两人默默地坐了一会子，雅君凑过嘴去，向她低低地问出了这几句话。菊芬附着她耳朵，轻声儿告诉了一阵，雅君惊讶地说道：

"真有这样的事情吗？"

"谁还和你开玩笑吗？我想这件事情和刚才那个募捐少年至少有些连带关系，你不见那少年的精神简直有些不怕死的样子。我真敬佩这班少年，他们竟有这一股子的勇气。"

菊芬也附了她耳朵，向她低声儿地猜测着。

"可不是！说起那个募捐的少年，我又不得不佩服你的胆大心细，想不到这两下耳刮子竟救了他一条性命。不知道这位少年对于

32

妹妹这个举动也能了解你心中的一番苦心吗?"

雅君点了点头,她想到刚才紧张的一幕,觉得菊芬真是个智勇的姑娘,含了笑容,明眸脉脉地凝望着她倾人的娇靥,表示十二分的敬意。菊芬感到她后面这一句话至少是包含了一些神秘的意思,粉脸微微地一红,秋波逗了她一瞥娇羞的目光,盈盈笑道:

"你应该明白我所以冒险救助他的目的,因为我是爱惜他的人才。假使他在金志光残暴势力之下做了无谓的牺牲,那么国家不是又得减少了一份力量了吗?"

"是的,我当然明白你的意思。"

说到这里,忽然她明眸瞥见到车厢外那条同庆里的弄堂,遂握了握菊芬的手,接着又道:

"我的家到了,明儿再见吧!"

"姊姊,你不上我家里去睡吗?"

菊芬有些依恋似的,因为她感到身世的孤独。

"不,过几天我一定来和你做伴。"

雅君含笑摇了摇头,低声地回答,推开车厢的门,她的身子已匆匆地跳下去了。菊芬住的是一座西班牙式的小洋房,名曰"松云小筑"。当马车停下门口的时候,周五爷先在门铃上揿了电铃,菊芬跳下车厢。里面的婢女小香早已匆匆出来开门了,她在小院子的石级上先瞥见了铁栅子门外的菊芬,便含笑叫小姐,接着把铁栅子门拉开,让菊芬走了进去。周五爷爷儿俩各道了一声晚安,便各自地回房。菊芬坐在床边,呆呆地出了一会子神。小香在大橱里取了睡衣,拿到菊芬的面前,叫道:

"小姐,把旗袍换下了吧?"

菊芬点了点头,遂换上了睡衣。她俯了身子,脱了高跟皮鞋,套上了睡鞋,小香已把她衣服放进大橱里去了。菊芬坐正身子的时候,她瞧到床边玻璃小方桌上那个镜框子里自己的小照,浅笑含颦、美目流盼那种得意的样子,她心中有些感触,暗自想着:你外表的欢笑，怎掩得住内心抑郁的悲哀？她摇了摇头，忍不住轻轻地叹了一口气，伸手轻轻地把镜框子的反面扳了转来。只见后面玻框内也有一张小照，这是一个年轻的美男子，穿了一套条子花呢的西服，斜花纹的领带，风度翩翩，十分温文。照片的旁边，还题了几个小字："菊芬表妹留念，何惧敬赠。"菊芬凝眸默视良久，她仿佛又得了一种安慰，她的嘴角旁忍不住显露了一丝浅浅的甜笑。表哥可说是自己生命中的一盏明灯，自己一生的希望就寄托在他的身上：虽然我们分手是已经有五年了，不过我相信表哥是一定不会把我忘记的。因为我们在故乡的时候，确实已经心心相印的了。记得那年分手的时候，虽然我还是个十五岁带有孩子成分的姑娘，但我心中自然地会激起一阵惜别之情，我们是曾经暗暗地淌过一会儿眼泪的。不过为了表哥的前途着想，我又不得不含了眼泪微笑，向他低低软语地安慰。

"小姐，茶放在这儿了。"

小香拿了一杯热气腾腾的玫瑰花茶走到床边来，见菊芬望着表少爷小照出神的意态，她似乎有个有趣的感觉，不禁抿嘴儿微微地笑起来。菊芬点了点头，却并没有回答什么，伸手又把照相架子推了回去，握了杯子，喝了一口茶。她抬头一撩眼皮，向小香轻声地说道：

"时候不早，你也该休息去了。"

小香应了一声，便向菊芬弯腰走出房去。在她走到房门口的时候，忽然想到了一件事情，遂又回身到梳妆台旁取了一封信，交给菊芬，说道：

"傍晚来了一封信，我险些忘了。"

她说完了这两句话，方才掩上房门悄悄地走出去了。菊芬放下茶杯，取过信封一瞧，想不到竟是表哥何惧的来信，心里这一欢喜，不禁眉飞色舞，掀着酒窝儿笑起来了。慌忙把信拆开，因为房中没有第二个人，所以她情不自禁地把信笺放到嘴上去吻了一下，然后低低地念道：

菊芬表妹如握：

　　光阴匆匆，转眼之间，分别至今不觉已有五易寒暑了。这次我从汉口到来，虽然没有优异的成绩可以来安慰你那颗小小的心灵，但我在这石头城中，至少是要干一些有意义的事情，那么我才不辜负你过去五年前对我的那一番热望。你是个有思想有智勇的女子，这在你自己亦不会否认，而我是尤其素来所赞美你所崇拜你的。记得在故乡分别的时候，你曾经对我说过下面那几句话："表哥，去吧！别留恋着我，别留恋着故乡，为大众、为自己去开辟一条光明的道路。我菊芬虽是个知识浅薄的女子，但我绝不会把我的色去换取物质上的享受。你放心，五年、十年后的菊芬，一定还像现在那么一个朴素的姑娘……"不错，过去的话似乎还在耳际隐隐地流动，可是事实上已经是更变的了。我到了南京之后，听说你已有那个"美人蕉"多荣誉多美丽的雅号，而且知道你确实是已红得发了紫，成天地和大人物厮混在一处，所谓青云直上，扬眉得意，真使我代你感到非常庆幸。然而话又得说回来，因为我和你有着过去的交谊，使我不得不向你忠告几句，你是一个年轻而有意志的姑娘，你是一个智慧而有思想的姑娘，你应该认清你人生的目标，来干你应干的事情。切不要降低你的人格给一班人当作所谓花一般好看的玩物。我觉得你我之间已划开了一条辽阔的鸿沟，你走你的，我走我的，如此背道而驰，这如何还有合作的希望？唉！人生的变幻，原本是像流水浮云，今日红遍石头城中的美人蕉小姐，这又岂是五年前朴素的菊芬姑娘所能想得到呢？

　　以上所说的我觉得全是一篇废话，当然，在你耳中听来，心里是并不见得怎么会高兴的，不过我给你这一封信的意思，就是使你可以知道我并不是一去之后竟消息沉沉，仿佛杳如黄鹤。其实我无论在什么地方都常常可以见到你，你现在真长得太漂亮太摩登了，和伟人们一块儿进一块儿出，只不过你没有瞧见我罢了。话好像是说得许多，可是总也说不出一个结论来。其实原也无结论之必要，反正我们的道路是已经分作两条的了。再会了，菊芬，希望你珍爱你的宝贵的前途。

向你诚实忠告的惧手启
九月十五日

菊芬一口气念完了这封长长的信，心中的疼痛真所谓万箭穿心，鲜血直喷。她觉得自己是太受一些委屈了，一阵悲哀，那两行热泪早已忍不住像雨点儿一般地滚下来了。她心中暗暗地想：原来表哥从汉口是早已到南京了。因为他恨我改变了性情和思想，所以他再也不愿来见我了。唉！何惧，你真也太忍心了，你应该谅解，我所以到此环境，实在原有万不得已的苦衷啊！菊芬想到这里，她的眼前仿佛是呈现了一片黑暗，她觉得自己一生的希望是已变成泡影了。虽然她想立刻和表哥解释一个明白，但是偌大的一个石头城里，又到什么地方去找你好呢？菊芬又恨又急，她不禁把身子倒向床上，哇的一声哭起来了。菊芬悲悲切切地哭了一会儿，方才收束了泪痕，从床上又坐起身子，暗自想道：此刻尽管悲伤又有什么用呢？唉！他说时常可以瞧见我和他们一块儿进一块儿出，那么我如何会没有发觉他呢？难道隔别了五年，他的人就变了样子了吗？这是绝不会的，即使变了样子，我无论如何总也可以认识他的呀！一会儿又想，表哥上次到武汉，原是上广东投军去的，他此番回来，说要在这儿干些有意义的事，莫非刚才那支银镖就是他们团里同志干的工作吗？也许是对的，否则还有谁能具有这样大的胆量呢？菊芬想了一会儿，觉得房中的空气是太沉闷，于是她走到落地玻璃窗的旁边，拉开薄纱帷幔，轻轻地推开窗户，身子踱出了房中，步入洋台里。凭着洋台的栏杆，望着碧天如洗，月白风清，只觉夜凉如水，四周万籁俱寂，这当然是因为夜深的缘故。菊芬向那光圆的明月出了一会子神，在月亮里面似乎显现了一个英俊少年的脸庞，他一会儿望着自己浅笑低语，好像在柔声地安慰自己的样子，一会儿又向自己怒目切齿，仿佛正在痛责自己无耻的神气。菊芬轻轻地叹了一口气，不禁自言自语地说道：

"表哥，你太不应该了，你既到了这儿，你是应该先来瞧望我一次的呀！就是我真的像你所说那么卑鄙吧，那么你也应该亲自来劝告我、责备我，你如何可以贸然地写这一封不情的信来和我绝交？唉！枉为你是个有智勇的青年，把这一件事到底干得太鲁莽一些了。幸而你还留一些情分，只有给我一封绝交的信，假使你因愤恨我而拿我一枪打死的话，那么我这个死不是也太冤枉一些了吗……"

菊芬自语到此，不免声泪俱坠。夜风吹在身上，顿时感到寒意砭骨，真有说不出的凄凉。菊芬慢慢地低下头来，见下面街上是连一个人影子都没有了，但偶然在几棵街树的旁边，也踯躅几个无家可归流浪的一群。她摇了摇头，因为是心境悲哀的缘故，她只觉触目伤心，遂长叹了一声，便又悄悄地回进房中，把落地玻璃窗随手掩上，遂又坐到床旁去了。在床旁边坐着呆呆地又出了一会子神，她把信藏入抽屉，方才把身子钻进被窝内安息了。

这已经是个落雪的下午了，菊芬在一条冷清的街道上独个儿走着，天空的雪飘得很大，在菊芬的头上、身上都堆了面粉般的白雪。她低了头，望着自己的脚尖，在雪地上一步一步地踏着脚印子，她心上是只管想着亲爱的表哥，偶然她抬起头来，突见迎面走来一个西服少年。菊芬定睛一瞧，这真是踏破铁鞋无觅处，得来全不费工夫了。不觉心中大喜，立刻抢步上前，把他一手拉住了，叫道：

"表哥，我找得你好苦呀！我何处不找到呢？原来这儿竟被我遇见了。"

不料何惧却冷笑了一声，恨恨地把她手摔脱了，说道：

"哼！谁是你的表哥呀？你不要认错了人吧！我可没有福气有你这么一个多才多艺的好表妹呀！"

菊芬听了这些话，急得双泪交流，拉住了何惧的衣袖，苦苦不放，说道：

"表哥，你且不要走，好歹也给我向你解释一个明白，因为我心中原有不得已的苦衷啊……"

"谁要你解释，你是扬眉得意啦！你是青云直上啦！"

何惧并不同情她这些话，回身把菊芬恨恨地一推。菊芬站脚不住，跌在雪地上，只觉一阵凉意砭骨，她叫声："表哥，你好狠心啊！"她便忍不住呜呜咽咽地哭起来了。这一哭不打紧，倒是把菊芬自己哭醒转来了。她睁眸一瞧，原来自己是做了一个梦。伸手揉了揉眼皮，泪水倒真的淌下来不少，因为刚才临睡的时候没有把落地玻璃插上，这时被夜风吹开，一阵一阵吹到床上的自己身上，所以她在梦中也感到颇冷意了。她坐起身子，暗自想了一会儿梦境，觉得这梦原是因一封信而起，无非是心中太受了一些委屈，所以在睡梦中也在受委屈了。她轻轻地叹了一口气，遂掀被跳下床来，两手拢了拢披散在肩上的长发，移步走到窗旁，把窗门关上，将薄纱的帷幔拉拢，回身又到床边，见梳妆台上的那架意大利石的座钟已指在子夜二时半了。她伸手熄灭了电灯，不料就在这个时候，忽然听得有人低低唤道：

"菊芬，菊芬！"

菊芬好生奇怪，侧耳细听声音的出发处，自不免怔怔地愣住了一会子。窗外的月色是非常清辉，因为室中是黑暗的缘故，所以望到窗外是特别清楚。菊芬在经过一度愣住了之后，她的明眸忽然瞥见到窗外有一个黑魆魆的人影子，这使菊芬那颗脆弱的心灵倒不免吃惊不小，身子不禁瑟瑟地颤抖了一下。

"菊芬，我是何惧，你快开门吧！"

接着在窗外又发出了这两句低微的话声。菊芬因刚才是曾经做过梦的，一时她惊奇得还以为是在梦中，遂摸了摸自己的鼻子，又连连地咳嗽了两声，觉得这并不是在做梦。于是她仗着胆子，慢慢地步近窗前去，把窗幔轻轻地拉开，低声地也问道：

"你是表哥吗？"

"是的，表妹，你开门呀！"

那黑影子在窗外又轻微地回答。菊芬对于表哥在这深更半夜会翩然地从窗外而入，这真是感到了意外的惊喜，她毫不犹疑地开了窗门。在月色光芒笼罩之下，菊芬瞧到那少年不是表哥还有谁呢？她快乐得猛可伸手把他脖子抱住了，连声地叫道：

"表哥，表哥，你怎么就想明白过来竟会望我来了呢？"

说到这里，她忍不住已抽抽噎噎地哭起来了。

"表妹，我错怪了你，把你看得太渺小了，唉！这是我的鲁莽之处，我觉得惭愧，请你原谅我。"

何惧抱着她的娇躯，偎着她的粉脸，柔声地向她赔不是。菊芬听了这两句话，她一颗芳心在无限哀愁之余，不免又感到了深深的安慰，一时把刚才那股子怨恨之气也早已消去了干净。不过表哥这行动太神秘了一些，菊芬实在不敢相信这是实在的事，所以她微仰起粉脸，望着他怔怔地又问道：

"表哥，你真的来望我了，我并不是在梦中吧？"

凭她这两句话，何惧就明白她是乐糊涂了的表示，因为菊芬的脸是向着外面的。何惧在月光照映之下，只见她是含满了晶莹莹的泪水，这仿佛是一朵水底里钻出来的荷花，又好像是带了雨的海棠，在妩媚之中又感到了楚楚可怜的成分。他有些情不自禁，遂捧着她的粉颊，在她殷红的小嘴上接了一个甜蜜的长吻，笑道：

"表妹，我们在接吻了，这难道还是在梦中的事情吗？"

菊芬和何惧虽然在过去确已心心相印了，不过对于接吻这一个事实在还是今晚破题儿第一遭，她在无限喜悦之中，又掺和了一些羞涩的成分，因此粉嫩的两颊愈加一圆圈一圆圈地娇红起来。秋波斜也了他一眼，低低地道：

"表哥，今天才接到你这一封不情不义的信，怎么在这一会儿之间你又明白我并不是甘心堕落了呢？"

"这事说来话长，表妹，我们到房中好好儿地谈吧。"

何惧听她这样问，遂和她携手进房，菊芬把室中电灯开了，只见表哥穿着一套厚呢的西服，脸苍老了许多，显然几年在外的奔波，风姿是不及以前的了。何惧站在窗前，炯炯的明眸也向菊芬上下打量了一会儿，只见她穿了一件月白软绸绣花的睡衣，下面拖了一双青绒的睡鞋。前胸是露了雪白的一块，当中是凹进了一条轮痕，从而可知两旁是隆起的乳峰。何惧心中暗想：表妹的生活竟是这么地贵族起来了，回首前尘，当然是不胜今昔之感。

"表哥，你干吗老望着我出神？难道我的人已变换了样子吗？但是我的环境虽然改变了，不过我的人并没有改变呀！"

菊芬被他这一阵子呆瞧，当然是感到非常不好意思，遂瞟了他一下，低声儿含笑着说。但说到后来，她想起了这一封信的词句，她感到有些怨恨，忍不住轻轻地叹了一口气。

"虽然你的思想和智勇是依然保持着过去的程度，但你的人确实是改变了样子了，白胖得多、美丽得多了。"

何惧却兀是目不转睛地望着她粉脸，含了笑容，低声儿地说。菊芬听他这几句话，便恨恨地白了他一眼，雪白的银齿微咬着嘴唇皮子哼了一声，说道：

"何必说那些反话？我是个被人视作花一般好看的玩物，哪里有什么思想和智勇可言呢？"

何惧走上前来，把她手儿紧紧地握住了，诚恳地道：

"菊芬，你难道还恨着我吗？我不是已经向你求饶了吗？因为你确实是个不平凡的姑娘呀！"

菊芬笑了一笑，遂走到梳妆台旁，把抽屉内那封信取出来，回身交到何惧的手里，逗给他一个妩媚的娇嗔，恨恨地道：

"这是谁写的信？难道叫我心头还不恨吗？"

说到这里，哼了一声，把身子又别转去了。何惧把那封信撕得粉碎，掷到地上去，走到菊芬的背后，把她肩胛又扳了回来，笑道：

"你不见我把那封信已扯碎了吗？好妹妹，你就别生气了。"

菊芬见地上果然散了一片碎纸，一时心中也不知是喜是悲，那眼泪又淌了下来。何惧见她可怜，遂伸手抹去她颊上的泪水，说道：

"菊芬，你不要伤心了，我心头不是难受吗？"

菊芬这才收束了泪痕，盈盈地向他逗了一瞥娇羞而又带哀怨的目光，说道：

"你知道难受，我就不知道难受了吗？你要明白，我刚才接到你这封信之后，我的心好像刀割。我是为你痛哭过的，而且我也为你做过噩梦，我梦见你把我恨恨地推倒在地上，我想起你的狠心，我真有些愤恨哩！唉！你为什么要这样毒辣呢？你难道不知道地上全都白雪，把我推到地上也会冷得受不住的吗？"

菊芬想起梦境的事，她实在是非常怨恨，所以向他怔怔地呆问。何惧听她这样问，忍不住哑声笑出声音来了，拉了菊芬的手，一同坐到沙发上去，望着她薄怒娇嗔的意态，觉得实在非常妩媚可爱，便柔和地笑道：

"菊芬，你这人也太有趣了，你所以做这个噩梦，原是为了心中愤恨我的缘故，因此由幻想而凝成了梦境。你问我为什么要这样毒辣，但我又何尝真的把你推到雪地上呢？那你这话不是太显得孩子气了吗？"

菊芬被他这么地一解释，也由不得抿嘴嫣然笑起来了，秋波恨恨地白了他一眼，却撇了撇嘴，没有作答。一会儿，方才低低地问道：

"表哥，我真感到奇怪，你怎么知道我是没有像你猜想的那么卑

41

鄙了呢？而且你为什么要深更半夜地从窗口跳进来？那么你在南京到底干些什么事情呢？你不是全应该告诉我吗？"

何惧笑了一笑，附着她耳朵，低低地说道：

"表妹，我现在是担任了特务部的工作，所以行动是十分神秘。今天晚上，国华饭店门口遇见的那个乞丐，你大概没有想到这是……"

菊芬不等他说下去，粉脸就变了颜色，"啊呀"了一声，扳住他的肩胛，急急地追问道：

"什么？难道就是你化装的吗？"

何惧含笑点了点头，说道：

"年老的人总有些慈悲的心肠，所以还是五爷交给我一块白花花的洋钿。"

菊芬叹了一口气，说道：

"并不是我说的马后炮，在当初我就有这么一个感觉，这乞丐虽然面目污秽，但那双眼睛为什么竟这样炯炯有神呢？想不到就是你这个不争气的人，正大光明的不出来和我相见，偏喜欢扮成一个叫花子，那不是令人感到生气吗？"

"表妹，那你又错理会我的意思了，我所以扮叫花子，并不是为了你，我实在是为了业务上的工作呀！金将军请这几位闻人吃饭的阴谋，我是早已明白的了。那时候我也在国华饭店的楼上，亲眼瞧见你拯救那个募捐少年的情形，我心里就有些明白妹妹的一番苦衷，我知道妹妹依然有着过去的智勇，使我深深地懊悔不该写这一封信给你了。"

菊芬听何惧这么说，她乌圆的眸珠转了一转，"哦"了一声，向他又悄悄地问道：

"那么……这支小小的银镖也准是你放的了？"

"表妹，你别……"

何惧被她一言道破，急得伸手立刻扪住了她的嘴，脸有些发红。

"表哥，我真想不到五年没见，你就进步得这么不平凡了……可是你的胆子也太大……这……不是太以危险了吗？"

菊芬知道自己的猜测是对的，想不到这件惊人的工作竟是表哥做的，她在无限敬佩之余，真感到无限的喜悦，她情不自禁地把身子倒入何惧的怀中去了。何惧搂抱着她软绵绵的娇躯，心里有些荡漾，笑道：

"这些小事情算得了什么？我在北京城里的时候，遭到危险的事情可真多着哩！大概是我的阳寿未终，命不该绝，所以到处绝处逢生，死里逃生，想起来也觉心惊胆寒哩！"

"表哥，你太勇敢了，我实在感到你的不平凡，但是你也应该相信我，我也绝不会使表哥有所失望的地方。就说那个募捐少年吧，我见了他那种威武不屈的精神，我知道他也是个有抱负有勇气的人，我如何能忍心一个有作为有希望的青年在金志光残暴势力下做无谓的牺牲？所以我不顾一切厉害地要救援他。表哥，你如何明白我的打他是为了救他的缘故？那你真可说是我的心儿一样的了。"

菊芬纤手环住了何惧的脖子，微仰了粉脸，掀着酒窝儿，含了妩媚的娇笑，秋波脉脉含情地凝望着他俊美的脸庞，她的芳心里是真有说不出的得意。

"虽然我是这么地猜测，不过我也不能完全这么地肯定。所以我就在你的屋外徘徊了一阵子，本意是探听探听你的动静，谁知你果然开了窗户出来对月长叹。因为是夜静的缘故，所以你的自叹，我都一句一句地听在耳里，到此我方才明白是冤枉了你，委屈了你。本当立刻上来和你相见，但是我衣衫褴褛，也许你会把我当作偷儿的。因此我又匆匆地去换了衣服，正跳上洋台的时候，不料你在拉拢纱幔，去熄电灯了，所以我就放大了胆子叫你了。"

何惧听她这样说，心头也激起了无限的敬意，遂又向她轻轻地告诉。

"表哥，你对于你的工作上，似乎应有这种侦探的手段。不过你在我的面前，你就不应该这样地对付我呀，那么你现在总可以相信我是怎么样的一个女子了！"

菊芬这回又坐正了身子，秋波恨恨地白了他一眼，在她这几句话中至少是含有些怨恨的意思。

"表妹，我现在相信你了。你是个英雄，你是个时代的女性。"

何惧望着她微微地笑。

"虽然并没有像你现在所说那么好，但也并不像你信中所说那么卑劣。"

菊芬说了这两句话，身子已经站起来了。

"表妹，你拿什么？"

何惧拉住了她的手，悄声儿地问着她。

"话说得这许多，你不想喝一杯茶吗？"

菊芬回眸瞅了他一眼，含笑着回答。

"你别忙，时候不十分早了，我坐一会儿就走的。表妹，你有没有什么饼干？最好拿些出来给我吃几片。"

何惧摇了摇头，他见时钟已四时相近了，遂低低地说。忽然他肚子里一阵怪响，遂含笑向她又讨取饼干吃。菊芬抿嘴一笑，点了点头，她在五斗橱内取出一听牛奶，用热水冲了一杯，然后在罐子里装出一盘子香蕉夹心饼干，亲自拿到他的手里，瞟他一眼，笑道：

"本来叫小香起来烧些热的点心给你吃，可是又得花费许多的时间，所以还是现成的吃些吧。"

"表妹，你还这么说，我老实不客气地向你讨取了，已经是很不好意思了呢！"

何惧接过她的牛奶杯子，微笑着回答。不料菊芬听他这么说，反而愀然不悦地逗给他一个娇嗔，叹道：

"表哥，你说这话叫我听了难受，从这一点子瞧，可见你对我还是存了生分的心理。不然，我的家就是你的家，何用再说什么不好意思的话呢？那不是叫我听了……"

说到这里，却又欲盈盈泪下的神气，她的身子便又背过去了。何惧听了这话，自不免感到心头难过，遂站起身子，放了牛奶杯子，走到菊芬的背后，把她肩又扳了回来。谁知她的粉颊上，又真的展现一颗亮晶晶的眼泪了，这就感动地道：

　　"表妹，我原说错了话，你就原谅了我吧！"

　　菊芬被他这么地一说，因此把眼泪愈加扑簌簌地滚下来了，深深地叹了一口气，却是默不作答。何惧伸手去抬她的下巴，说道：

　　"妹妹，你难道真的恨我吗?"

　　"我恨你干吗? 快去喝牛奶吧！饿坏了肚子可又叫我……"

　　菊芬纤手来回揉擦了一下眼皮，秋波逗给他一个妩媚的娇嗔。但说到末了，她又不好意思起来，红晕了娇靥，却又抿嘴笑了。何惧于是回身又去握了杯子，望了菊芬一眼，说道：

　　"你自己不冲一杯喝吗?"

　　菊芬摇头道：

　　"我没有饿，你自管地喝吧。表哥，那么你现在耽搁哪儿? 假使我要来瞧望你，不知你能告诉我一个地址吗?"

　　"我的住址是没有一定的地方，所以表妹可以不必来瞧我，我有便的时候总能够常常来瞧你的。"

　　何惧听她这样问，遂摇了摇头，低低地安慰着她。菊芬知道他是因为业务上的关系，遂也不去追问他，点头说道：

　　"那么我总希望你能天天来一次，使我知道你是平安的、强健的，那我是多么快慰啊！"

　　"好的，我在可能范围之下，一定可以天天来瞧望你一次。"

　　说到这里，他已喝完了牛奶。菊芬亲自在面汤台旁拧了一把面巾，交到他的手里。何惧擦过了脸，放在桌上，说道：

　　"表妹，那么我走了，你也可以早些安息了。"

　　"表哥，你此刻到什么地方去呀?"

　　菊芬听他要走了，心里有些依恋不舍，遂伸手拉住了他，望着他脸儿很急促地问。

"我此刻也回去睡了，因为明天尚有许多的公务要干呢。"

何惧拉了她的纤手，身子已向窗门旁走。菊芬道：

"既然你是去睡的，那么你就睡在我这儿吧。这么夜深了，路上怕很不方便的。"

"不要紧，我是什么都不怕的。睡在这儿，恐怕反有许多的不便，所以还是回去睡的好。"

何惧握了握她手，向她微笑着回答。

"那么你明天来不来？"

菊芬微仰了脖子，手儿搭在他的肩胛上，显出了无限温情蜜意的神气。

"说不定我会来的。"

何惧点了点头，轻轻地说。两人默默地凝了一会儿，在何惧的心中，虽然很有和她接个吻的意思，但是这回因室中亮了电灯，所以他感到难为情，竟鼓不起这个勇气。良久，方说声"妹妹再见"，他的身子已走入洋台里去了。

"表哥，你为什么不打从楼下大门外走呢？这样不是很危险吗？"

菊芬从后面跟着走到洋台上来，谁知却早已不见了何惧的人影子了。菊芬暗自"咦"了一声，不料却听下面街道上有人向自己说道：

"菊芬，外面风大，你进去吧！"

菊芬低头望去，只见何惧已站在下面的人行道上了，一时暗暗惊惧：想不到表哥有这么样的好本领了。于是伸手招了一招，还去按了她一下小嘴儿，她扶着洋台的石栏杆，直瞧不见了表哥的身影，方才含笑步进室中去了。

何惧在人行道上踏着已斜西的月色，匆匆地向机关里走，不料这时忽然迎面走来一队巡逻队。为首的一个队长，他见何惧如此深夜还在路上行走，颇觉形迹可疑，遂拔出手枪，向何惧一扬，走上前来，喝声停步，便欲搜查。何惧因为袋中有着手枪，所以心里不免暗吃了一惊，不过事到万急，最要紧的是态度镇静，所以他很从容地走上两步，把两手高高地举起，这当然是给他搜抄的意思。不料当那队长伸手摸到他西服袋内去的时候，何惧冷不防地飞起了一腿，这就把那队长手中握着的手枪已踢落到地下去了。说时迟，那时快，何惧一面拔出手枪，一面把身子已奔入一个小街道，在墙角里先砰砰地放过来两枪。那队长在一度惊愕之后，立刻又去拾地上的枪。这时，八名卫警也向前砰砰地放枪，队长把枪一扬，遂一齐追赶上去。何惧因众寡不敌，一面向后奔逃，一面连连还击。待奔完了这条小街，见前面有个住宅，围了一堵矮矮的围墙，名曰"兰心别墅"，何惧情急，没了法子，只好纵身跳上墙头，逃进院子里去了。

何惧跳进围墙，那队长已领了八名卫警追到了。大家向前追了一阵子，却不见了何惧的人影子，队长知事有蹊跷，遂停止了脚步，向众人说道：

"这贼子哪里有逃得这么快，莫非他已逃进兰心别墅里去了吗？"

"也许是的，我们且敲门进去搜抄搜抄再作道理。"

一个卫警附和着说。队长听了，点了点头，遂命四名卫警守在兰心别墅的四周，他自己领带了四名卫警，走到大门口，大家举起枪柄，就在铁门上砰砰碰碰地乱撞起来了。

第三回

冒险相救暂躲温柔乡

"小青，小青，你听哪儿来的枪声？"

这是一间很精致的卧房，室中亮了一盏淡蓝色的电灯，把四周笼上了一层清阴而柔美的光芒。床上躺着一个年轻的姑娘，她蓬松着一头乌黑的云发，白嫩的粉脸上，透现着玫瑰的色彩，她并没有睡熟着，含了水汪汪的秋波，只管呆呆地望着那盏绿纱罩的电灯，好像是失了眠的样子。忽然，她灵敏的听觉似乎闻到在窗外隐隐地送过来一阵细微的枪声，她感到有些惊异，遂微仰起脖子，望着下首那张席梦思沙发上躺着的少女低声地召唤。

那名叫小青的少女被她喊醒之后，遂伸手揉擦了一下眼皮，很快地坐起身子，走到床边来，轻轻地问道：

"小姐，你要什么东西？是不是有些饿了吗？我煮些鸡蛋龙眼面片给你吃好吗？"

"不，我没有饿。小青，你听，这不是枪声吗？"

床上的那个姑娘摇了摇头，一面低声地说，一面把明眸向窗外望过去。小青听小姐这么地说，遂凝神侧耳细听了一会儿，觉得果然有几响啪啪的枪声，遂回身走到落地玻璃窗的前面去，拉开了薄纱的帷幔，轻轻一推开窗户，在她是预备走到洋台上去瞧瞧的意思，不料才把窗户拉开，在小青的眼帘下就发现了一个人影子。她心中这一吃惊，身子立刻倒退了两步，把手拭了拭眼睛，这就"哟"的一声叫起来了。

原来这窗外的黑影子正是逃进来躲避的何惧。他见小青"哟"了一声叫起来，遂索性步入房中，手枪把她扬了扬，低低地喝道：

"不许声张！"

小青瞧了这黑漆漆手枪的管子，她真吓得脸无人色，全身瑟瑟地一抖，身子几乎要跌到地下去了。何惧见她害怕得这一份样儿，于是向她又低声地道：

"请你不要害怕，我并不是什么歹人，只要你不高声地叫喊，我是绝不会来加害你的。"

床上那个姑娘本来也急出了一身冷汗，今听何惧这么声明，又见他英俊的脸庞，知道这事情有了蹊跷，遂勉强地从床上坐起，鼓着勇气，向他说道：

"你既不是歹徒，为何黹夜私闯人家姑娘的卧室？那你是安着什么心眼儿呀？"

何惧起初倒并没有注意床上这个少女，如今听了她话声之后，遂抬头望去，方知这是人家一间小姐的闺房，于是忙把手枪收起，说道：

"那我并不是存心闯小姐的卧室，因为后面追得太紧，我为了逃性命，所以一时里就管不得许多的了。千万请小姐垂怜，若能救我一救，真使我心头感激不尽的了。"

小青见他说并不是强徒，因为听他反向我们求救，所以她的胆子就大了一半。两颊由灰白而转变得红润了些，哼了一声，向他恨恨地道：

"你莫非是个强盗吗？人家为什么要追赶你呀？你得从实地告诉，那么我们才可以救你，否则……"

说到这里，意欲恐吓他几句，但仔细一想，他有手枪，万一他恼怒起来把我闲放一枪的话，那我不是自讨苦吃吗？经此一想，她顿了一顿，终于没有把下面的话说了出来。何惧从她们这两个人的情景猜想，就明白她们是个主婢关系了。想不到这婢子倒是比小姐还凶恶一些，遂弯了腰肢，说道：

"我老实地告诉你们，我是个革命党的党员，因为被巡逻搜捕，故而逃奔的。我想求你们不要叫喊，给我在房中略坐片刻，我马上就可以离开这儿的。"

床上的少女听他是个革命党的青年，一颗芳心不免动了爱怜之意，遂瞟了他一眼，低低地问道：

"你说是个革命党的党员，但口说无凭，你得拿个证据来给我瞧的。"

何惧听了，遂在袋内取出一颗徽章，放在手心上，伸过去给她们瞧望，说道：

"那我如何敢欺骗你们？你们瞧好了，这便是证据了。"

小青因为自己不认识这徽章是不是真的，所以她便伸手来拿，预备给小姐去瞧望。不料何惧见她伸手来接，他早又把手缩了回来。小青倒是一怔，望着他问道：

"为什么又舍不得给我瞧？莫非是假的吗？"

"这位姐姐你有所不知，这颗徽章就是我的生命一样，我怕你拿了去就此不还给我了，那叫我怎么好呢？所以这个得请你们原谅才好。"

何惧把徽章又藏入袋内去，向她含笑低低地解释着。那床上的姑娘在灯光之下却早已瞧清楚那个徽章了，遂点了点头，向小青说道：

"你不要问他拿着瞧了，我相信你是个革命党的青年，那么你在房中就只管坐一会儿吧！"

何惧听她这么地说，心里非常地感激，遂向她很恭敬地行了一个四十五度的鞠躬礼，于是悄悄地退到沙发上去坐下了，他低了头，望着那只皮鞋的脚尖，却是出了一会子神。小青望着他，也愕住了一会儿，然后走到床边去，扶着那姑娘的身子说道：

"小姐，你快躺下吧，才好一些，不要又累乏了。"

何惧突然听了她这两句话，方才明白那床上的姑娘是正害着病呢！一时心中就感到非常不安，觉得自己实在很对不住人家了。但听那姑娘却低低地说道：

"还好，我倒并不十分吃力。小青，你把落地玻璃窗去关上了吧！"

何惧听她这么地说，觉得在她的芳心中至少是含有些保护我的意思，于是他情不自禁地抬起头来，向床上望了一眼，不料齐巧和床上姑娘的秋波盈盈地正接了一个正着。就在这一瞥之下，何惧感到她的多情和可爱，他心中暗想：正是个病得怪令人爱怜的姑娘。心中虽然是这么地想，可是他的头又垂下来了。

小青听了小姐的话，遂起身走到窗门旁去。不料她正欲掩上窗门的当儿，忽然瞥见到院子里已拥进来四五个的卫警，杂乱胡糟地不知在说些什么，于是一面关上窗户，一面回过身子来，脸色慌张地说道：

"小姐，啊哟！那可怎么好？外面已有卫兵到我们院子里来搜抄了。"

床上那个姑娘骤然聆此消息，她也由不得身子一阵颤抖，涨红了两颊，一时里竟半句话也说不出来了。何惧虽然心惊，但是他不忍连累人家，所以猛可站起身子，说道：

"小姐，你们且不要害怕，让我跳下窗去是了。"

他说着话，身子便也向窗口旁走去了。那床上的姑娘这才挣扎出一句话来，说道：

"不，你别走，你既然愿意把自己宝贵的生命去和他们一班豺狼拼，那么你又何必要逃进我的房中来？已经逃了进来，也就不犯着再去送性命了。要知道你凭一时之勇，而丧失了一条性命，可是在革命党的立场上说，确实是减少了一份力量。所以我为革命党并你个人的前途着想，你是不应该冒昧下去的。因为他们既来我家搜抄，他们在外面一定包围得很严谨的。你纵然是长了翅膀吧，恐怕也难以飞出去的了。"

何惧听她这样说，觉得她的话说得很不错，这就回过身子，紧锁了眉毛，搓了搓手，说道：

"小姐的话虽然不错，但你又有什么法子可以救我吗？"

那姑娘被他这么地一问，倒是问住了，凝眸含睇地沉思了一会儿，却再也想不出一个良善的办法来。小青见小姐喊住了他，显然有救他的意思，遂说道：

"那么请你藏到我们小姐的衣橱里去，或者到浴室中去躲一会儿，也不要紧。"

"这也许是不中用的吧！因为他们既然来搜抄，当然在每个房间中都要搜抄的，万一被他们搜抄出来，我固然仍旧逃不了一个死，恐怕你们也要受累在内了。那叫我心中如何过意得去？所以还是我跳出窗口去的好。"

何惧摇了摇头，他一面说着话，一面身子又回了过去。

"你别忙，我们还可以想个办法吗？"

那姑娘一心地想援救他，所以把他急急地又叫住了。可是既叫住了他，依然还想不出一个援救他的办法来。小青忽然眸珠一转，忙说道：

"我倒有一个办法了，只有请那位先生睡到小姐的被窝内去，因为小姐是生着病，他们当然不会来惊动小姐，你们想这个办法好不好？"

这个办法虽然是万全之策，但听到两人的耳中，大家羞人答答的，又怎么好意思实行呢？因此涨红了两颊，彼此都没有说一句话。何惧觉得这是太不应该的事情，所以摇了摇头，说道：

"这是不可以这样胡乱的……"

不料话声未完，那姑娘突然听得房外一阵脚步的声音响上来，同时又听爸爸的声音说道：

"这是我小女梅馨的卧房，因为我小女病得很厉害，所以请你们千万要小心一些的。不要把我小女惊坏了，我是非常感激。"

梅馨在房中听了这个话，觉得事到万急，也只好从权的了。又因为他的老诚，使自己更要救他，于是厚了脸皮，向他招了招手，同时把被也掀开来了。何惧到此，也觉得是到了生死关头的了，于是也就管不得许多，立刻走了上去，脱去了皮鞋，把身子睡到床上的被窝内去了。小青把他的皮鞋藏入抽屉内，同时把小姐扶着躺到床上，又给她盖上了一条被。梅馨把嘴一努，小青会意，于是把悬在床上的紫罗纱帐子也放了下来，罩住了小姐的床上。就在这个当儿，忽然有人笃笃地敲了两下门，同时还喊了"梅馨，小青"。小青听出这是老爷的喊声，遂故意迟疑了一会儿，方才答道：

"谁呀？"

她说着话，身子已走到房门口去了。

"小青，你小姐有醒着没有？你叫她千万不用害怕，说有个乱党逃到我们的院子里，所以陆队长要来搜抄搜抄。"

小青开了门，只见老爷先向自己低声儿地告诉着。

"小姐刚才喝了药水，她睡熟了一会子了，什么乱党呀？"

小青用手擦了擦眼皮，故意装作被他们吵醒的样子，低低地回答。老爷且不回答小青，向后面的陆队长把手一摆，意思是请他们进内去搜抄。陆队长因为知道高大生老先生和将军交谊不错，所以也特别小心，回头嘱咐四名卫警轻声些，于是大家移步走进房中，只见床上果然躺着一个姑娘，闭了眼睛，好像已熟睡的样子。床外还罩了紫罗纱的帐子。床旁梳妆台上还放了许多的药水瓶，从而可知她真的是害着病，于是推开玻璃窗，向洋台上抄了一遍。大家又到浴室中去望了望，从浴室中走出的时候，陆队长忽然瞥见到床上的被儿是在抖动着，于是很奇怪地问道：

"你令爱患的是什么病呀？"

小青在旁，也早已瞥见，她不免急出了一身的冷汗，遂提高了

53

喉咙说道：

"我小姐患的是疟疾症，时冷时热，有时候在睡梦中也会抖醒的。"

梅馨原是个聪敏的姑娘，她听了小青的话，哪里有不明白的道理？这就假装醒来的样子，"哎"了一声，喃喃地叫道：

"小青，我冷得厉害，你快给我再拿条被来盖上了吧。"

小青应了一声，她便在被柜内又取出一条厚厚的绣花被抱到床边，掀起帐子，把那条被又盖了上去。陆队长这才向高大生一点头，遂带领了四名卫警，一同又步出房外去了。高大生见女儿又冷了起来，一时暗想：她的病怎么忽又变了呢？遂微蹙了稀疏的眉毛，说道：

"小青，你好生地服侍着吧！唉！这孩子的病怎么就没有好一些呢？"

因为还要陪伴陆队长去搜抄别一个房间，所以他也不得不跟着他们走出去了。小青待他们一走后，立刻去关上了房门，一颗芳心的跳跃，还像小鹿般地乱撞着。她额角上的汗点儿像雨水一般地滚了下来，暗自叫了一声："好险！"遂走到床边来，把紫罗纱的帐子悬起，揭开了被，向何惧低声地道：

"他们走了，你请下来吧！"

何惧这才跳下床来，向地上望了望，悄悄地道：

"我的鞋子放在什么地方？"

梅馨这时也从床上坐起身子，向他瞟了一眼，说道：

"慢着，你且床边坐一会儿再说，也许事情还有变化哩！"

一面说着话，一面把纤手却连连挥着额角上的汗点儿。小青拧了一把面巾来，交到梅馨的手里，低低地笑道：

"小姐，你这么一出汗之后，真是胜过吃一帖药，说不定里面一些风邪倒全都散出来了。"

梅馨听她这么地说，一面擦脸，一面也不禁嫣然地笑了，秋波向何惧瞟了一眼，只见他也是满头大汗，这就向小青说道：

"你再去拧一把手巾来，给这位先生也擦个脸吧。"

何惧听她这么多情地说，一时心中的感激也真非作者一支秃笔所能形容其万一的了。因为是感激过度的缘故，所以他竟泥塑木雕似的再也说不出一句话来了。小青在交给他手巾的时候，俏眼儿瞟了他一眼，不禁抿嘴嫣然地一笑，说道：

"你这位先生说胆子大，倒是很大，说胆子小，实在真小，既然你已躺在小姐的床上了，那你怎么还发起抖来呢？那陆队长是个多么精细的人，他见小姐既已熟睡着，如何身子还发着抖呢？所以他就问起小姐病症来了。假使没有我向小姐提醒了一句，这件事情实在太危险了。"

何惧一面接过手巾擦脸，一面显出十分羞惭的神气，向病人望了一眼，说道：

"此番若非小姐与姐姐相救，不但我的性命难保，而且还累小姐的罪孽，真也不堪设想的了。此恩此德实在不足言谢，诚使我终身感激、没齿不忘的了。"

梅馨听了，红晕了两颊，秋波逗了他一瞥多情的目光，说道：

"我之所以不顾羞耻、忘记危险相救先生，原是因为你先生是个有用的青年。那么我的救先生，换句话说，也就是救国家一样，所以先生可以不必耿耿于怀，说什么此恩此德的话呢！"

何惧听她这样说，一时愈加感动，方欲说句什么，忽然房门外又有人笃笃地在敲了。何惧仿佛是惊弓之鸟，听了这声音之后，身子早又瑟瑟地发起抖来，暗想：这位小姐竟是料事如神，难道事情果然还有变化吗？但小青却不慌不忙地问道：

"是谁呀？"

"小青，是我，小姐怎么又会变了病症了呀？此刻冷可有好些了吗？"

这苍老的声音，梅馨也听是爸爸的口吻，遂伸手指了指浴室，把何惧身子推了一推。何惧明白这回并非来搜抄，原是她父亲不放心女儿，所以又来探问了，于是他也来不及穿上鞋子，就光着袜子走到浴室中去躲避了。小青待何惧走后，遂前去开了房门，先悄悄地问道：

"老爷，他们搜抄完毕走了吗？不知可曾捉到了乱党没有啦？"

"哪里来什么乱党？真是活见鬼，半夜三更，吵得我一家鸡犬不宁，真可杀之至。小青，你小姐早晨不是已经好一些了吗？怎么此刻又变成疟疾了呢？唉！刚才这么一来，不知可曾吓了她吗？"

高大生摇了摇头，一面恨恨地说，一面把身子已跨进房中来了。小青听了老爷的话，忍不住要笑出来，但又立刻镇静了态度，低低地说道：

"小姐冷过一阵子后，此刻又好了许多，她还只有刚合上眼，老爷别惊醒小姐。时候也不早了，老爷还是早些去安置吧！"

高大生听了，回头向床上望了一眼，见这时已掀起了纱帐，而且被儿也都撩过在一旁，只盖了一条被了。女儿微闭了明眸，鼻声微微的，似乎睡得非常安静，他心里这才落下了一块大石，遂向小青道：

"我想明天再换个中医瞧瞧，因为疟疾是需要中药调理的。"

"老爷，这个且到了明天再说，因为小姐我知道她的脾气，就是怕吃药。假使待她这回醒来好些了的话，也就别请什么大夫了。"

小青因为心中已经明白小姐的病是好了，所以她向高大生低低地解劝着。高大生听了，遂点了点头，说道：

"这孩子还是这么稚气哩。好吧，那么天亮了你就来告诉我吧。"

说着话，身子便向房门口走了。小青点头答应，她便关上了房门，走到床边，向小姐低低地叫道：

"小姐，你醒来吧！老爷已经走了呢！"

梅馨真有些不好意思，微红了脸，遂微微地睁开眸珠，嫣然地一笑，身子又从床上坐起，说道：

"那真是要命的，爸竟把我当真的患疟疾了，那可怎么办呢？你明天早晨快去回绝爸爸，说小姐叫老人家千万不要再请什么大夫了。"

小青也忍不住抿嘴笑起来，乌圆眸珠一转，说道：

"我不是已经和老爷这么说过了吗?"

说到这里，顿了一顿，接着又放低了喉咙，说道：

"小姐，我瞧这位先生方面大耳，唇红齿白，倒是个挺英俊的人才。小姐既然已救了他的性命，而且曾经同衾躺了许多时候，那么小姐何不就此把终身相托，那也岂非是件美事。"

梅馨听小青这么说，心虽然也很有这个意思，不过现在这个文明时代，当然不能开倒车的就和从前的一样。难道凭了一时的爱怜就去谈到彼此的婚姻问题，这似乎太没有意思了。于是摇了摇头，秋波瞟了她一眼，说道：

"你这话不对，我的救他，原是为了爱惜他的人才，这在刚才我也曾经和他说过了。现在和他若谈起了婚姻问题，这不但有失我救他的本意，而且也显得我是为了儿女私情才冒这个危险了。那在他心中想来，觉得我这个姑娘未免是失了女孩儿家的身份，所以这个意思，是千万和他说不得的。虽然我和他同衾相睡了许多时候，不过我们的心是纯洁得和日月一样，那也没有什么关系的呀！"

"小姐，我真佩服你思想的不平凡，你真不愧是个现代的新女性。到底小姐是个学校中人，所以和我的见识是大不相同的了。"

小青听了梅馨的话，她心头是有说不出的敬佩。

"倒是我出了一身大汗之后，人就觉清爽了许多。小青，你把皮鞋拿到浴室里去，叫他可以出来了。"

梅馨对于小青的赞美，她心中感到十分得意，一面拿了手帕，还不停地拭着额角上冒出来的汗点儿。小青点了点头，她在抽屉内取出何惧的皮鞋，遂匆匆地推开了浴室的门。只见他坐在抽水便桶上，怔怔地出神，于是笑道：

"你这位先生贵姓？请你穿上了皮鞋，现在什么事情全都没有了，你放心吧！"

何惧接过那双皮鞋，匆匆地穿上，向小青先深深地鞠了一个躬，含笑说道：

"敝姓何，你这位姐姐不知叫什么芳名？我这次的性命一半也可说是姐姐救的，所以我实在非常感激。"

小青见他向自己鞠躬，遂慌忙让过一旁，说道：

"我名叫小青，何先生，请到外面来坐吧。"

何惧于是跟她步到房中，只见梅馨坐在床上，遂走上前去，也向她很恭敬地鞠了一个躬，说道：

"小姐，你本来已经有了贵恙，如今为了我累忙了一阵子，不知现在身子怎么了？真使我太感激了。"

"先生，你别那么说，请坐吧。恕我抱病在身，不能起床招待了。小青，你来倒杯茶。"

梅馨微欠了身子，一撩眼皮，秋波水盈盈地逗了他一瞥娇羞的目光，柔声儿地回答。何惧于是把身子退到百灵桌旁边的沙发椅子上去，小青倒上了一杯茶，向梅馨微笑道：

"小姐，这位先生是姓何的，我们小姐是姓高的……"

说到这里，又向何惧瞟了一眼，却是抿嘴嫣然地笑了。何惧于是向梅馨叫了一声："高小姐。"梅馨意欲还叫一声何先生，但不知怎么的，却始终鼓不起这个勇气，于是含笑点了点头，却把粉脸垂下来了。小青见两人默默地呆坐着出神，心中暗想：莫非是为了有我碍在房中，所以他们不好意思说话吗？她在这样感觉之下，身子便悄悄地退到房门口去了。何惧见小青退出房外去了，遂握着杯子喝了一口茶，向她低低地搭讪着道：

"高小姐，你的贵恙不知已有几天了？"

"连今天已有五天了，这两天原已好得多，何先生，你在党部办事有多少时日了？"

梅馨听问，这才微抬红晕的娇容，瞟了他一眼，也低声地还问他。

　　"我自入党至今，差不多已有五年了。前在北京城里工作，自从刘将军被我军击败以后，我就一向在汉口工作，还只今春到这儿来的。"

　　何惧很小心地回答。梅馨频频地点了一下头，说道：

　　"那么何先生所干的事情真是不少的了，请问大号叫什么？不知是什么地方人，能告诉我吗？"

　　"那当然是可以的，我单名惧字，原籍河北，可是我的一生就差不多年年在外面各处奔波的。高小姐，恕我冒昧，你的芳名叫什么呀？"

　　何惧在告诉了她之后，他也乘机向她还问芳名。

　　"草字梅馨，那么何先生故乡还有什么人吗？老太爷、老太太不知可都健在？"

　　梅馨很想多知道他一些身世，当然，在她芳心中不免是含有些作用的。何惧微微地叹了一口气，摇了摇头，说道：

　　"我的爸妈是早年过世了，所以我的身世就像孤雁那么孤零的。高小姐的爸妈大概是都健在的吧？"

　　"是的，我爸妈是都健在的。何先生，你的身世虽然很孤独，不过你的生活是天天忙碌在工作上，所以我想你也不会感到怎么冷清吧！"

　　梅馨瞟了他一眼，低低地说，表示很同情他的神气。这两句话倒是说在何惧的心眼儿上，便笑了一笑，说道：

　　"可不是！而且在我这种生活中，日子好像过得特别快。高小姐，你爸爸很疼爱你吧，我想你大概是个独养女儿的了。"

　　梅馨听了这话，也不免抿嘴嫣然地一笑，说道：

　　"爸爸的女儿倒真的只有一个，不过我也还有一个哥哥的。"

　　何惧道：

"你哥哥叫什么名字？他可在读书吗？"

"哥哥名字思明，他在金陵大学读书的。"

梅馨向他柔声儿地告诉。

"那么高小姐在什么学校读书？"

何惧继续地问她。

"我在第一女子高级师范里，为了生病，倒有许多日子不曾上学校去了。"

梅馨有些感喟地说。

"高小姐真是个智勇兼备的姑娘，我真觉得敬佩之至，假使我将来有成功的一天，我总不会忘记你的大恩……"

何惧炯炯的明眸在她倾人的娇靥上掠了一眼，他话声是包含了感激的成分。

"何先生是个有抱负有才干的青年，我知道你当然会踏到成功的大道；不过我今日的救你，原也不是希望你有所报答我的意思。只是我觉得我救了一个有用的青年，我心头是深深地感到无限的安慰。所以你何先生若不见弃的话，我倒很愿意跟你交一个朋友。只不过在我的资格而论，也许有些够不上吧！"

梅馨听他这么地说，心头有些喜悦的意味，遂把秋波向他斜乜了一下，故意这么地逗他一句，望着他娇媚地笑。

"高小姐，你这是什么话？叫我听了，心中不是太不好意思了吗？承蒙小姐冒了绝大的危险舍命相救，已经是使我感到心头，现在又蒙如此见爱，愿意和我交个朋友，这叫我更加刻骨铭心，岂有不乐从的道理吗？"

何惧见她说得这么客气，这就很急促地回答，表示自己确实也有和她同样的意思。梅馨听了这话，自然很得意，眉毛一扬，秋波掠了他一瞥娇媚的目光之后，她又忍不住微微地笑起来了。过了一会儿，何惧站起身子，望着梅馨，向床前直走了几步，低声地道：

"高小姐，你是有病的人，我也不敢多劳乏你的精神，时候也不能说不早，实在已太早了，你不瞧天空中不是快要发白了吗？所以你是应该早些休息了，我们再见吧！"

何惧说到这里，又把身子向后退了两步，似乎便欲告别的模样。

"何先生，你为什么这样性急？因为我已经好得多了，所以倒也并不累乏。你肚子可有饿了吗？要不吃些点心再走……"

梅馨说到这里，她扬着粉脸，向门外又叫道：

"小青，你在哪儿呀？干吗不进来了？"

小青原没有到别处去，她就站在房门口偷听两人的说话。如今被梅馨这么一喊，于是就推门走进来，望着两人微微地一笑，说道：

"小姐，你叫我有什么事情吗？"

"我此刻肚子倒有些饿了，你给我燃着了洋油炉子，烧些鸡蛋龙眼汤给我吃吧！"

梅馨觉得小青这一笑，至少是含有些神秘的意思，这就把粉脸也由不得红起来，但她兀是镇静了脸色，向她低低地吩咐着。小青点头答应了一声，遂走到五斗橱旁去烧点心。何惧见梅馨对自己有些依恋的神气，一时心中倒也有些留恋起来。梅馨却瞅他一眼，微笑道：

"你再坐一会儿吧！此刻也不过五点半，反正你回去总得睡一天了，所以索性天亮了回去也不迟。"

何惧笑了一笑，把身子又退到百灵桌的椅子旁去，说道：

"我怕被你府上另外的仆人瞧见了，若传到令尊大人的耳中，那么你不是很不便吗？"

小青听了，回过头来，插嘴说道：

"何少爷，你放心，我们公馆里的仆人都要在七点以后才起身的，所以现在大家还都在睡梦中哩！再说小姐的卧房，除了我，别的仆人也不敢乱闯的。你只管安静地坐着好了，回头吃好了点心，我送你出门去好了。"

何惧听她们主婢这样说，觉得若一味地要走了，这叫人家心中也要感到不高兴的，因此也只好坐了下来。梅馨道：

"何先生，你以后只管到我家来玩玩好了，星期日我总在家里的日子多。"

何惧点了点头，说道：

"那我当然常常会来拜望你，不过令尊大人知道了，会不会怪我来得冒昧？"

梅馨乌圆眸珠一转，微笑道：

"不会的，况且我哥哥也很爱交朋友的，明天你来的时候，我先把你介绍给哥哥，那么爸爸也只道你是哥哥的朋友了。"

小青听了，却先扑哧的一声笑起来了。何惧、梅馨被她一笑之后，大家都感到有些难为情，彼此相互地望了一眼，也不禁赧赧然地笑了。何惧吃毕点心，时已六点钟了，于是他不敢再留恋了，遂起身作别。梅馨见他跟着小青已走到房门口了，遂又问一句道：

"何先生，那么你明天来吧。"

"不过……我想总得待高小姐能够起床了才是。"

何惧在房门口回过头来，又这么地回答了一句。梅馨似乎也感到自己是太以性急了一些，因为别人家是个年轻的男子，所以使她更感到了难为情。这就红晕着粉脸，向他愕住了一会儿，却再也说不出一句话来了。何惧见她娇羞万状的意态，于是补充了一句，说道：

"高小姐，你安心地静养，我在最近期内，总会来瞧望你的。"

梅馨这就向他点了点头，意欲再说一句什么，但何惧的人影子却已在眼帘下消失了。她手托着香腮，自不免暗暗地想了一会儿心事，觉得这真是一件意想不到的事情，因为事情已经是过去了，她方才感到自己的胆大，这样危险的事情岂是儿戏的吗？万一当时被陆队长揭破了秘密之后，我固然是犯了私藏乱党的罪名，而且我一个女孩儿家的名誉不是也立刻一败涂地了吗？在那时候我真的连自杀都来不及呢！想到这里，情不自禁微微地叹了一口气，那额角上的香汗又会像蒸气水一般地冒了上来。

"小姐，你现在是可以休息一会儿了。"

静悄悄的，小青亦已走进房中来了。她步近旁边，向她低低地说，同时还神秘地咪咪地笑。

"你已把他送出门口了？没有给谁瞧见吧？"

梅馨回眸过来，瞟了她一眼，却轻声地问她。小青摇了摇头，说道：

"一个人也没有瞧见。小姐，何少爷是个很有情义的人，我想他一定不会忘记小姐的。"

"这你又打哪儿知道呢？"

梅馨见她很肯定的样子，遂望着她怔怔地问。

"因为他在门口又对我说，请小姐不要疑心他是个无赖的青年，因为今夜小姐救了他的性命，他是刻骨铭心，绝不敢有忘大恩的。我见他这样叮嘱，他不是已有爱上小姐的意思了吗？所以我觉得非常欢喜。"

小青瞟了她一眼，笑盈盈地说。梅馨听了她这几句话，一颗芳心虽然是感到万分安慰，但也觉得非常不好意思，啐了她一口，笑嗔道：

"你别信着嘴儿胡说吧！快服侍我睡了，此刻倒真的又感到疲倦起来了。"

小青一面服侍她躺下，一面低低地笑道：

"这当然是因为何少爷走了的缘故。"

梅馨听她这么说，一时直把耳根子也羞得绯红起来了，忙娇嗔着问道：

"小青，你说的什么话呀？"

"我说的什么话连我自己都忘记了，小姐既然没有听清楚，也就不用追问了。我们睡吧睡吧。"

小青连说了两声"睡吧"，她伸手熄灭了电灯，遂咪咪地笑着，也回到席梦思上去躺下了。梅馨见小青这么淘气，忍不住暗暗地说声"这妮子可恶"，一时也抿着小嘴自个儿笑起来了。虽然时候已经六点多了，但天色还是墨黑的。梅馨胡思乱想地又思忖了一会儿，方才沉沉地入梦乡去了。

也不知经过了多少时候，梅馨一觉醒来，已经是中午十二时半了。她揉擦了一下眼皮，只见一线淡淡的秋阳从薄纱帷幔内透露进来。说也奇怪，经过昨夜几阵大汗淌下之后，今天居然是完全地大好了。不但热度全已退尽，而且精神也爽朗了许多。这就从床上坐起，纤手拢了拢披散在肩头上的长发，暗自想道：我虽然是救了他一条命，但他也医愈了我的病哩！想到这里，自不免笑起来了。就在这时，小青从房外匆匆地进来，她见梅馨坐在床上，遂笑盈盈地叫道：

"小姐，你怎么预备起来了吗?"

"睡了一星期的眠床，我也睡腻了。愈睡精神愈不好，还是起来坐坐，在房中走动走动，也会好得快一些的。"

梅馨很嫌烦地说着，她把被儿已掀开来了。

"小姐这话也不错的，那么我服侍你起床吧。"

小青开了衣橱门，伸手拿过一件墨绿软绸的旗袍，走到床前来，服侍梅馨起身。梅馨套上一双薄呢的软底鞋子，在房中走了两步，觉得两眼茫洋洋的，身子有些摇摇欲倒的样子，遂在梳妆台前那只锦凳上坐下了，对镜照了一会儿，不免轻轻地叹了一口气，说道：

"想不到只睡了七天的床，人就憔悴得如此模样了。"

"这是因为没有梳洗的缘故，其实我倒以为小姐还是瘦一些好看，本来不是太胖了吗? 你不信，我给你好好儿把头发做一做，施一些脂粉，准像天仙化人一般好看哩!"

小青捧了一面盆的水，放到梳妆台上，却望着她病西施那样的意态，咮咮地笑。梅馨白了她一眼，嫣然地笑起来，说道：

"你这妮子现在是越发没了规矩了，在我跟前老是涎皮嬉脸的，那不是叫我生气吗？"

"小姐，那真是天晓得的事情，我说的全是真话，哪一句敢涎皮嬉脸呢？"

小青一面笑着说，一面拿梳去理她的头发。

"谁说得过你那一张贫嘴？老爷和太太可起来了没有？"

梅馨逗给她一个娇嗔之后，又向她轻声儿地问。小青还没有回答，梅馨在镜中已见到爸爸衔了一支雪茄蹀进房中来了，他微蹙了稀疏的眉毛，好像很忧愁的样子，于是便先叫道：

"爸爸，我已完全地好了，你不要再去请什么大夫了吧。"

高大生已走到了女儿的身旁，望了她一眼，说道：

"就是好了，你也不该今天便起床了，不是应该多休养几天吗？昨天夜里突然又会冷一冷，这……不知是什么缘故呢……"

梅馨听了父亲的话，忍不住扑哧地一笑，说道：

"爸爸，你不知道，我昨夜是在做着梦哩！梦中好像是在发冷，所以我就情不自禁地喊起来了。"

"原来你是在做梦，那么小青这妮子怎的也这么糊涂？还说小姐患的疟疾症，时冷时热，倒把我吓了一跳哩！"

高大生听女儿这么地说，遂向小青低低地埋怨，小青向梅馨瞟了一眼，也忍不住笑出声音来。一会儿，她有了主意，便笑道：

"我因为陆队长很讨厌，生恐吓了小姐，所以胡乱地跟他说几句，原是催他们早些滚的意思呀！"

说着，和梅馨忍不住又会心地笑了。高大生却并不注意她们的表情，听了小青的话，点了点头，认为这话也很有道理的意思，一面坐在沙发椅上，一面只管吸着雪茄。梅馨很奇怪地问道：

"爸爸，你有什么心事不成？干吗老是蹙了眉尖呢？"

高大生这才叹了一口气，抬起头来，望了女儿一眼，说道：

"孩子，你的哥哥真是个不争气的东西，他的胆子好像是吃过了老虎的肉，竟在金志光的面前去募捐，而且还痛责金将军的短处。

若没有那位姚菊芬小姐打了他两个耳刮子的话，他这条小性命恐怕早已保不住了呢！"

"爸爸，你说的什么话？我可有些听不懂呀！你还是详详细细地告诉我吧！"梅馨听了这话，一颗芳心由不得别别地乱跳起来。她惊慌着脸色，向大生很急促地问着。高大生于是把昨晚金志光将军在国华饭店请客的经过情形向女儿仔仔细细地告诉了一遍，并且又说道：

"你想，这孩子胡闹不胡闹？我在你母亲那儿是一字不提，否则，她又要急得生病了，所以你不要去告诉她。"

梅馨点头答应，一面暗自想道：这位姚菊芬小姐真有胆量，真有勇气，她所以挺身出来打哥哥的耳光，其实她正是具有一番救助哥哥的苦心呢！不知道哥哥也明白她一番苦心吗？于是忙又问道：

"爸爸，那么哥哥昨晚可曾回家啦？"

"这孩子大概怕我责骂，所以没有回来。我心中正忧愁万分，不料陆队长又突如其来地抄了一阵子，你想，我是多么烦恼！意欲和你谈谈，你偏又病得厉害，所以昨晚我就一夜没有好好儿地入睡。"

高大生摇了摇头，精神是显得十分颓丧。梅馨这时已梳洗完毕，她站起身子，也坐到沙发上去，凝眸含颦地沉思了一会子，正欲说句什么，忽然见哥哥已从房外走进来了，他见了梅馨，便含笑叫道：

"妹妹，你起床了，热度全退了吗？"

"哥哥回来了，昨晚你睡在哪儿呢？"

梅馨见了哥哥，也含笑慌忙招呼着。高大生这时一见儿子思明，心头在安慰之中又有说不出的愤怒，遂把脚一蹬，喝声"畜生"，说道：

"你……你……这孩子……是真的不要性命了吗……"

思明见父亲这样盛怒，反而微微地一笑，说道：

"常言道，蝼蚁尚且惜生，我如何会不要性命呢？"

"既然你要性命的，那么昨晚你如何敢道破金将军的短处？你莫

66

非是发了疯吗？假使没有姚菊芬小姐打了你两个耳刮子的话，我瞧你还能活在世上？唉！你真是个不知厉害的孩子，好好儿的福不享，偏要奔来奔去地募捐，好处倒没有，性命几乎送掉，这你不是太傻了吗？幸亏昨晚没有谁认识你是我的儿子，不然，我这条老命岂非也保不住了吗？你要明白，现在这个时代，就是多吃饭少开口，所以我劝你以后千万地不许再胡闹了。要如你这样地胡闹下去，使我倾家荡产不算，恐怕连我这条老命都要丧在你的手里了……"

高大生满面怒容地向他教训了这一篇话。思明点了点头，说道：

"爸爸这话虽然很聪敏很不错，不过这就是所谓'苟安'，也就是所谓'偷生'，苟安和偷生这是没有血肉没有灵魂的人的行为；因为他只希望在残暴势力下贪生，情愿做人家的奴隶，情愿做人家的牛马。但是我们是有思想、有理智的青年，如何能忍心这么苟安下去呢？唉！我为了灾民，东奔西跑，虽然本身是没有一些好处，而且还非常辛苦，不过我精神是十分饱满、十分安慰。因为我多救活了一个灾民，也就是多增了国家一份力量。爸爸，你的年纪是已古稀了，当然受苦的日子也有限的了。不过你应该为你的子孙打算，所以你应该同情我的工作。不瞒爸爸说，我而且已加入了革命党了。以后我要向光明的路上走，为我民族的自由，来做个彻底的解放……"

高大生听了儿子前面这几句话，他气得脸都发青的了，但是他听到后面这一句"你应该为你的子孙打算"的话，他良心被激动了，把胸中那股子怒气就慢慢地消失了。因为他已明白父子年龄的差别，所以产生了积极与消极的思想。他觉得苟安确实是件可耻的事，是件人类所不能忍耐的事。他感到惭愧，他不禁垂下头来了，不过当他听见儿子"已加入革命党了"的一句话，他立刻从椅上猛可跳起来了，手指了思明，口吃着道：

"什么？什么？你……你……你已加入革命党了吗……"

"是的，爸爸，这是一件很平凡的事情，你老人家为什么要这样吃惊呢？你要明白，不知有多多少少勇敢的青年，他们都在不管一切危险地干着光荣的事情哩！"

思明却很从容地说着，他的嘴角还露了浅浅的微笑。这时，坐在旁边的梅馨也是不停地在点着头，她想起了昨晚的何惧，因此对于哥哥的话也就更激起了无限的同情。但高大生却连连地摇头，说道：

"不能，不能，这个犯死罪的事情，你怎么能够胡闹？我是你的老子，你应该听从我的话。你要知道，我和你娘都已风中残烛之年，膝下就只有你一点儿骨血，万一你发生了不幸，那……叫我……"

说到这里，他那颗苍老而脆弱的心已禁不住恐怖的袭击，于是他的老泪就滚下来了。思明听了爸爸这末后几句话，至少是包含了一些可怜的成分，同时瞧了他落泪的情景，心里也激起了父子之情，于是和平了脸色，坐到大生的身旁去，低声地道：

"爸爸，你不要难受，我明白你是为了爱我的意思；不过你错了，你只爱你自己的儿子，难道你不爱你全国的同胞吗？你应该明白，同胞能够享受人类的自由平等，你的儿子一定也可以步入光明幸福的阶段了。否则，以你个人的私爱，这在我做儿子的是断断不会得到幸福的。爸爸，孩子在事先原也有一度郑重的考虑，为了生恐连累年老的父母，所以今日我向爸爸有个委曲求全的恳请，就是希望爸爸明天在报上登一个脱离父子关系的启示，那么以后金志光就是知道了我加入革命党的事情，爸爸不是也可以一些都不受累了吗？爸爸，你假使疼爱你儿子的话，那你就答应了我吧！"

思明说到这里，手扳着大生的肩胛，话声是带些央求的成分。大生听了他这一篇话，心头真感到有些说不出甜酸苦辣的滋味，因此愕住了出神，却并没有回答。梅馨觉得哥哥真是个忠孝两全的青年，她心头在无限敬佩之余，而且又寄以无限的同情，遂也向大生温柔地道：

"爸爸，哥哥这些话都是对的，你应该成全哥哥的志愿。我知道天下的父母他们是没有一个不爱他们子女的，然而他们爱的方针都错了，因为这爱并非是实际的爱，乃是虚伪的爱，在十年二十年后的子女，他们因目前的一无成就，恐怕反而会怨恨起做父母的太溺爱自己了。所以爸爸你要爱哥哥，你要希望哥哥做个不平凡的人，那么你就应该答应他的要求。"

大生想不到梅馨也会和思明有同样的论调，一时真弄得哭笑不得。沉吟了良久，忽然他下了一个决心似的，说了一声"好!"叹道：

"常言道：廿岁儿子不由爹，廿岁女儿不由娘。我老了，我背了，我是没有能力再可以来管束你们了。罢了，罢了，一切由你们去吧！不过承蒙你一些孝心，嘱我在报上登载脱离父子的启示，但是儿子并没有一些的错，我如何能忍心干这一些事？所以这个也可以不必了。假使你有了不幸的话，纵然把我那条老命活着，又有什么意思呢……"

说到这里，不觉又凄然泪下。思明、梅馨兄妹俩见爸爸这个模样，因为情感过分激动的缘故，自不免也淌下几点泪来。思明因又向他劝慰了几句，并且向梅馨说道：

"妹妹，母亲跟前，你是千万地不要告诉呢!"

梅馨点头说道："那我当然知道……"

正说时，小青拿进来一份请客帖子，大生接过一瞧，原来九月二十日是金志光五十寿辰，请他前去参加宴会。大生这才恍然有悟，暗想：昨夜像绑票式地硬捐了我们十万元钱，原来他是预备庆祝他自己断命五十岁的寿辰呢！于是他情不自禁猛自地站起身子，连叫了两声"可杀，可杀"!

第四回

爱卿情痴约游白鹭洲

思明和梅馨兄妹见爸爸瞧了那张请客帖子后，竟突然地跳起身子，连连地喊着"可杀"时倒不免都吃了一惊，大家也跟着站起，急问"怎么啦"。高大生把那份帖子向桌上一掷，愤怒十分地冷笑一声，说道：

"好一个假仁假义的大将军，既然明白在这个年头儿哀鸿遍地，民不聊生，你还做什么断命的寿辰呢？唉！正是国家不幸，出此妖孽，实令人痛心极了。"

思明不知究系何事，遂伸手拿过请帖，和妹子一同瞧了一遍，方才有所明白了，遂也冷笑道：

"我瞧他作威作福，不知能有多少时候再可以横行呢！"

高大生因为要到银行里去汇划款子，遂向思明再三叮嘱万事小心，先匆匆地走了。这里梅馨叫小青又倒上一杯茶给少爷喝，并且向思明低低地问道：

"哥哥，你加入革命党工作有多少日子了呀？"

思明因为此后不能常常回家了，所以他也想和妹妹好好儿谈一会儿，便在梅馨旁边那个沙发椅上坐下了，说道：

"妹妹，我加入工作以来，也有三个月了。你不知道吗？这个中华青年募捐团原就是党部里的机关呀。"

梅馨"哦"了一声，点了点头，乌圆的眸珠一转，说道：

"那么你们党里有一个名叫何惧的，不知你可曾认识他吗？"

思明沉吟了一会儿，却摇了摇头，说道：

"这个倒不认识，因为我加入的时间太短了，而且我的职务又低。所认识的只有我们一小组里八九个同志，连我们的上司职员姓名都不知道哩。妹妹，那个何惧是干什么工作的？他是你的朋友吗？"

梅馨明白这是每个公务团体都如此的，为的是怕一个人被捉，而连累了许多的同志，所以他们除了工作之外，认识的同志也是很少很少，于是点头道：

"他原是我从前的同学，我瞧他的历史是比哥哥悠久得多了，他干的好像是一种特务工作，不过干这种工作的人，他当然也不愿把真心话随便告诉人的。"

"不错，我想他的职位当然是较我高得多了，不知他是个怎么样的人？"

思明点了点头，明眸望着妹妹略加修饰的粉脸，觉得清丽脱俗，实在非常妩媚可爱。因此使他想起昨夜那个年轻的姑娘，他心里有些神往，不过他嘴里还是轻声儿问着。

"很年轻的，和哥哥的个子差不多……他说将来也许会到我家里来玩，那么你们少不得也有接受的机会了。"

梅馨听哥哥这样问，因为是心虚的缘故，她的粉颊上这就笼罩了一层玫瑰的色彩，支吾了一会儿，方才嫣然地一笑，低低地告诉。

"那很好，我自然愿意多认识自己几个同志，不知妹妹也曾告诉过我的名字吗？"

思明见妹妹那种娇羞的意态，心中就知道他们的交谊不错，想来在朋友之中至少是带有些情人的成分，遂也忍不住微微地一笑，又向她问了一句。

"他问我说哥哥现在哪儿读书，我就告诉他在金陵大学，但不晓得哥哥也会加入了革命党哩！可见现在年轻的人，凡是有理智、有思想的，谁不愿意来干一些有血肉有灵魂的工作呢？"

梅馨一面低声地说，一面扬着眉毛嫣然地笑，显得十分兴奋的样子。思明也笑道：

"可不是！而且现在一班年轻的姑娘也不比以前那么胆怯了。"

"哥哥，你这话不是在说姚菊芬小姐吗？我想她虽然打了你两个耳刮子，可是在你心中实在还要很感激她哩！"

梅馨听他这样说，秋波逗给他一个倾人的媚眼，忍不住抿着嘴憨然地笑。思明听妹妹这么地说，遂故意沉吟了一会儿，说道：

"我想她的救我，一定是出于无意的，因为她到底是个唱戏的姑娘，她能够懂得了什么呢？"

梅馨对于哥哥这两句话，心里倒有些不平的感觉，遂把小嘴儿向他噘了一噘，说道：

"哥哥，你这话就未免太以瞧低人家了，假使她不是存心救你的话，她何必要站起来打你？正因为她怕你在金志光残暴手腕下做了无谓的牺牲，所以她才有这个突如其来的举动呀！照此看来，她是多么爱怜你。你说这两句话，那你实在太不知好歹，似乎有些辜负了人家这一番苦心了。"

思明被妹妹责备了一顿，倒忍不住笑起来了，说道：

"当初我听她向我说的两句话好像也叫我速走的意思，不过我到底还不能肯定她心中是存的什么作用，假使她真的是有意相救的话，这不仅使人感到她的聪敏，而且这样胆大心细，也值得令人敬佩，真不可和普通一班唱戏姑娘同日而语的了。"

"哥哥，你这人说话也真有趣，一会儿说她是个唱戏姑娘不懂得什么的，一会儿又把她直敬佩得五体投地，我想你也一定爱上她了。她的脸儿原是太美丽了，在舞台上我倒也瞧过她好几次，那么你不是应该去向她谢个救命之恩吗？"

梅馨见哥哥又转变了话锋，遂引逗他几句哧哧地笑。思明摇了摇头，说道：

"只要我心里感激她也就是了，何必一定要去向她道谢？这在她心中想起来，倒以为是我有意去追求她了，这个是断断使不得的。"

梅馨听了哥哥这几句话，心头倒是暗暗地敬佩，觉得哥哥真是个一心为事业而奋斗的青年。想起自己跟何惧恋恋不舍的情景，似乎有些羞惭；不过话又得说回来，我的救何惧，情形又不同，虽然时代文明，不过一个女孩儿家和一个少年同躺在一条被窝内，这到底叫人有些难为情吧！想到这里，红晕了娇靥，垂了粉脸，却是愕住了一会子。思明因尚有他事，遂也起身告别。梅馨这才跟着站起，向他叮嘱道：

"哥哥，你要常常回家里来的，免得叫我们心里记挂。"

思明点头答应，身子早已走出房外去了。这时，小青已端了一盘饭菜进来，给小姐用饭。梅馨因为胃口不好，虽然菜甚为精美，可是却吃不了多少，再也吃不下去了。饭毕，到母亲上房里去坐了一会儿。高老太是患有风瘫症的，所以她是长年躺在床上的，今天见女儿好了，心里欢喜得什么似的，拉了她手，说道：

"孩子，你现在可大好了，我躺在床上又不能到你房中来瞧你，问问他们，大家又都说好些了好些了，那可真把我急死啦！你哥哥倒才来望过我一次，他说学校里功课很忙，说不定他要住到学校里去了。我想既然功课很忙，倒还是住在宿舍里好，不是一心一意地可以用功读书了吗？"

梅馨明知是哥哥瞒骗着母亲，遂也只好附和着说几句。高老太又道：

"你这次的病虽然好了，但你在家里还得好好儿多休养几天才是哩！"

"我想明天就得上学校去了，我在家已经住上七天啦，一些学业全荒废了呢！"

梅馨却摇了摇头，很焦急似的说。高老太瞅了她一眼，有些生气的样子，说道：

"你这孩子又不肯听从我的话了，一个女孩儿家，就是把书念到大学毕了业，将来一嫁了人，生育了孩子，还不是依然在家里做事吗？所以你又何必太用功太辛苦？身子要紧哩！好孩子，你听妈的话，就再休养两天吧！"

梅馨微红了两颊，笑了一笑，秋波逗给她一个娇嗔，说道：

"妈，你这话有趣，难道女孩儿家一定要嫁人吗？可是现在时代不同了，女孩儿家有了自立的本领，她就不用再嫁什么人，在社会上也可以办事生活呢！"

"可是常言道，男大当婚，女大当嫁。这是从古以来都是这个样子，看哪一个人有逃过这两句话呢！"

高太太却摇了摇头，表示不以为然，她拿这两句老调来向梅馨解释。梅馨对于"看哪一个人有逃过这两句话"的话，倒是被她问住了，因此愕然了一会子，抿着小嘴儿也不禁笑了，遂说道：

"今天是星期五，明天后天，我再休息两天，待大后天到学校去吧！"

高老太这才罢了，母女俩又闲谈了一会儿，梅馨因病新愈，遂又回房来躺了。

第二天下午吃过饭，梅馨觉得今天比昨天又好了许多，坐在沙发上，结了一会儿绒线，一颗芳心是只管暗暗地在想何惧：不知他会不会来瞧我的？不要他说过忘记，从此就不来了，那叫我心中不是太感到失望了吗？正在想时，就见小青悄悄地走进来，笑着告诉道：

"小姐，何少爷真是个守信用的人，他真的来了呢！"

"真的吗？"

这消息骤然听到梅馨的耳里，芳心这一喜欢，顿时眉飞色舞，把她小嘴儿笑得合不拢来了，立刻放下手中的活针，向她轻快地问。

"当然真的，那我敢跟小姐开玩笑吗？"

小青见她这么惊喜的意态，忍不住也扑哧的一声笑出来了。梅馨于是很快地站起身子，走到梳妆台旁，对镜照了一照，纤手抬上去拢了拢拖着脑后的长发。小青也是怪淘气的，拿过香水瓶，就在她背后喷了一个够。梅馨回过身去啐她一口，小青却弯着腰早已咭咭地笑起来了，说道：

"小姐，你快些下去了吧，人家等得两脚都要发酸了哩！"

梅馨恨恨地白了她一眼，这才红晕了娇靥，又喜又羞地走到楼下会客室里去了。在会客室里，谁知何惧在室中真的团团地打着圈子，于是便含笑叫道：

"何先生，对不起得很，累你等候了好多时光了吧？"

何惧听了这轻柔的话声，遂猛可地回过身子来。就在这回身之间，突然一阵微风扑来，鼻子里就闻到了一阵细细的幽香，这就望着她不免愕住了一会子。

"何先生，你请坐吧。"

梅馨被他这一阵子呆瞧之后，本来颊上原涂有了一圆圈的胭脂，此刻因为有了羞涩的成分，所以这就愈加红晕得好看了。但她一撩眼皮，犹显出洒脱的态度，把手摆了摆，这当然是请他坐下的意思。何惧这才如梦初觉般地笑了一笑，坐到沙发上去了，心中可在暗想：自己这态度未免不对。他窘得两颊也有些发红，但口中还说道：

"高小姐，你今天全好了吧？"

"多谢你，我昨天就起床的了。"

梅馨含笑点了点头，她身子便在何惧隔几的那张沙发上坐下来了。仆妇在送上两杯香茗之后，又悄悄地退了出去。梅馨遂伸手在茶几上那只克罗米的罐子里取出一根烟卷，亲自递了过去，说道：

"何先生，你吸支烟，我以为你今天还不见得会来呢！"

何惧见她笑窝儿没有平复过，也可见她内心是这一份的喜悦了，遂接过烟卷，说声"劳驾"接着也笑道：

"我原记挂着高小姐的病况不知有愈可了没有，所以抽身来望望你。想不到高小姐竟起床了，而且气色也好了许多，所以我心里十分欢喜。”何惧说着话，他不待梅馨给他划火柴，自己先燃着了火，吸了一口烟，望着她粉脸微微地笑。梅馨觉得他这一句“而且气色也好了许多”的话，未免有些取笑的意思，因为自己的脸上是涂过了一层胭脂的。所以她有些不好意思，秋波逗给他一个娇媚的娇嗔，抿嘴嫣然地道：

“才不到两天，气色哪里就会好得这样快吗？我想何先生一定是跟我开玩笑的哩。”

“不，我没有跟你开玩笑，高小姐两颊红红的，不像前晚那么淡白的了，那还不是气色好了许多吗？”

何惧心中虽然也有带些取笑她的意思，不过他正了脸色，表面上还是显得一本正经的样子，明眸凝望着她可爱的脸庞，低低地说。

不料梅馨却并没有回答他，噘了噘殷红的小嘴儿，却逗给他一个如嗔如恨的白眼。这白眼所谓是一个娇嗔，在何惧眼中瞧来，实在妩媚得好看，因此他再也不能显出一本正经的样子了，嘴唇皮一掀，微微地笑了。梅馨低了粉脸，也就笑起来。

“高小姐，你爸爸和哥哥都没有在家吗？”两人沉默了一会儿后，何惧用手指弹去了一下烟灰，又向她低声儿地搭讪。梅馨这才又抬起头来，一撩眼皮，笑道：

“都没有在家，哥哥昨天倒回来的，说不定过一会儿也来了，你多玩一会儿去好了。”

何惧虽然听她的话，是要给自己和她哥哥介绍的意思，不过按诸实际，也许她是希望我和她能够多谈几句话。他感到梅馨的多情，在他心头更激起了一阵爱怜的成分，遂又问道：

“那么你的妈呢？她老人家可在家里吗？”

“妈在前年不知怎么的竟得了风瘫之症，所以她从此不会起身了，一年到底就躺在床上的。这病生得真讨人厌，幸而妈年龄老了，还不觉什么，假使我们年轻人患了这病症，我就一天也过不下去。”

梅馨听他问起了妈，不免微蹙了眉尖，表示心头很难受的样子。

何惧点头道：

"不过这种病年轻人原不会生的，年老血衰，以致筋络不滑，所以才会风瘫的。你妈的年龄恐怕也不轻了吧？"

"年纪是很老了，今年六十一岁了。你想，不是已过花甲之年了吗？"

梅馨点了点头，乌圆眸珠一转，望着他又低声地说。

"哦，你妈有六十一岁了，那么你爸爸呢？"

何惧心中有些惊异，因为他在猜测梅馨的年龄，难道她妈四十以后才生下她的吗？

"我爸爸吗？他已六十四岁了。何先生，你有些诧异吧？但是我大哥和大姊在着的话，他们差不多都已四十开外的人了，可惜他们都早年死了。"

梅馨见他奇怪的神情，心中这就明白了他的意思，遂很感喟地向他悄悄地告诉，同时又微微地叹了一口气。何惧这才明白了，原来他们上面都有哥哥姊姊的，但是皆不幸早逝，所以也代为叹了一口气，又悄悄地问道：

"你瞧我这人很糊涂，连令尊的大号都还不曾请教哩！"

"我爸爸叫大生……"

梅馨轻声地说，何惧暗暗地念了一声高大生，这就很惊奇的样子，又怔怔地问道：

"高大生？他……他老人家不是在商会里担任了会长吗？"

"咦！你这个如何知道？莫非你和我爸爸是早已认识了吗？"

梅馨扬着眉毛，嫣然地一笑，她那芳心中也感到了意外的惊喜。何惧当然不便把自己在国华饭店金将军请客的宴会上偷窥的话向她们告诉，遂微笑道：

"并不是预先认识，但是令尊的大名我是早已久闻的，他老人家在社会上对于公益事业十分热心，所以我很是佩服的。"

何惧口里虽然这么地说，但眼前却展现了高大生向募捐少年辱

77

骂的一幕，他觉得高大生真是个老奸巨猾、毫无心肝的市侩人物，因了鄙视她父亲的为人，所以他对于高小姐的热爱又降低了许多。梅馨当然不晓得他心中是在想些什么，听他既然这么地说，所以心里还感到非常欢喜，秋波瞟了他一眼，柔声儿地道：

"何先生，我爸爸对于有志气有抱负的青年他是十分敬爱的，所以回头他见了你以后，他心里一定会非常欢迎。"

何惧听梅馨这样说，因为他已经瞧见过大生对待有志气的青年是这一种可恶的情形，所以对于梅馨的这几句，他只有感到万分好笑，遂点了点头，说道：

"那么你爸爸不会说我年纪轻轻的在外面尽管胡闹吗？我想他老人家时常和金将军接触，所以对于我的工作，你还是不要和他说明的好。"

"你是不是怕我爸爸会加害你吗？那完全是你过虑了。其实我爸爸把金将军真也恨得入骨呢！昨儿他故意请我爸爸吃饭瞧戏，结果又硬捐了十万元钱，金志光这贼子的行为就像强盗一样，你想可恨不可恨呢？"

梅馨听他向自己这么地叮嘱，知道他心里有了担忧的成分，遂连连地摇头，向他一本正经地解释着。

"金志光这贼子原属可杀之至，你瞧着吧，他总有一天会一败涂地、身首分离的呢！"

何惧口中是愤愤地说，不过他心里也在恨恨地想：像你爸这班心肝全无、刁猾可恶的市侩，也只配在他强盗一般手段下屈服呢！梅馨是绝对并不知道何惧对于自己的父亲竟有这样的恶感，她听了何惧这几句话，心头是激起无限的同情，鼓着小嘴儿，哼了一声，也恨恨地道：

"当然，我相信不久的将来，光明会降临在我们的头上。因为你们这班有作为、有勇气的青年，会产生出新朝气的活力，把他们这班腐化的、陈旧的一股脑儿都消灭得干净的。何先生，你们都是兴强国家的急先锋，我相信你们一定有伟大的贡献来建设一个新的环境。"

何惧听了梅馨的话，他想不到这样卑劣的父亲竟会有这么一个思想不平凡的女儿，他感到说不出的惊异，情不自禁地丢了烟卷，伸过手去，把她的纤手握了握。但既握住了后，却又感到十分难为情，两颊微微地一红，慌忙地又放下了手，说道：

"高小姐，你这话真不错，我心里十分敬佩你。"

梅馨见他握了自己手后又放下了，而且又说出了这两句话，她心里是感到无限得意和喜悦，露着雪白的牙齿，娇媚地笑起来，说道：

"何先生，你怎么说敬佩我？其实我真的很敬佩你，希望你常常能够多给我一些勇气，让我追随你的左右，在大地上干一些年轻人应干的事情。不知你肯不肯携着我手一同前进吗？"

何惧觉得她这几句话分明向自己有求爱的意思，因为她是自己的恩人，心里当然是非常感动，遂忙说道：

"高小姐，你这话太客气，承蒙你救了我的性命，而且这么地瞧得起我，我如何敢有负于你？说句不知轻重的话，我今后的性命也是属于你高小姐所有的了，你说的话我还有个不听从的吗？"

梅馨听了他这几句话，她那颗芳心里的甜蜜仿佛是涂上了一层糖衣，乌圆的眸珠转了一转，她掀起了妩媚的酒窝儿，忍不住咪咪地笑起来了，说道：

"何先生，你真的肯听从我说的话吗？那可不见得吧！"

"为什么不见得呢？你嘱我今天来望你，那我不是没有失约吗？"

何惧望着她芙蓉花朵儿那么的娇靥，心里像春风吹动水波一样地荡漾。梅馨听了这话，似乎很相信了，她频频地点了一下头，秋波脉脉地逗了他一瞥多情的目光，在这目光中至少是包含了一些感激的意思。

"高小姐，我知道你已经痊愈了，我心里非常安慰，因为我还有些事情，所以我该走了。"

两人相对凝望了一会儿，何惧忽然站起身子，向她低低地说。梅馨见他突然地要走了，于是也惊讶地跟着站起，说道：

"何先生，你忙什么？还只有两点多一些，再坐一会儿，吃些点心走吧。说不定爸爸就可以回来了，我不是可以给你们介绍介绍吗？"

何惧因她情意难却，本来原欲再坐一会儿的，不料听她提起了爸爸之后，他心里就感到讨厌起来。因为他的脾气生平就最不愿意和这班老奸巨猾的市侩交谈，所以他便决心地预备走了，说道：

"今天我原抽身来望你的，因为我三点钟尚有公务，这事情是不可以延误的，你应该要原谅我才好。"

梅馨听他这样说，自然再也不好意思强留他，遂默默地跟他走到院子里来，在一株法国梧桐树的下面，两人又站住了。梅馨明眸含了无限情意的目光，向他脉脉地凝望了一会儿，说道：

"何先生，你这次来过后，要到什么时候再来瞧望我呢？"

"那也说不定，不过我有空的时候总会常常来瞧望你的。"

何惧平静了脸色，也向她低声儿地回答。梅馨点了点头，带有些凄婉的口吻，说道：

"我明白你是个身有责任的人，当然是非常忙碌，所以我也不情愿为了一己之私爱而使你时常感到麻烦，只不过希望你不要把我这个姓高的姑娘压根儿都忘怀了，那也就罢了……"

梅馨说到这里，话声是带有些颤抖的成分。何惧听她这么叮咛，心中是感动得太厉害了，这就情不自禁地走上一步，把她纤手儿紧紧地握住了，诚恳地说道：

"高小姐，你别那么说，我虽然是个不大了解人情的人，但也不至于会把一个救命的恩人都忘记了吧，那我还能算是个有心肝的人吗？"

梅馨听他这样说，一颗芳心也不知是悲是喜，只觉得有些酸楚的意味，秋波在逗了他一瞥羞涩而哀怨的目光之下，她的粉脸便慢慢地垂到胸前来了。

"高小姐，你为什么不说话？你难道不相信我的话吗？咦！好好儿的怎么又伤心起来了呢？"

何惧见她低头并不作声，遂大胆地用手去抬她的下巴，谁知她的粉脸上已展现了几颗晶莹的泪水了，这使何惧心中感到无限吃惊，慌忙向她急急地追问。

"不，我没有伤心，我也并没有不相信你，我知道你对我说的话句句是真心的。"

梅馨自己也不知道竟会暗暗地淌下眼泪来，现在被他一说破，方知自己眼皮果然有些润湿了，于是她立刻抬上手去，在粉颊上来回地揉擦两下，摇了摇头，脸上依然浮现了倾人的媚笑，很羞涩而且又很天真地回答。

何惧见她一会儿笑、一会儿哭，觉得高小姐实在痴心得有些可怜，不过回忆那夜同衾的一幕，他感动得有些情不自禁起来，遂把她纤手紧紧地摇撼了一阵，正了脸色，低低地道：

"高小姐，你对于我的恩惠，实在可说天无其高、海无其深，因为你是一个闺阁的女孩儿，我到底是个不知底细的男子，你竟不顾牺牲一切地嘱我同衾共睡，冒险相救，这和普通的救命之恩又是大不相同的了。我心中除了感激之外，我说不出一句虚伪的话来表示谢谢你。这在那天我早已向你说过，我只有心里记着你就是了，假使我能够达到成功的道路，我绝不敢有负大恩的。高小姐，请你相信我，我何惧绝不是个不懂情义的青年，所以高小姐，你不用难受的。"

梅馨听他赤裸裸地向自己这样表示，一颗芳心在无限喜悦之余，不免也感到了无限羞涩，她那白嫩的两颊也就一圆圈一圆圈地盖上了玫瑰的色彩。秋波很感激地逗了他一瞥多情的目光，嫣然地笑道：

"我当然相信你。"

可是只说了一句话，她却再也说不下去了，低垂了蛾首，大有赧赧然的神气。

"既然你相信我，那就很好。高小姐，你是病才愈的人，外面风大，不要又受了寒，你进去吧。"

何惧心里有些荡漾，他感到自己的幸福。

"那么你真的走了吗？"

梅馨抬起粉脸，秋波一转，向他低低地又问出了这一句话。何惧因为感觉她实在太痴心了，因此望着她倒不免愕住了一会子，接着笑道：

"梅馨，你待我太好了，我呼你一声名儿，不知你心里喜欢我这样喊吗？"

"那你又何必还问我这一句话？叫我听了生气！"

梅馨在妩媚地一笑之后，却鼓着红红的小腮子，秋波恨恨地逗给了他一个哀怨的白眼，接着又道：

"你爱喊就喊一声，你不爱喊的话，叫我也不能强迫地要你喊呀！你说是不是？"

何惧感到她的可爱，望着她满脸娇嗔的神情，倒反而笑起来了，点头道：

"你这话说得理由很充足，那原是我多问的话。梅馨，承蒙你……"

梅馨听到这里，却不让他再说下去，立刻伸手按住了他的嘴，说道：

"我最不爱听你说的，就是'承蒙你'这三个字，以后请你千万不要说了好不好？"

何惧对于她这个举动，倒是出乎意料之外的，他鼻管内闻到一阵细微的幽香，使他心神有些陶醉起来，把她两手拉住了笑道：

"你不许我说，那我就不说好了。梅馨，我真的走了，过几天再来瞧你吧。"

"慢着，你忙什么？过几天这句话太突兀，你应该给我一个正确的回答，到底几时再来瞧我？"

梅馨忸怩了一下腰肢，这动作至少是包含了一些撒娇的意态。

"明天是星期日，我伴你一同到白鹭洲去玩玩可好？因为你病体新愈，在大自然的境地下一呼新鲜的空气，这对于你的身子不是很有益处吗？"

何惧见她这样恋恋不舍的样子，于是便情不自禁地向她说出了这两句话。梅馨听他说的都是爱护自己身子的意思，一时觉得他真是个多情的少年，芳心中真有说不出的喜悦，遂频频地点了一下头，妖媚地笑道：

"那当然很好，还是我在那边等着你，还是你来约我一同去？"

"我想我在下午两点钟先在白鹭洲等着你好吗？"

何惧听她这样问，当然不好意思说来约她一同走，所以低低地拣了前面的这一句话。

"不，我不要，你来约我一块儿去不好吗？"

不料梅馨却鼓着小嘴儿摇了摇头，神情十足地表现了孩子的成分。

"也好，那么我明天仍旧到你家里来约你吧，此刻我真的走了。"

何惧感到她的可爱，望着她笑了笑，这回他放下她的纤手，身子向前又匆匆地走了。远远地还听到梅馨在叮嘱着说道：

"明天下午两点钟，你不能失约的。"

何惧回头招了招手，表示答应她的意思，匆匆地走出了兰心别墅，因为想着了表妹，所以便急急地赶到松云小筑来。不料在走到门口的时候，忽然和里面出来的一个身穿军服的男子撞了一个满怀，因为是踏痛了他的脚，所以他竟不管一切地向何惧破口大骂起来了。何惧年少气盛，见他蛮不讲理，一时怒不可遏，这就撩上手来，啪的一声，竟结结实实地量了他一下耳刮子。

第五回

窥艳影蓦地忆秦娥

　　诸位，你道这个身穿军服的男子是谁？原来就是金志光手下唯一的坏蛋白得标。他仗了金将军的势力，到此横行不法，无恶不作，开口骂人，动手打人，差不多也是他专有的好本领了。在他以为骂人是个最普通的事情，那算得了什么稀奇？但是他骂的人齐巧是何惧，而何惧又是个天不怕地不怕的青年，因此白得标今天才算是遇到对手了。白得标冷不防着了何惧一记耳光，这真是出乎意料之外的事情，想不到这小子竟比自己还要更棘手些。心里这一气愤，真是怒不可遏，遂大喝一声："好小子，敢在白将军面前撒野吗？"说到这里，伸过手来，便欲抓住何惧的领带痛打。何惧哪儿放在心上，就在他伸过手来的时候，身子向旁一偏，左手一挥，早已把他伸过来的手打了开去，同时也冷笑道：

　　"你这个蛮不讲理的东西，你撞痛了我，你还要骂人打人吗？也好，我不给你一些教训，你也不见得会觉悟哩！"

　　天下的事情，神秘得真有些不可思议。做人的道理，也是要愈凶愈好，愈野蛮愈便宜。何惧先打了白得标的耳光，但是他口里偏要骂他先动手打人，这在白得标的耳中听来，倒不免怔怔地愕住了一会儿了。因为这种情形本来是自己的老门槛，哪晓得今天却被这小子学会来反向自己施行了。大凡一个人欺侮别人的时候，他是不会理会对方人心中的难受，因为在本身是感到非常痛快，待欺侮的

84

临到自己头上的时候，他这才感觉到被欺侮的滋味实在是太难堪一些了。所以白得标这时的愤怒真所谓火星直冒，不禁暴跳如雷，方欲拔枪向他开放的时候，谁知小香闻声先赶出来了。她一见白副官和一个西服男子在大闹，而这个少年又是自己小姐日夜思念的表少爷，她那颗芳心里真是又惊又喜，便回头向屋子里高声叫喊道：

"小姐，你快出来呀！不知怎么的，白副官竟和我家的表少爷闹起来了呢！"

白得标听小香这么地喊，方知那少年是姚菊芬的表亲，一时觉得若把他一枪打死的话，姚小姐一定要和我大起交涉。万一她在金将军面前说我几句丑话，虽然金将军是很宠爱我，不过姚小姐只要裤带一放松，金将军无论什么条件也不是都会死心贴地答应下去吗？想到这里，他有些胆寒，于是把要拔出来的手枪终于又放回到皮套子里去了。

就在这时候，姚菊芬很慌张地从屋子里急急地奔出来了。她见两人各不相让的神气，急得连连地摇手，大叫道：

"你们快不要动手呀！大家都是自己人，有话不是可以说的吗？唉！你们到底为了什么事情啦？"

白得标见她急得这个模样，也就顺水推舟地笑了一笑，斜睨了何惧一眼，向菊芬又含笑问道：

"姚小姐，这是你的谁呀，竟这样蛮不讲理地动手打起人来？我白得标生长了二十八年，倒从来也没有见到过这样不知死活的人呢！"

"他是我的表哥何惧，因为才从他乡到来，不大懂得这地方的规矩，请你瞧在我的面上，就原谅他一次吧！"

菊芬听表哥竟动手打他，觉得这真是好大的胆子，不免代为出了一身冷汗，慌忙赔了满面的娇笑，向白得标柔声地代何惧说好话。不料何惧听了，兀是很不服气地哼了一声，向菊芬也道：

"表妹，你听他的胡说，他不开口骂人，我好端端的会动手打他的吗？我真有些不大懂得这地方的规矩，是这样暗无天日、横行不法的呢！"

白得标见他兀是这么侮辱自己，一时未免有些下不了这个面子，遂也戟指骂道：

"你这有眼无珠的小子，还敢这么目中无人吗？要知道我今天饶了你，不和你计较，完全是瞧在姚小姐的面上，要不然，哼！还有你这王八一条小命？"

"放你的屁，你仗了谁的势力，敢在青天白日之下说这些妄语？难道在你们横行之下，就没有一些公理的了吗？"

何惧倒是个威武不能屈的硬汉，他猛可地奔上一步，似乎欲和他决斗的样子。菊芬在这情形之下，觉得事情难免要弄僵了，遂伸手把何惧身子拉住了，向小香丢了一个眼色。小香会意，遂把何惧直拖进屋子里去了。菊芬这才向白得标连连地弯腰，含笑说道：

"白副官，你别生气，一切都瞧在我的面上，我这个表哥自小娇养惯的，所以他也不肯吃一些亏的，请你也只好别和他计较了。凡事都是我的错，让我向你老赔个不是吧！"

说着，又向他连连地道谢。白得标听她这几句话，心里未免有些不受用，暗想：姚小姐这话少不得有了庇护他的意思了。他不肯吃一些亏，难道我倒可以吃了些亏的吗？要知道在这个时代可是我们的世界，我要他死就死，要他活就活，他岂敢倔强一下子吗？心中虽然这么愤愤地想，不过瞧了姚小姐一副倾人的笑脸并那连连弯腰的情形，因此把他一肚子的气愤也只好从屁眼里钻出去了，遂也和颜悦色地说道：

"姚小姐，并不是我在你面前说这几句话，你这位表哥是太不识时务了，要知道，虽然自小儿娇养已惯，他的脾气是只可以发在爷娘的面前，可是却不能在外面随心所欲地发脾气呀！幸亏是遇到了我，我是向来喜欢和平的，假使换了别个人的话，哼哼！还不把他一枪打死了吗？在这个时代、这个世界上，我们打死几个人是算不了这么一回稀奇的事，所以死的人也好像等于死一只狗。请你劝劝你的表兄，以后千万叫他要把脾气改过一些才好哩！"

白得标说到后面，还竭力地表示自己好意忠告的样子。菊芬听他这样说，当然也明白他是为了要挣回面子的意思，所以也只好由他说几句，含笑点头道：

"可不是！我说白副官为人真和气，常常肯原谅人家的错处，我一定会向表哥劝告的，这事情真对不起你极了。"

"不要紧，不要紧，我怎么当得起姚小姐这么赞美?"

白得标对于菊芬这几句话，他全身骨头会感到轻松了许多，耸了两耸肩膀，嘴也笑得合不拢来了。一会儿，忽然又问道：

"姚小姐，我好像并没有听你说起有一个表哥呀！不知他一向在什么地方的?"

"哦！我表哥从前在上海做生意，因为听说我在南京，所以来望望我。他上午出去瞧一个朋友，不料回家又几乎闯这个大祸了。"

菊芬乌圆眸珠转了转，便一撩眼皮，笑盈盈地告诉着。白得标点了点头，也只好自认晦气地匆匆作别走了。

菊芬这才回身进内，只见表哥已在会客室里和五爷说着话。他见菊芬进来，便含笑站起，问道：

"表妹，这王八走了?"

"走了，表哥，你也太爱多事了，干吗和这种人结怨? 白副官是个有名的坏蛋，你得罪了他之后，将来少不得要吃他亏的。那又何苦来呢?"

菊芬秋波又嗔又怨地白了他一眼，她在担心白得标会暗计伤人的。何惧笑了一笑，说道：

"表妹，你担心什么? 金将军我也不怕他，何况是个小小的白走狗，哪放在什么心上? 我觉得他实在太横行不法了，所以今天也算给他一些教训。"

"表哥，刚才你真的量了他一下耳刮子吗?"

菊芬听他这样说，使她想起平日只有打人家的白得标，今天也会受表哥的打，所以她忍不住又咿咿地笑起来了。

"那有假的吗？我一脚跨进，他一脚跨出，互相撞了一下，照理也没有就破口大骂的。现在他骂我打，彼此也很可以说以礼相待，岂不是很有个意思吗？"

何惧这几句话说得菊芬、五爷、小香三人都忍俊不置起来了。五爷说道：

"今天他真也遇到辣手了，叫人感到痛快极了，因为我见他打人的时候也真凶狠哩！"

"痛快虽然痛快，不过到底犯不着和他吵闹。万一他拔出手枪来，你怎么是他的对手？所以我劝表哥以后千万别这么的了。"

菊芬听了白得标刚才这些话，她心头真感到有些害怕，遂停止了笑，向何惧很正经地劝告着。何惧知道她是为了爱护我的意思，遂含笑点了点头，说道：

"刚才他不是已经有拔出手枪来的意思了吗？不过他若真的拔出手枪，这倒是他的死期到了。"

菊芬瞅他一眼，在这目光中至少是含有些怨恨的成分，遂转变了话锋，问道：

"为什么不上午来吃中饭呢？"

"上午因为没有空……"

何惧低声地回答了一句，他身子又坐到沙发上去，明眸却在打量表妹的身段和脸庞，觉得芙蓉其颊，杨柳其腰，若和梅馨并立，真是难分轩轾，仿佛一对姊妹花了。菊芬见他目不转睛地盯住着自己，心里有些不好意思，红晕了粉脸，秋波向他盈盈地一瞟，遂也在他身旁的沙发上坐下来，递过一支烟，交到何惧的手里去。小香见了，便走上前来，给他划了火柴。这时，五爷站起身子向何惧说声少陪，就自管退出去了。菊芬回眸向小香说道：

"你到厨下去煮些点心吧！"

小香答应，遂也悄悄地到厨下去。何惧吸了一口烟卷，喷去了烟后，方向菊芬悄声儿问道：

"这个王八今天是做什么来的？"

菊芬并不回答，伸手在茶几上拿过一份请客帖子交给何惧。何惧展开来瞧，见里面尚夹着一张支票，写着国币一万元。那请客帖子上是印着金志光五十寿辰的字样，何惧心里有些不解似的望了菊芬一眼，问道：

"这一张支票他是什么意思？"

"前天晚上国华饭店的宴会上他不是敲诈了这班市侩一百五十万元的钱吗？因为我是陪客，金将军表示谢谢我的意思，所以送我一万元的支票。我想这种瘟生的钱，拿了是一些不会丧良心的，所以我也就乐得拿下了。"

菊芬含了笑容，向他低低地告诉。何惧点了点头，把请客帖子和支票又放到茶几上去，说道：

"今天十七，离他的生日还有三天，那么将军府里当然又有一番热闹了，表妹少不得去应酬他的。"

"可不是！我真有些不高兴哩！"

菊芬颦锁了翠眉，鼓着小嘴儿，表示很生气的样子。忽然，她乌圆的眸珠转了转，一撩眼皮，又低低地笑道：

"表哥，到了那天，你有没有兴趣一同去吗？"

说到这里，又把小嘴儿凑到他的耳边，说道：

"你到了将军府，也好探听探听他里面的情形呢，你说是不是？"

何惧听她这样说，心中倒是一动，遂点了点头，微笑道：

"到了那天再说吧。表妹，我想他这样追求你，将来少不得对你有无礼的举动，所以我觉得表妹的前途倒有些担忧呢！"

说到这里，明眸脉脉地凝望着菊芬白里透红的娇靥，倒是怔怔地愕住了一会子。菊芬听他这样说，不禁噘了一下小嘴儿，冷笑了一声，说道：

"我知道金将军暂时还不敢向我有野心的企图，因为他要利用我向这班市侩还要搜刮一些钱财，而且他已和我在金光戏院里订了三年合同，所以我倒很大胆地去应酬他，是绝没有一些问题的。"

"不过他乘你不备之时，便强干起来，我想你是绝没有拒绝的办法了。"

何惧表面上虽然点了点头，但他嘴里还是低低地向她说出了这两句话。菊芬窥测他的意态，觉得在他这几句话中，至少还含有些不信用我的意思，一时芳心里就感到非常悲哀。秋波逗了他一瞥无限哀怨的目光，愤愤地说道：

"他若真的向我有野心的发展，我决定和他硬拼的。除了一死之外，难道还有什么可怕的吗？"

"不过死有重于泰山，轻于鸿毛，在委曲求全之下，你也不得不随机应变一下的。"

何惧似乎是故意去引逗她几句。菊芬不待他说下去，这就勃然变色，微竖了柳眉，冷笑道：

"你这是什么的话？表哥，你难道把我当作一个爱好虚荣不知廉耻的姑娘吗？这些话会在你口中说出来，那真使我心痛极了。"

说到这里，无限沉痛激起了心头无限的悲伤，她把两手掩着脸儿，忍不住哭出声音来了。何惧突然见她这个情景，一时不免深悔自己不该去试她的芳心，这就搓了搓手，微皱了眉尖，向她低低地说道：

"表妹，我原说错了话，请你原谅我吧！"

菊芬听他这样说，心里愈加痛伤，因此抽抽噎噎地也就更哭得厉害。何惧被她哭得难受极了，遂站起身子，走到她的旁边，拍了拍她的肩胛，又柔和地劝道：

"表妹，那又何苦来呢？我说这个话也并非是侮辱你，因为一个人的生命是宝贵的，假使你牺牲在他残暴势力下，叫我一个人活在世界上，也不是太痛苦一些了吗？"

菊芬听他这样说，芳心倒不免又软了下来，暗自想道：这样说来，莫非自己多心吗？因为表哥是真正地爱我人哩！但仔细想了想，觉得这话又靠不住，他前天不是曾经给我过这一封无情无义的信吗？那么他心中当然也是始终没有坚定地相信我哩！于是她抬起带雨海棠那么楚楚可怜的娇靥，向何惧逗了一瞥怨恨的娇嗔，说道：

　　"当然，死有重于泰山，轻于鸿毛，不过我就是牺牲在他残暴的势力下，可是我也并不是白白送掉一条性命的，在我至少是要得到相当的代价。所以我死的日子，也就是金将军的末日到了。这样我为国家也尽了一份的力量，使你们的军队可以直捣黄龙，这岂非是虽死犹生吗？"

　　说到这里，顿了一顿，又冷笑着道：

　　"多谢你这么地爱我，我死了，你就会感到痛苦，不过我明白你心中的意思，也许并不是你嘴里所说的一样，因为在你信中已经说过我是个人家所谓花一般好看的玩物呀！那我还有什么话可说？那我还有什么话可说……"

　　菊芬说到这里，她想到人海茫茫，知音何觅？她心痛极了，她神经受了极度的刺激，这就猛可站起身子，失常地把茶几上那一万元的支票拿来，哧哧的两声，早已撕得粉碎，她恨恨地掷向地上，抓了自己的头发，像疯狂地直奔到楼上去了。何惧想不到菊芬的心儿竟像透明灯似的照穿了自己心中的意思，一时他真感到无限的羞惭，同时瞧到她这失常的神情，使他更有说不出的心痛，他望着一地散开的碎纸片，倒不禁呆呆地愕住了一会子。在经过一阵的发愕之后，方才长长地叹了一口气，他觉得表妹的不平凡，的确，自己是太委屈了她了，于是他含了一眶子热泪，也匆匆地跟到楼上房中。只见菊芬倒在床上，却呜呜咽咽地哭泣着，不知怎么的，所谓英雄气短，儿女情长，何惧一阵悲酸陡上心头，那两行热泪也不禁为之滚湿衣襟了。他慢慢地移步走到床边，望着菊芬颤动的身子，又出了一会子神。良久，方才伸手推了推她的腰肢，叫道：

"表妹，你快不要哭了，一切都是我的罪该万死，你就饶了我这一遭儿吧！哭坏了身子，那叫我不是愈加地对不住你了吗？"

菊芬这时真的忽又停止了哭泣，从床上坐起身子，纤手在眼皮上来回地揉擦了一下眼泪，向何惧点了点头，说道：

"表哥，刚才我这举动愤激得未免有些失了礼，我觉得实在不应该这样对待表哥的，请你恕我，请你饶了我……"

她说到这里，话声有些颤抖的成分，她的身子已站起来了。何惧也许是感动得太厉害了的缘故，遂猛可地把她娇躯紧紧地抱住了，叫了一声"菊芬"，他的眼泪便像雨点儿一般地滚下来了。菊芬偎在他的怀里，这回却柔顺得像一头驯服的羔羊，泪水儿也如雨下。两人默默地泣了一会儿，何惧收束了泪痕，捧着菊芬的粉脸，凝望了一会儿，觉得真是令人楚楚爱怜，遂低低地道：

"表妹，我错了，你恨我吗？"

"我何必要恨你？因为我命太苦，所以才有这样恶劣的环境。"

菊芬摇了摇头，秋波逗了他一瞥怨恨的目光，却是深深地叹了一口气。

"是的，你环境太恶劣了。不过我同情你，我可怜你，表妹，请你不要误会我，我并没有存着丝毫瞧轻你的意思呀！"

何惧良心有些隐隐地作痛，这几句话至少是含有些悔过的意思。

"我明白……我知道你的……心，我很感谢你！"

菊芬点了点头，她满眶子里的泪水像珍珠一般大颗儿地涌上来。

"菊芬，你又为什么淌泪？你不是又恨我吗？"

何惧听了她这一句感谢你的话，他的心仿佛被什么东西猛击了一下，他觉得实在太对不住表妹了。

"不！"

菊芬摇了摇头，只回答了一个"不"字，她却没有再说下去。

"既然不恨我，为什么哭？菊芬，你对我笑吧！"

何惧把她娇躯更抱得紧一些，两人脸儿的距离是只有三寸远。

菊芬的芳心虽然是有无限怨恨，但是在他温柔的手腕下，终于把怨恨之气慢慢地消失了。雪白的牙齿微咬着那两片红润薄薄的小嘴，暗想：表哥倒也可恶，才儿我哭得那么伤心，此刻又叫我怎么能够笑得出来呢？况且我的眼泪还沾着，一会儿哭，一会儿笑，这一个女孩儿家不是太不好意思了吗？但是不笑吧，那么我心中难道还真的恨着他不成？想到这里，真觉得好生左右为难，因了这么一为难，她就由不得抿嘴嫣然地笑起来了。菊芬含了眼泪这一笑，当然是有说不出的妩媚可爱，何惧心里荡漾了一下，这就情不自禁地低下头，在她红红的嘴唇皮子上甜甜地吻住了。菊芬微闭了明眸，却并没有拒绝他，尽让他默默地温存了一会儿。良久，方才轻轻地推开了何惧的身子，秋波逗了他一瞥又哀怨又羞涩的媚眼，娇红了脸儿，却把身子走到窗口旁去了。何惧见她站在窗前，望着薄纱帷幔外的天空呆呆地出神，知道她是害羞的缘故，这就微微地一笑，移步走近过去，把手按到她的肩上，低低地含笑问道：

"表妹，你现在还恨我吗？"

"为什么不恨？"

菊芬猛可回过身子，白了他一眼之后，却忍不住又抿着小嘴儿笑起来了。何惧把她纤手握住了，也得意地笑起来，说道：

"那么你再给我吻……"

菊芬不待他说下去，恨恨地打了他一下，嗔道：

"谁和你涎脸？你们男子都是没良心的东西，只有我们女子是最可怜最痴心的了。"

说到这里，不禁又微微地叹了一声。

"表妹，何必呢？你快不要难受了吧！"

何惧见她又叹气了，他心头感到有些不安，遂放低了喉咙，向她温和地安慰着。菊芬明眸向他脉脉地凝望了一会儿，也低低地说道：

"事实胜于雄辩，所谓日久见人心，表哥，你往后瞧着我吧！"

"是的，我知道，表妹，你两眼哭得红红的，快洗一个脸，我们到外面去玩一会儿好吗？"

何惧把她纤手握得紧一些，拉着她到梳妆台旁，向她低声地说。菊芬对镜一照，觉得脸上不但沾着丝丝的泪痕，而且眼皮真的有些红肿，于是倒了一盆热水，遂洗了一个脸儿。何惧站在旁边，见她并不施脂粉，便笑道：

"为什么不涂些脂粉？走到外面去，被人瞧见了，不是分明你在和人家吵过嘴吗？"

"已经三点四十分了，此刻还到什么地方玩去？况且小香又在煮点心了，我想就在家里坐一会儿，晚上吃了饭，你若有兴趣的话，不妨到金光戏院去瞧我的做戏好不好？"

菊芬听他一定要伴自己到外面去玩，当然明白他是向自己赔错的意思。不过他既然赔错了，那又何必一定要出去游玩？所以瞧了瞧表，回过身子，向他很柔和地说着。何惧见她那一种柔媚的意态，至少是带有些贤妻身份的成分，所以他是非常感动，而且也非常可爱，遂点头道：

"也好，那么我们就不出去了。表妹，唱戏虽然本来是你喜欢的，不过我却没有想到你真会过舞台生活了。这几年来，嗓子当然是更好了吧？"

菊芬轻轻地叹了一口气，说道：

"我自小没了爸妈，全仗周五爷抚养长大，这十多年来，真也费了他许多的心血。可怜五爷活了五十多岁的年纪，他还要上戏馆子里去唱戏，为的是养活我爷儿俩。你想，我瞧了这情形，能无动于衷吗？所以那年我就决心也预备上舞台了。为了生活在这个世界上，那又有什么办法？况且唱戏也不是一件可耻的事，唱戏的姑娘不是依旧可以干有益的工作吗？"

"不错，唱戏的姑娘一样可以干有益的工作。"

何惧点了点头，他在感佩菊芬的为人，确实，我是太小觑她了。

"小姐，楼下有个高先生来望你哩！"

正在这个当儿，小香拿了一张名片，匆匆地走上来，向菊芬轻声儿地报告。

"谁？"

菊芬因为自己没有姓高的朋友，所以微蹙了眉尖，心里感到有些奇怪。嘴里问着话，手儿已去接那张名片，只见上面印着"高大生"三个字样，这就"咦"了一声，自言自语地说道：

"他来瞧我做什么呀？"

小香笑了一笑，说道：

"我见他还带来许多的礼物，好像是来送给小姐似的。"

菊芬听了，暗想：这算什么意思？难道这个老色鬼也心怀歹意吗？这就冷笑了一声，骂道：

"真是一班讨厌鬼，缠绕不清地麻烦死人……"

说着，又向何惧招了招手，笑道：

"表哥，你和我一块儿下去接见他吧。"

何惧听她这样说，遂跟着她一同走下楼去，心中可在暗想：这姓高的不知是个怎么样的人，不过照表妹那种讨厌的神情猜想，一定是追求她的一分子。不过表妹要我一同去接见，这也可想她用意的深刻了。想到这里，一时把她更爱到心头的了。

"哦，高先生，你难得请过来的。"

菊芬一脚跨进会客室，只见桌子上果然大盒小盒地堆满了许多礼物，高大生坐在沙发上，却自管地抽着雪茄，于是含了微笑，向他招呼了一声。高大生抬头一见菊芬，便也含笑站起，拱了两手，连连地作揖，说道：

"姚小姐，恕我来得孟浪，请你不要责怪才好。"

说到这里，忽然又瞥见菊芬身后跟着一个俊美的少年，一时倒又怔怔地愣住了。

"高先生，你太客气。我给你们介绍，这位是我的表哥何惧，这位是商会会长高大生先生。"

菊芬回过身子，把手一摆，向两人含笑介绍着。

"何先生，久仰久仰！"

高大生方才弯了弯腰，脸上浮了谦和的笑。

"高先生，不要客气，请坐吧。"

何惧在瞧到高大生的脸儿之后，就觉得甚为面熟，待菊芬介绍了后，这才恍然大悟，原来就是国华饭店辱骂那个募捐少年的老头子，而且也是高梅馨小姐的父亲。心中虽然也很感到憎恶，不过表面上也不得不含了笑容，代为表妹说了一句请坐吧。

随了这一句"请坐吧"的话，于是三人一同在沙发上占了三个座位。高大生和何惧是坐在隔茶几的沙发上，菊芬却坐在两人的对面。小香倒上了三杯玫瑰花茶，便又到厨下去了。这里高大生先向何惧问道：

"何先生在什么地方得意？"

"我在上海一家贸易公司里，这次到南京是来瞧望我的表妹的。高先生外界的名声很不错，所以令人敬佩……听说你和金将军很有些交情吧？"

何惧低低地回答，在他的话中至少含有些讽刺的意味。高大生却很得意，连说了两声："不敢，不敢！"菊芬撇了撇嘴，秋波和何惧接个正着的时候，她已忍不住抿嘴嫣然地笑起来了。接着她方才向高大生含笑问道：

"高先生，那桌子上这许多的东西是做什么的呀？"

高大生这才"哦"了一声，很不好意思地把手抬到光头上去抓了两抓，笑道：

"这一些小意思，我是特地送来给姚小姐的。请你不要嫌少，就收下了吧。"

菊芬见了他那副尴尬的面孔，心里就觉得很憎恨，今听他这么说，便沉着粉脸说道：

"高老先生，你这是什么意思？我无缘无故的，如何可以接受你的礼物呢？这岂不是笑话？所以请你带回去吧。"

"不，并非是无缘无故的，因为我心中实在非常感激姚小姐。姚小姐，你不要客气，请你收下了，千万不要使我感到失望才是。"

高大生含了笑容，很诚恳地说。高大生末了这一句话，倒又引起了两人心中的误会，暗想：这老色鬼的胆子倒也不小。何惧恨不得打他几个耳光，但他到底忍熬住了，望着菊芬出神。菊芬心中自然也有说不出的愤怒，遂把粉脸一板，说道：

"高老先生，那么究竟是为了什么原因呢？你又干吗要感激我？请你爽爽快快地告诉了我，不然，这礼物我是决计不收受的。"

"这个……"

高大生连连地抓着头发，支吾了一会儿，方才微笑道：

"因为……因为姚小姐是救了我儿子的一条性命……所以我实在非常感激……"

"什么？我救了你儿子的性命？你的儿子是谁呀？"

菊芬猛可听了这话，心中暗想：难道那个募捐的少年就是他的儿子吗？但她嘴里已迫不及待地问出了这两句话。高大生微笑着点了两点头，把雪茄的烟灰用手指弹了一弹，说道：

"不错，你确实是救了我儿子的性命。姚小姐，金将军那夜在国华饭店请客，突然来了一个募捐的少年，这一回事你大概还记得的吧？"

"那么这少年就是你的令郎了？"

坐在旁边的何惧，心里也感到同样惊奇，因此也情不自禁地问出了这一句话。

"是的，他便是我的小犬，名叫思明。那夜若不是姚小姐的智勇过人，恐怕我这孩子是已不能在人世的了。"

高大生说到这里，向菊芬逗了一瞥感激的目光，接着又很感喟地叹了一口气。何惧和菊芬不约而同地"哦"了一声，他们心中这就有了一个同样的感觉，怪不得那夜高大生要这样愤怒地向那少年辱骂，叫他立刻就滚，原来在他的心里也具有一番说不出的苦衷哩！因此又想到自己骂他是个老奸巨猾的东西，也许是委屈了他。菊芬点了点头，说道：

"原来那少年就是你高先生的令郎，不过我之所以救他，因为他是个热心为大众的人，假使一旦在金志光手下做了无谓的牺牲，那岂不是可惜吗？不过我真奇怪，高先生为什么要向他这么痛骂呢？"

高大生听她这样问，脸儿便一阵一阵地红起来。他内心是感到说不出的羞惭，不禁叹了一口气，只好说道：

"姚小姐，你有所不知，我是晓得金将军的脾气，他肯拔一根毛吗？同时我又知道小犬的性情，生恐触怒了将军，性命都保不牢，所以我是叫他快走的意思。不料小犬偏偏不怕死，竟道将军的短处，你想他的胆子可大吗？"

何惧这时又在继续地想，梅馨告诉我，她的哥哥名叫思明，这样说来，那个募捐少年的确是她的哥哥无疑了。想不到高会长两个儿女倒都是个不平凡的青年，真令人感到可爱，于是也赞美着说道：

"令郎有这么的勇气，那真是难得。"

"虽然是难得，不过究竟太危险了。我活了六十四年的年纪，膝下就是这么的一点儿骨血，思想起来，那叫我好生担忧哩！"

高大生脸上显出又喜欢又忧愁的神情，他想起了思明已加入革命党的事情，他不禁又深深地叹了一口气。何惧听他话中的意思，仿佛他儿子到现在还在干那危险的事，那么思明莫非也加入了革命党吗？意欲向他问了一句，但听菊芬又很郑重地说道：

"高老先生，虽然我是救了你儿子的性命，不过在当初我也并不知道他就是你的儿子，我的救他，无非是我的爱护青年人才的意思，岂敢有所望报的吗？所以你要送我这许多的礼物，我实在很不好意思收受。所以最好请你老人家带了回去，我心领就是了。"

"姚小姐，当然我也明白你是不想有什么报答的。不过在我受恩的人想起来，似乎不谢谢人家的话，心里会更感到不安的。虽然这些东西也绝不是算能够就此报了你的大恩，这也无非聊表我老头儿一些诚心罢了。你若不肯收受，这叫我心里似乎感到难受。"

高大生望着菊芬的脸，那话声是特别诚切。何惧于是也插嘴说道：

"既然高老先生一片诚意，特地亲自拿来送你，表妹也就不用客气了。否则，倒似乎瞧不起高先生了。"

高大生听何惧这么说，便笑着说道：

"何先生这话痛快，姚小姐，你若不收的话，倒好像瞧不起我了。"

菊芬因为表哥也劝自己收，于是便很不好意思地说道：

"这真是所谓受之有愧、却之不恭的了。高老先生，那么我就老实地不客气了。"

高大生见她答应收下，心里很欢喜，连说："应该，应该。"

这时，小香已把煮好的点心端出，菊芬于是请大生一同入座用些，同时又叫五爷前来相陪。吃毕点心，彼此又闲谈片刻，大生方才告别回去。菊芬叫小香把所有的礼物全都拿到楼上房中去，一面向何惧笑道：

"表哥，这真是一件意想不到的事情，原来那少年就是他的儿子呢！怪不得我救了那少年后，他当时就连连地向我赞美，说我真有毅力、真能干，并且又称我是个女界中的豪杰，谁知道其中还有这一层缘故呢！"

何惧心里是在想自己被梅馨相救的一幕，觉得他们兄妹真是个同样勇敢的青年，所以向菊芬点了点头，也笑起来了。这天晚饭，何惧也在菊芬家中吃的，夜里还到金光戏院去瞧她的戏。

第二天下午两点敲过，何惧不敢失约，匆匆地到兰心别墅里去约梅馨，两人相见之下，自然非常欢悦。何惧见她云发卷曲，两颊在白嫩中涂上了两圆圈玫瑰的色彩，只觉容光焕发，香气袭人，打扮得分外艳丽，遂微笑道：

"梅馨，你一切都预备舒齐了吗？"

"还说哩！人家等你近一个钟点了，谁像你的架子大？"

梅馨嫣然地一笑，秋波却还给他一个妩媚的娇嗔。

"那么我们此刻就动身走了好吗？"

何惧见她的意态，处处还带有了天真的成分，从这一点子瞧，他觉得梅馨的年龄一定比菊芬还要轻几岁的，忍不住望着她的粉脸，扑哧地笑。梅馨走到梳妆台旁去，拉开抽屉找物，一面笑道：

"你这人性急起来就真急，干吗不坐会儿？难道连我找张帕儿的工夫都没有了吗？"

何惧笑道：

"谁说不准你找帕儿？你假使要再打扮打扮的话，我一定也静静地等着你的。女孩儿家到外面去，总要打扮得好看一些才是呀！"

梅馨听他这么说，小嘴儿噘了噘，啐了他一口，却忍不住又笑起来了。这时，小青拿上小姐的单大衣，梅馨道：

"今天很和暖，不用带了。"

何惧道：

"已经是入秋的天气了，回头又着了冷，可不是玩的。你此刻不要穿，我给你拿好了。"

说着，便在小青手中接过了大衣。梅馨见他这样多情，芳心有些甜蜜的感觉，向他嫣然地一笑，于是两人一前一后地走下楼去。出了兰心别墅，坐车到南城外去了。

白鹭洲是在南京城外的南方，洲的三面环水，红蓼白蘋散满在碧波样的水面上。每当夕阳西下，一片余晖照映在碧波上，微风吹动之下，仿佛金光万道，忽吐忽吞，真有说不出的好看。洲上亭榭相间，树林参差，鸟鸣不息，风景清幽。人入其境，顿觉精神爽朗，思虑一清，不禁万念俱消。何惧、梅馨跳下车子，付去车钱，只见清静幽美的境界已在眼前。两人携手偕行，神情颇为喜欢，梅馨笑道：

"人谓西湖的景致'淡妆浓抹总相宜'，我瞧白鹭洲的风景也未见得输于西湖呀！"

"可不是！我记李白有诗咏白鹭洲曰：'三山半落青天外，二水中分白鹭洲。'从这两句诗中看起来，那幽美的风景也就等于完全显露在眼前一样的了。"

何惧点了点头，回眸望着阳光笼映下梅馨美丽的娇容，他也笑嘻嘻地回答。

"想不到你也熟读唐诗的。"

梅馨绕过媚意的俏眼儿，向他低低地笑。

"唐诗我倒没有念熟，只不过我喜欢胡诌几句的，不知你可要我念两句给你听听吗？"

何惧见她粉脸儿白里透红，艳若玫瑰，心里真有说不出的爱处。

"念得好，我当然要听，念得不好，我可不依你。"

梅馨一味地还闹着孩子气。

"那么你听仔细，'玫瑰纵具娇颜色，输与卿窝两点春'，你说念得好不好？"

何惧说着，忍不住得意地笑。梅馨听了他这么念，一时又羞又喜，"嗯"了一声，拉着他的衣袖，却缠绕着不依。但她玫瑰花样颊上的笑窝倒是真的掀起来了。何惧笑，梅馨也笑了。在这大自然的怀抱里，真是说不尽郎情若水、妾意如绵。两人一面谈笑，一面游玩，不觉时间之快，一忽儿真已夕阳西坠了。何惧道：

"时已不早，你也要乏力的，还是进城去吃些点心回家了吧。"

梅馨点头说好，两人慢步踱出。这时外面停着一辆自备汽车，有四名卫队保护一个年轻的女子向汽车旁走去。何惧见那女子的背影婀娜多姿，体态轻盈，好像和一个人相仿佛，所以他心头倒是一动，遂情不自禁靠左走了两步，微侧了脸儿，这当然是要窥测她正面容貌的意思。当那女子跳上车厢，回过头来的时候，两人的四目正接了一个正着，何惧不瞧犹可，既瞧到了后，不禁"哟"了一声叫起来了。说时迟，那时快，汽车喇叭"呜呜"的两声响后，四轮向前疾驰，不多一会儿，早已没了影儿。只有地上飞扬起的灰沙在夕阳笼罩下的半空中纷纷地飞舞。何惧呆呆地愕住了一会儿，他的脑海里一幕一幕地搬演着过去的一切，觉得这真像是个春梦一样。

第六回

溅碧血绝处又逢生

夜是深沉了，天空浓黑得好像涂过了墨一样，没有月亮在照映，也没有小星在闪烁。有的是几片灰白的浮云，像天涯游子一般颓伤，默默地在随着夜风各处的飘零。这是永定县外的某一个乡村里，四周是散布着密密的帐篷，每个帐篷前的草地上亮着两盏红色的油灯，在暗淡的灯光笼罩之下，可以瞧到帐篷的面前是踱着两个守夜的步哨，像机械式的，一个来一个去地默默地走着。

虽然是初春的季节了，但气候还是十分严寒，几处土堆上和那茅屋的顶盖还留着前天落下来没有融化的白雪，因此天空虽然是那样漆黑，被了白雪的反映，四周也显得很清晰的了。何惧挂了指挥刀，带了两个卫队，他在每一个营帐前巡视了一周。何惧自加入了革命党工作后，先在广东干宣传的事情，继而又干情报工作，后随军在战地服务，他是任了小连长的职位。这次他们只有一营弟兄守在陆家村里，营长是个挺英勇的青年，每战必先，所以下面三个连长亦是奋不顾身，身先士卒。虽然是深夜了，但何惧还是小心地各处巡逻着，当然，他是怕对方乘夜色而偷袭的。

这时，何惧望着远处茅屋顶上白皑皑的白雪，他自不免暗暗地沉思了一会子：我离故乡以来，光阴匆匆，不觉已有两年的时间了，在这两年之中，可说是到处为家，奔波无定，好像是只有一转眼之间，谁料已二易寒暑矣。想表妹亦已长了两年，个子自然高得多了，身材也胖得多了。不知她在这两年干些什么事情？因为她是一个不平凡的姑娘，她的生活少不得有惊人的进步，待我们相见的时候，这一番喜欢的滋味自然有说不出的甜蜜了。

何惧想到这里，棕黄色的脸上自不免露了一丝笑意。谁知就在这个当儿，那夜风忽然一阵紧如一阵地狂吹起来，把那远近的树叶儿好像波浪一般地推动，洒洒地发出了一阵巨响，这声音会使人疑神疑鬼的，心头激起了无限的恐怖。何惧暗想：天气忽然剧变，莫非又要落雪了吗？就在这时，后面两个卫队忽然说道：

"连长，你听，这不是犬吠之声吗？不要有敌在偷袭了吗？"

何惧听了这话，遂侧耳细听，果然在狂风之中传送来一阵犬吠之声，不绝于耳。其声急而促，可知狗已发觉了人影子了，于是他便急急步入营内，只见营长秉烛细观地图，见何惧奔入，遂抬头望了他一眼，问道：

"有什么消息吗？"

"天气剧变，狂风大作，我闻远处犬吠之声不绝，恐怕有敌夜袭，故告营长，快速传令准备，以防万一。"

何惧在行过一个军礼之后，急急地说着。营长听了，遂和何惧一同步出营帐之外，果然风声甚紧，在狂风扑面之时，觉脸部有什么感触。抬头仰望天际，谁知果然在飘飞着鹅毛似的大雪了，于是营长传令布防，只听一阵皮靴之声来去不绝，约莫五分钟后，一切早又归之于沉寂了。

何惧伏在战壕里，虽然里面有三十多个的弟兄，但声音的静悄，仿佛是没有一个人似的，只有外面的风声依然很紧，雪花也飘得很猛，在战壕里，众弟兄的头上、肩上都已堆了一层米粉般的白雪了。大约有了十五分钟之后，在狂风中突然有了一阵连珠似的枪声冲破了这静夜的空气，接着一阵轰隆隆的炮声响遏云霄，果然，对方是在猛烈地进攻了。何惧和众弟兄的精神被这一声炮响震动得兴奋起来了，大家全身的血液好像火样地沸滚着。何惧一个纵身跳出战壕，把指挥刀向上空一扬，大喊了一声"杀呀！"身子早已在雪缝中狂奔了。在这一声喊杀之后，只听皮靴在草地上哒哒地一阵杂响，众弟兄像潮涌般地前进。一时炮声隆隆，枪声啪啪，不绝于耳。天空中由浓黑而变成血红，由血红而转变墨色，浓烟密布，火光烛天，幽静的黑夜，早已又变成杀人的屠场了。枪声愈响愈密，愈密愈近，渐渐地听到了一阵喊杀之声，终于展开了肉与肉硬拼的一幕。这是悲壮激昂、沉痛伤心、惨无人道的一幕，在这个情形之下，他们根本没有一些情感可言了。他们情感已被冷酷的理智所蒙蔽了，他们脑海里唯一的目的就是"杀"，虽然自己的腿上已中了枪弹，然而他们的神经已经麻木了，他们一些不觉得痛苦，他们手中的刺刀还是狠命地向前猛戳过去。在他们这时的心理，认为自己枪尖上多染了一点儿碧血，也就多了一个代价。虽然对方已躺倒在地上气息奄奄了，不过在这时候已绝对没有人类的同情心，他们会索性再一刺刀地戳了下去，因为他们的目的根本是要你一个死呀！于是雪白的、洁净的雪地上，终于一堆一堆地展现了美丽的鲜红的血花了。

何惧正在向前狂杀的当儿，突然有股子凉气直逼到胸口来，待他发觉的当儿，一柄亮闪闪的刺刀已穿进了他的皮肉，于是，在一阵疼痛之后，身子就扑地而倒矣！当他躺倒雪地的时候，人还非常清楚，他见到像被火烧过一样通红的天空，飘摇着那面圣洁光辉的旗帜之后，他挂着泪水微微地笑了。

炮声停了，枪声息了，四周依然恢复了原有的沉寂，夜是静悄悄的，只有雪地上增多了不少累累的尸体，这都是无名英雄的血啊！何惧躺在阴森森的雪地上，他还在做生命最后的挣扎。这时候，何惧心中的痛苦，他不想再活下去，他只希望速死，让他得到了最后的归宿，让他得到了荣誉的安慰。

"他妈的，这臭王八还没有死去……让我送他上西天去……"

忽然，一圆圈电光照射到何惧的脸上，因为何惧的眼睛是在转动，使对方两个巡逻发觉到他是还没有断气，于是那个稍矮的骂了一声，拔出手枪来，意欲向他开放。

"你别忙，先来摸摸他的袋，妈的，有没有花花绿绿的钞票？"

一个稍长的却阻止了他的开枪，立刻蹲下身子去，把何惧身子翻了翻。

"你们不用摸，咱身边一个铜子儿都没有，谢谢你，请你们一枪把我送了，我很感激！"

何惧生恐被他们俘虏去了，因为一个当军人的人，他认为被对方捕去做俘虏，这是一件最可耻、最卑鄙的事，所以他在万分痛苦中，竭力地挣扎出这两句话。

"他妈的，没有钞票……"

那个稍长的并不听从何惧的话，手依然在他身上进行着工作，但到了他失望的时候，心头方才感到有些可恼。

"你真是个傻瓜，和他啰唆什么？早不把一枪送了干脆吗？"

那个稍矮的有些不耐烦似的，恨恨地说着。

"你不要性急，这王八倒还是个连长哩！慢着，给我们捉到秋团长那儿报功去。"

那个稍长的忽然又发现了军服上的徽章，他不禁回嗔作喜，回过头去，望着他笑嘻嘻地说。

"哦，这王八是个连长吗？快给我瞧瞧。"

那个稍矮的也感到有些惊喜。

"你瞧，这不是他的徽章吗？他妈的，还有许多五色徽章，这王八倒干了不少的功哩！"

那个稍长的把何惧身子猛可从雪地上拉起来，好像不把他当作一个人的模样。何惧这时哪里还能站立得住？所以既被他拉了起来，只觉胸部一阵剧痛，扑的一声，身子早又跌到地上去了。

"他妈的，一些的伤，装你什么死腔？快站起来吧！"

那稍矮的见他又倒了下来，遂恨恨地骂了一声，飞起一脚，在何惧股上狠命地踢了一下。何惧在这情势之下，真是所谓"虎落平阳被犬欺，龙困沙滩被虾戏"了，他咬紧着牙齿，大声说道：

"大丈夫头可断、血可流，唯志不可辱。视汝等之行为，诚可谓惨无人道极了。我希望你把我速杀死了吧！"

"妈的，你要速死，我倒不给你死哩！老张，他走不动，算我们晦气，把他扶着走吧！"

那稍矮的向他同伴叫了一声，含了阴阴的笑，大声地说。于是两个人挽了何惧的左右两臂，一同走到营帐里去了。这是旅长秋大熊的营帐，这次打了胜仗，把对方一营弟兄完全歼灭之后，他便引军进了陆家村，布防安民。此刻正在和他的女儿香红谈着话，因为他女儿是随军的护士长，一面为伤兵谋幸福，一面使他们父女也可以时常地会面。

"禀告旅长，这是革命军的连长，还没有死去，给我们俘虏来的。"

两个人把何惧扶到营中，向大熊小心地报告着。

"哦！叫他抬起头来，伤得很重吗？"

秋大熊拈着人中上的短须，用了他那双逼人的目光向何惧身上望了过去。秋香红站在旁边，见那个俘虏个子生得很高大，全身已被雪渗得稀湿的了，胸口的军服已破，而且还染了鲜红的一堆，因为经过雪地冰冻之后，那血水已凝成紫褐色的了。那种可怜的情形，实在令人悲惨极了，在她那个慈悲的心灵上，也会激起一阵怜悯的悲哀。何惧听他叫自己抬起头来，不过自己确实连抬头的气力都没有了，所以他在一抬头之后，立刻又垂到胸前来了。秋大熊见他实在伤得快要死了，遂皱了眉尖，说道：

"与其多挨时光，还是早些叫他得了归宿吧，拿出去枪毙！"

两个兵士互相望了一眼，说声"是"，遂把何惧身子向外转了。那个稍矮的向稍长的白了一眼，当然是怪他不该多事的意思。因为照自己的主意，不是早已把他一枪结果了吗？稍长的满想得一些功劳，今见一场空欢喜，脸上自不免也含了一丝苦笑。

"慢着，你们把他带回来！"

秋香红颦锁了翠眉，她为人类的天性所激动，终于鼓着勇气大胆地把他们喊住了。

"孩子，你喊他回来做什么呀？"

秋大熊见女儿喊住他们，心里感到有些奇怪，遂回眸望着女儿的粉脸，怔怔地发问。秋香红用了哀怜的目光向父亲脉脉含情地逗了一瞥，又用了慈悲的口吻低声地道：

"爸爸，在战争开始接触的时候，彼此的杀戮那根本谈不上'人道'两字的，不过在战争结束之后，对于战地上已受伤的兵士，不管是哪一方的，我们应该给他送到伤兵医院医治，情愿到他无可医治的时候为止，这是我们人类应尽的义务。因为虽然是在战争的时代，而我们还是要佑护地球上的人类，所以我的意思，待女儿把他领到后方医院去救治一下，不知爸爸可能答应我的要求吗？"

秋大熊听了女儿这一篇话之后，他又瞧到女儿白色制服上那个红红的十字和她胸前悬着的一个亮亮银制的十字架，他明白女儿是个慈爱的盾护，她是具有救世的心理，因为那俘虏确已惨重，心里也起了哀怜之意，遂点了点头，说道：

"那么你就把他送到后方医院里去吧。"

秋香红听了这话，心里非常欢喜，向大熊弯了弯腰，表示感谢他的意思，一面转身向外和他们一招手，她便在前面领路了。

这是在后方医院里的一个角落里，那边行军床上躺着一个年轻的军人，他涨红着脸，睁大了眼睛，因为热度的过盛，使他神经有些昏迷，高声地喊着："菊芬，菊芬！"站在床前的秋香红紧蹙了眉尖，瞧着他那种失常的态度，她感到伤心，她的眼角旁已展现晶莹的热泪了，芳心暗想：子弹虽然没有，却是刺刀的伤，军医说他幸而不曾伤及肺部，否则是真的没有命了。不过现在也是非常危险，得能热度不增加，也许有活命的希望。但愿上帝的垂怜，不要使他的生命在黑暗里幻灭吧！秋香红望着他英挺的脸庞，暗暗地祈祷着。

"菊芬，菊芬，我快要死了……你来和我见最后的一面吧！"

突然床上的何惧又发出了凄厉的喊声。他伸张了两手，眼睛是睁得更大了。秋香红虽然不知道他喊的菊芬究竟是他的什么人，不过照他口口声声叫喊的情形而猜测，恐怕是他的爱妻吧？假使不是他的妻子，至少也是他心中最亲爱的人了。因为他伸张了两手，是多么需要一些安慰啊！几次她想伏下身子去，冒充他的菊芬，但为了羞涩的缘故，竟始终鼓不起勇气，含了泪水，望着他木然地出神。

"菊芬，你为什么不理我？我喊你，你难道没有听见吗？"

何惧伸张了两手，良久，并不见有人投到自己怀抱里来，他在万分绝望之余，又感到无限的伤心，两手慢慢地放下了，他话声这回低沉了许多，眼泪像泉一般地涌，他感到自己的生命已将幻灭下去了。秋香红见他眼皮已经低垂了，她明白不久他将脱离这个世界。难道在他脱离世界之前，连这一些安慰都不给他如愿以偿吗？太惨了，太忍心了，唉！我不能眼瞧他这样感到失望呀！想到这里，一颗处女慈爱的芳心被情感激动得太厉害了。因此她终于忘却了羞涩，伏到床边去，低低地含泪叫道：

"哥哥，你的菊芬在你的身旁了，你请安心地静养吧！"

"菊芬，你……你……啊！我的妹妹！"

何惧忽然又听旁边有人叫喊了，他慢慢地又睁开眸珠来，向她望了一眼，因为同样是个年轻的美丽的姑娘的脸庞，使他糊里糊涂地还以为是真的菊芬了，所以他是万分惊喜，猛可地抱住了香红的脖子，亲亲热热地叫了一声"妹妹"，他不禁破涕笑了。香红从他这一声叫喊中猜想，觉得菊芬也许是他真的亲妹子，因为自己是个没兄没弟的人，因此倒真的激动了手足之情，她又低声叫声"哥哥"，偎着他的脸，默默地给他温存了一会儿手。何惧在一度剧痛和兴奋之后，精神感到了极度的疲乏，因为心灵上已得到了一种很深的安慰，所以他就安静地睡过去了。香红望着他安息的神情，嘴角旁似乎还含了一丝笑意，她点了点头，心里也十分安慰，默默地祈祷着，但愿上帝保佑他痊愈。

经过了三天，他们军队开进了永定县城，和金志光师长合军一处。进了城后，伤兵们才有了比较舒齐一些的享受。因为城里那个礼拜堂已暂时作为伤兵医院了。

这是一个月色很好的夜里，秋香红拿了药水和橡皮膏，匆匆走到何惧的床边，望着他微微地一笑，柔声说道：

"我给你换药水。"

"谢谢小姐。"

何惧回眸过来，频频地点了点头，表示感谢的意思。

"痛吗？一会儿就好了。"

香红掀开了线毯，把他衣襟拉开，给他换药水的时候，忽然明眸瞥见到他紧锁眉尖的神情，遂向他柔声地安慰。

"没有痛，我还不曾请教过小姐的姓名，你贵姓？"

何惧摇了摇头，望着她白里透红的娇靥，含笑地问。

"我叫秋香红，您……呢？"

香红很快地把他衣襟拉上，盖好了线毯，乌圆眸珠在长睫毛里一转，也低低地还问。

"我的名何惧，人可何，不畏惧的惧。"

何惧也向她轻声地告诉。

"那么你是一切都不怕的了。"

香红听他偏说"不畏惧"三字，心里这就感到他的忠勇，秋波逗给他一个媚眼之后，由不得嫣然地一笑，身子就向别个病床边走了。何惧望着她走远后窈窕的身影，他心里荡漾了一下，摇了摇头，忽然却又叹了一口气，于是他又望到窗外天空中那轮光圆的明月去了，他在憧憬着过去的一切。

"何惧，我给你喝药水吧。"

也不知经过了多少时候，忽然何惧的耳中又流动了这一句轻柔的唤声，回过头来，那位小姐已笑盈盈地站在床前了。

"秋小姐，谢谢你！"

何惧照例这么地道了一声谢，把身子略为仰起一些，他凑过嘴去，就在香红白嫩的纤手中喝完这杯药水。

"你今天精神又好了许多，刺刀的伤比枪弹的伤究竟轻得不少，再过几天，也就完全地可以复原了。"

香红见他今天从早晨到夜里，每次服侍他的时候，总要向自己说声谢谢，遂含笑向他这么说了两句，表示她很喜欢的样子。

"是的，这次的伤完全是死里逃生，秋小姐把我的生命从死亡中拯救出来，我说不出是怎样地感激你才好。"

何惧望着她倾人的笑窝儿点了点头，明眸含了无限感激的情意，话声是显得那么恳切和真挚。香红以为他把过去的事情全都忘怀了，想不到他竟明白是我救了他性命的，这似乎感到了意外的惊喜，眉毛一扬，嫣然地笑道：

"你还记得过去的一切吗？"

"我怎么不记得？我以为这次血染沙场，自视必死无疑，谁知竟遇到了你那么一个博爱之神，确实，我的生命是在你手中再度创造的了。秋小姐，你以为我全忘记了吗？不，不，我那时虽伤得太厉害了，但我的心非常清楚，我虽没有见到你的脸容，但你的话我句句听得，我想，我的生命便在这位小姐手中挽救过来了。不过那时候你仅能救我的不被枪决，对于伤势的轻重、生命的存亡，实在还十分渺茫。不料经你慈爱地看护之下，我竟慢慢好起来了。秋小姐，那你不是救了我两条性命吗？"

何惧听她这样问，遂平静了脸色，向她很清楚地告诉了这一篇话。香红听了他这一篇话，一颗芳心在无限惊喜之余，又感到了无限的安慰，暗想：我总算没有白救了他一场。遂微微地一笑，说道：

"你安静地躺着吧。"

说到这里，她身子又悄悄地走开了。这又是十天以后的一个夜里了，何惧的伤已完全地好了。因了半个月的休养，倒反而把他身子强健了许多。这晚，外面的炮声很猛，终日没有间断过，原因是革命军率领大军在进攻永定县城了。差不多每一个时钟内有许多伤兵抬进来，从而可知外面战争的激烈了。

香红最后一次服侍他喝药水的时候，何惧把她手紧紧地握住了，说道：

"秋小姐，我完全好了。"

"是的，待我们谢谢上帝。"

香红微闭了眼睛，像做祈告的样子，接着又颤抖地道：

"但……我们也得分离了。"

香红没有把眼睛睁开来，可是她眼角旁已展现了一颗晶莹莹的泪水。

"秋小姐，什么？我们怎的要分离了？"

何惧听她这么地说，又见她淌泪的神情，他感动得话声也带有些颤抖的音韵。

"这几天战事很不好，金师长有放弃城池之说，那么我们不是要分离了吗？"

香红这回才睁开眼睛来，但是当她睁开眼睛的时候，那泪水却很快地流到嘴角旁了。何惧得了这么的消息，他心里真有说不出甜酸苦辣的滋味，因为他们的战事不好，反转来说，就是我们的战事很好，然而我此后的生命全是香红的恩赐，今一旦分离，莫非黯然魂销？因此他的心里，悲喜各占一半，望着香红的海棠着雨般的粉脸，倒是怔怔地愕住了一会子。香红把手抬上去拭了一下泪水，秋波逗了他一瞥又羞又怒的目光，说道：

"何惧，当初我的救你，完全是激动了同是大地上人类的意思，我并没有存了一些私爱的心理；然而经过这半个月的相聚，不知怎么的，我大胆地承认，我确实已爱上了你。所以我向你有个不情之请求，希望你能够跟我一块儿走。"

何惧听了这话，他的心灵已做了情欲和理智交战的沙场了。他想着香红的恩，可说是重生父母；想着香红的情，又可说是胜过夫妇，在这两重恩和情之下，我还能管得了表妹吗？当然，我除了爱她之外，而且我更应该还有所报答她啊！那么她叫我一块儿走的要求，我也应该答应她的。不过我跟她一走之后，我就变成他们的人了。在这无形之中，我不是竟向他们投降了吗？为了自己的性命，为了自己的私爱，而转变了自己的意志和思想，这我还能算是个堂堂七尺男儿了吗？何惧是个理智坚强的青年，他在这样感觉之下，觉得这是万万不可能的，于是把她手更握紧了一阵，说道：

"香红，你救了我的性命，真可谓恩同再造，而又承蒙你这样爱我，真使我感激涕零。以你这么一个才貌卓绝的姑娘，而肯倾心我一个武夫，我岂有不喜欢之理？不过你叫我跟你一同走，这我实在难以遵命。"

香红听到这里，不禁泪如雨下。何惧感极，也不免涕泗横流，继续又道：

"香红，你是一个深明大义的姑娘，当然你也知道一个女子首重贞操，而一个男子亦岂无气节吗？我以为女子之贞操和男子之气节并重，而尤以男子之气节更甚，所以我不能为一己之私爱，而成个世界上最可耻、最卑劣的人。香红，我和你以地位而说，彼此实在隔了一条辽阔的鸿沟，不过我们是应该撇开主义和思想相爱的，你不要伤心，我确实爱你。不过我希望你不要因爱我而反害我成个世界上的罪人。香红，你听了我这话，将责我是个负恩忘义之徒吗？又将怒愤我是个不情之人吗？唉！香红，我想你绝不会的，因为你能够了解我处境的困难，你又能明白我心中的苦衷。你假使真正是爱我的话，那么你当然也不情愿叫我成个主义的叛徒吧？不过我敢在你面前发誓，我今生若活在世上一天的话，除了你之外，我总没有结婚的一天。否则，绝死于枪林弹雨之中的。香红，你相信我吗？你可怜我吗？"

何惧絮絮地说到这里，望着她满沾泪水的粉颊，自己也泣起来了。香红听了他这一大篇的话后，她一颗芳心也是有说不出的感动，伸手拭干了泪痕，点了点头，说道：

"何惧，我相信你，我并不恨你也不怨你，我感到你太不平凡了，我感到你太可敬爱了。啊！世界上有谁的思想像你那么伟大？有谁的人格像你那么高尚？你真不啻是个我国的伟人，我相信你必定是个不可一世的人物，我怎么能忍心叫你背叛你的志愿，来造成你黑暗的命运呢？所以我觉悟了，我希望你奋斗。"

何惧听她收束了眼泪说出了这几句话，一时觉得她已忘记了她爸爸的处境了，想不到她对我竟有这样的期望，这就猛可抱住了她的娇躯，泣道：

"香红，你是个博爱的姑娘，我到死都忘不了你！"

香红被他这么一抱之后，她也忍不住哭泣起来，说道：

"惧，别说死，我们要活，我们要生存，我们要真正解放民族的自由平等，我们还需要活下去，活下去！"

何惧在听到她这几句话之后，觉得言在意外，香红真不愧是个现代的英雄，他握了她的纤手，摇撼了一阵，说道：

"对，对，香红，我们实在还需要活下去。我觉得你真是个思想超人的姑娘，你仿佛是我的灵魂，我实在少不了你。香红，我说句不情之请的话，请你不要离开我好不好？"

香红见他俊美的脸上也沾了无数的眼泪，同时说出了这几句话，她也明白何惧是真正地爱上了自己，由不得芳心怦然地一动。但在仔细思忖之下，她也终于摇了摇头，说道：

"我爸爸也是个有思想、有抱负的男子，他在我五岁的时候就死了妻子，我和他父女两人相依为命，未尝一日分离，他因和我妈妈生前感情弥笃，所以他曾对我说，终身再不续弦，愿把我抚养成人。我在那时虽然年幼无知，也不免感极而泣。至今我年已二九，总算已稍具智识，但我既已长成，为了一己之私爱，而竟忍心抛弃父亲，这样不孝不义，岂能算是人类的一分子吗？假使我真的抛弃父亲，而追随你的左右，那么我这种女子，也就不值得你的爱怜了。何惧，我亲爱的知己，我能了解你的苦衷，不知你也能了解我的苦心吗？"

"香红，你真太可爱、太不平凡了。不错，一个人的生命中是只有一个父母的，除了父母之爱外，还有什么爱能及得它伟大呢？我同情你，我谅解你，你真是个忠孝的女儿。香红，那么我们虽然暂时相别，只要此心不变，我相信虽十年、二十年后的他日，我们还有团圆的日子。"

何惧当然也可怜她的一番孝心和苦心，所以连连地点头，向她柔和地劝慰。香红听了他末后一句的话，她是得到深深的安慰，于是躺在他的怀内，也就破涕嫣然地笑了。

这是在他们两人心灵上永远不可磨灭的一幕，天空是像被火烧过了一样通红，炮声和枪声在空气中流动得震耳欲聋，街上景象是非常混乱，金师长全部的军队已陆续地撤退了。何惧和香红站在教堂十字架的下面，两人紧紧地接了一个又辛酸又甜蜜的长吻，彼此挥了挥手，含泪道声："前途珍重！"这就匆匆作别了。

第七回

祝寿辰有心探故剑

何惧站在白鹭洲的外面，突然瞥见了那个女子被四个卫队保护着跳上汽车窈窕的芳影，使他猛可想起了心头上一个人，遂急侧身望去，不料千真万确地就是自己生命过程中的一个大恩人，于是他眼瞧着汽车没了影儿之后，兀是呆呆地想着过去一幕一幕的往事，觉得这值得回忆的往事，真是又沉痛又缠绵，又悲哀又甜蜜，诚可说得上一句可歌可泣的了。虽然我和她原没有订过什么嫁娶的盟约，然而确实有非她莫娶，而她亦有非我不嫁的意思了。但是奇怪得很，三年后的今日，不料她已做了军部中的太太了，这是打哪儿说起？难道以香红那么女子的身份，竟也爱好虚荣起来了吗？唉！这人生的变幻，不是太不可捉摸了吗？想到这里，只觉无限的感触，浮生若梦，他不免深深地叹了一口气。

站在身后的梅馨见何惧这个情景，心里当然非常奇怪，遂也愕住了一会子后，方才悄悄地走到他的旁边，伸手拍了拍他的肩胛，叫道：

"何惧，你怎么啦？你认识那女子吗？这是金志光将军的太太呀！"

"太太"这两个字何惧感到有些刺耳，遂回过头来，恍然有悟地"哦"了一声，说道：

"原来是金将军的太太，梅馨，你怎么知道的？"

"我如何会不知道？那年我校中高中三行毕业礼的时候，她还向我们来致训词的哩！你问她做什么？是不是你也认识她？"

梅馨一面低声告诉，一面已和他向前移步地走，俏眼瞟了他一下，显然，在她的心头是有无限的疑窦。

"我不认识她，也无非这么随便地问了一声。"

何惧这才有所明白了，他心头有些隐隐地作痛，竭力平静了态度，苦笑着回答。梅馨似乎有些不相信的神气，小嘴儿噘了一噘，秋波逗给他一个妩媚的娇嗔，在她这娇嗔中，至少还包含了一些酸溜溜的成分，冷笑了一声，说道：

"那又何必瞒我？我也不是木头人，对于你那种的情景，我还有个瞧不出来的吗？假使你真的不认识她，那么你准是被她的美色动了心，莫非你想爱上了这位将军太太了吗？"

何惧听她这么地说，觉得她这两句话中至少是包含了一些讽刺的意思，遂望着她娇容笑起来了，伸手拉住她的纤手，轻轻地打了她一下，说道：

"梅馨，你这话说得好厉害啊！想不到女孩儿家，总是爱吃醋的多。"

"我向你吃醋干吗？因为这是事实放在面前，你既然不认识她，而且又不肯承认是爱上她，那么你干吗要奔上去向她瞧仔细？这不是叫无论谁都会感到奇怪的吗？"

梅馨听他说自己吃醋，这就绯红了两颊，恨恨地啐了他一口，也忍不住抿嘴嫣然地笑起来了。

"既然这么地说，我就不妨告诉了你，不过你也别性急，我们且到城里馆子里去吃点心时再说给你听。因为街上说话，究竟有许多的不方便。"

何惧见瞒她不住，其实也无瞒她之必要，遂点了点头，方才向她这么地说。梅馨想不到他果然是认识金志光太太，这就觉得其中必有很曲折的缘故，遂迫不及待地问道：

"你何苦又卖什么关子，叫人家闷在心里不是难受吗？"

"你性急什么？况且你身子才好，也不能多走路。"

何惧说到这里，把手向街上停着的人力车招了招，于是两人先坐到城里去了。

在金陵酒家的楼上一个小小的单人房间里，何惧和梅馨坐定了之后，侍者泡上了香茗，问吃些什么菜。何惧把菜单送到梅馨的面前，说道：

"你爱吃什么，你点吧。"

在梅馨这时的心中，确实，要听他说出缘故的事情，比吃菜更要紧了十分，所以她也没有心思点菜，说道：

"随便什么都行，你先喊几样点心好了。"

何惧遂向侍者先叫一锅子什锦素面，因为他怕梅馨吃不得油腻的东西。侍者答应一声，遂自管退下。这里何惧握了茶壶，向她满筛一杯，含笑叫声："喝茶。"

梅馨点了点头，因为他还不肯爽爽快快地告诉出来，遂忍不住又问道：

"你怎么啦？人家心中愈急，你偏喜欢慢吞吞的，你到底情不情愿告诉我知道啦？"

何惧不禁扑哧地一笑，望了她一眼，笑道：

"我这个人自认也算得是最性急的人了，不料你偏比我还要性急着一倍，可见无论什么，是没有限量的。"

"当然，我也算不得性急，比我性急的也不知尚有多少，这些又不是全都废话吗？我瞧你这人是最性缓的，你现在总可以向我告诉了……"

梅馨说到这里，把话又转到这个头上来，同时把秋波恨恨地白了他一眼。这白眼自然是妩媚得好看，因此又不禁笑了起来。过了一会儿，方才将自己生命中一页悲壮激昂、缠绵悱恻的恋爱史向她絮絮地从实告诉了一遍。就在这时，侍者已送上面点，何惧握了筷子，在锅子上一点，说道：

"梅馨，我们吃面吧。"

不知怎的，梅馨在听完了他的告诉之后，心头只觉得有无限的感喟，因此实在有些食不能下咽，一面点头，一面说道：

"这位秋香红小姐才可算是真正救你性命的一个人了，她的思想真伟大，人格真高尚。的确，在我和她相形之下，我感到深深的惭愧。因为她的救你，实在是太不平凡的呀！不过这很感到奇怪，她如何又会嫁给金志光了呢？"

何惧听她这样说，不禁把握着的筷子又放了下来，摇头叹道：

"人生的变幻原像流水浮云，没有一定的。不过今日我还能在社会上做人，确实是秋小姐的恩赐。当然，在我心头中的感激，此生中终再也忘不了她，这和忘不了你原是一样的。因为我的性命从今以后，已经不是我父母也不是我自己所有的了。"

梅馨听他这么地说，粉脸上又盖了一层玫瑰的色彩，低低地说道：

"请你不要说到我的身上，在没有听到你这一番事情之前，我心中确实也自认为是救了你一条性命，不过在听到你这一篇话之后，我感到有些羞惭，因为我的救你，并不算怎么一回稀奇的事情呀！我救你的情形，并没有像她那么伟大、那么博爱，我觉得秋小姐真不啻是个慈爱的天父，太使人感动了。"

梅馨说到这里，她的眼皮儿不禁有些发红。

何惧听她这么地说，也从可知梅馨真也是个不平凡的姑娘，遂微笑道：

"梅馨，你这话也说得太使人感动了，我以为你的救我，和她的救我，事虽不同，其情则一。你们都爱我，都希望我继续为国家、为民族干些事情。秋小姐曾经嘱我为前途奋斗，你又曾叫我勇往直前，所以我今后的身子是完全交给了大众，因为我的身子既非我自己私有的身子，那不是应该给大众负一些责任吗？梅馨，我生平有三个裙钗知己，我觉得这三个知己不啻是我三个灵魂，所以若没有这三个灵魂的话，我的生命也许是早已幻灭多时了。"

"什么？有三个……难道……你生命中还有一件可歌可泣的事情吗？那么这一个女子又是何等样的人呢？"

梅馨对于他这几句话自然表示非常感激和悲壮，频频地点了点头，也赞同他为大众负一些责任的意思。不过她听了后面这两句话，她心中又感到说不出的惊异，定住了乌圆的眸珠，又向他急急地追问。何惧笑了一笑，这回又握起筷子，说道：

"面冷了，梅馨，我们先吃了面再告诉给你听吧。"

何惧对于这三个知己的话原是脱口而出的，今被她一问，遂也只好预备索性完全告诉了她。不料梅馨听出了神，一时怎肯给他中途停止？遂笑着央求道：

"你先告诉了我吧，否则我会吃不下面的。"

"反正我总会告诉你，你又忙什么？面冷了吃着又碍胃。来来，吃面吧。"

何惧却夹了一筷子面，先送到自己的嘴里去了。梅馨没有办法，只好也握了筷子先吃面了，但吃不了两口，她一撩眼皮，乌圆眸珠一转，笑道：

"一面吃，一面也可以告诉的，这个女子又是怎么的一回事呢？"

何惧见她真个性急得这个模样，望着她倒又笑起来了，遂说道：

"这一个女子，你道是谁？"

梅馨扑地一笑，秋波逗给他一个娇嗔，说道：

"你问我，我若知道了，我还要你告诉干吗？"

"她是我的表妹，也是你哥哥的恩人。"

何惧见她媚意的脸庞，真感到有些可爱，遂方才向她低低地说出来。

"是我哥哥的恩人？她……她……她莫非就是姚菊芬小姐吗？"

梅馨听了这话，很快地把嘴里一口面咽了下去，望着他猜疑地问，心中感到万分惊奇。

"是的，正是她。菊芬和我自小一块儿长大，在过去她确实给予我不少的鼓励，给予我不少的勇气。现在她虽然已成了一个红遍石头城中的坤伶了，不过她的思想和智勇并没失去过去的程度，因为她心头有说不出的苦衷。我们单瞧她救你哥哥的一回事，也可知她是个多么爱护人才的姑娘。这和你救我都是同样的心理，所以我觉得你们都是一个社会的好女儿。"

何惧点了点头，因为他想起菊芬撕碎支票的一回事，觉得菊芬真所谓视钱如泥土，这样慷慨豪爽的个性，绝非勉强可以装得出来的，所以他是竭力地给她赞扬着，不过他又怕梅馨要吃醋，于是他后面又这么地加上了两句。梅馨再也想不到菊芬姑娘竟会是何惧的表妹，这就不免愕住了一会子，笑道：

"原来如此，对于姚小姐的智勇，就是我哥哥也佩服得五体投地的。你知道吗？我哥哥也已加入……"

说到这里，凑过嘴去，又轻声地说了一半，以下却没有说下去了。

"我虽然没有知道，不过我也这么猜想过，有机会我们少不得也有见面的日子。"

何惧点了点头，也低低地回答，一面把筷子握起，又叫她一同吃面了。梅馨这时虽然在吃着面，但她芳心里是暗暗地思忖着：在我的初意，以为我救了他性命，我们这一头婚姻总是稳稳可以成功的了。万不料他除了我之外，还有这么两个女子。虽然秋香红是已做了将军的太太，在他心中也可以死了一条心，不过救命之恩，总不可泯灭，所以在他也绝忘不了她的；而且还有这么一个多才多艺而又多貌的姚菊芬小姐在他的心中，那么我的希望自然从十分之十的程度下而降至于十分之四五了。想到这里，自不免感到黯然，忍不住微微地叹了一口气。何惧却并没有理会她悲哀的意态，因为经过了这一阵子谈话之后，外面天色已经昏暗了，室中也亮了电灯，于是向她低低地说道：

"梅馨，我们叫菜吃饭了好吗？"

梅馨因为人家非常坦白地完全告诉了自己，从此可知他在目前对于儿女私情还根本谈不到，因为他是正需要把精神放到事业上的时候，所以也不能对他有什么怨恨或追求的表示。毕竟知道他未始没有不爱我，我应该了解他内心的苦衷，只要我一心一意地对待他，成与不成，也只好各听天命的了。梅馨也是个明达的姑娘，她在经过这一阵子思忖之后，遂也脸上毫没有半分忧愁的神情，抬起头来，妩媚地笑道：

"也好，你点菜吧，我们还喝些酒。"

何惧见她这说话的表情至少还带有些天真的成分，心里也就感到她的可爱，便含笑点了菜，一面又问道：

"你爱喝什么酒？"

梅馨笑道：

"葡萄酒，其实我们不是真的喝酒，也无非……应个景儿罢了。"

何惧觉得她的本意也许并非是说应个景儿的，那么在她的意思中，至少是包含了一些作用，遂笑了一笑，把点的菜和酒向侍者吩咐了后，方才说道：

"葡萄美酒夜光杯……那么我们这一班的青年不是都应该醉卧到社会里去吗？"

"不错，这个时代、这个世界，我们都该如此。"

梅馨频频地点了一下头，她益信何惧是个英雄了，于是何惧很欣慰地笑了，梅馨也笑起来。

这晚在八点十分之间，何惧送她到兰心别墅的门口方才握手作别。夜里，何惧躺在床上，心里不免又想起秋香红这位姑娘来。照她的行为而论，她是绝不会甘心情愿去嫁给这个金志光的，那么她莫非忍辱偷生，也是为了心中有说不出的苦衷吗？菊芬叫我在金志光生日那天一块儿前去祝寿，为了要探听香红的苦心起见，我就不妨去一次了。何惧暗暗地打定了主意，也就沉沉地睡熟了。

光阴匆匆，转眼之间，早又到了二十那天了。何惧这天下午很早地就到菊芬家里来，只见表妹对镜梳妆，真个打扮得仿佛是天仙化人，美丽万分。菊芬一见何惧，便回过身子，对他嫣然地一笑，说道：

"表哥，你莫非真的也愿意去瞧瞧他寿辰吗？"

"是的，不知金将军会不会生气的？"

何惧走到她的身旁，点了点头，低低地说。

"不会的，他生什么气？假使他真的生气，我们一块儿立刻就走，瞧他怎么样！"

菊芬摇了摇头，秋波瞟了他一眼，忍不住低低地笑。

"那是什么话？若真的这样，他可饶不了我们的。不过今日我想贺客一定非常多，他也顾不得这许多吧。"

何惧口里说着话，鼻子里却闻到了她身上发出来一阵一阵的幽香，心里有些荡漾着。正在这个当儿，忽然小香上来报告道：

"金将军已差白副官来接小姐了。"

何惧一听，便忙说道：

"我下去招待他吧。"

菊芬笑道：

"你们是吵闹过了，回头你不要又和他斗嘴了。"

何惧因为胸有成竹，遂摇头笑道：

"我不会那么鲁莽的，再会和他吵吗？"

说着话，身子已匆匆地走到楼下会客室里去了。

"白副官，你来接我表妹来了吗？她在换衣服，一会儿就下来了。你请坐会儿吧。"

何惧一脚跨进会客室，只见白得标在室中打圈子，遂向他笑嘻嘻地招呼，一面把手向他摆了摆，当然是叫他坐下的意思。白得标再也想不到他还会来招待自己，一时倒也弄得不好意思起来。因为人家既然以礼相待，自己岂还可以和他板面孔呢？因此也只点了点头，和他一同在沙发旁坐下了。

"白副官，今天是金将军的好日子，天气不错，你老也辛苦了，抽支烟吧。"

何惧见他并没有向自己说话，虽然心中有这么的感觉——狗奴才，搭什么架子——可是他表面上还是竭力含了谦和的笑，亲自递过一支烟卷，划火柴还给他燃火。在这情形之下，何惧真可谓是大丈夫能屈能伸的了。白得标见他自己大拍其马屁，心里不免又好气又好笑，暗自想道：这小子在当初一定不晓得我是什么人物，所以凭一时之火，就冒失鬼似的得罪我起来了。现在姚小姐一定向他关照过了，所以他心里害怕，便向我拼命地奉承了。当然，他是怕我会害死他的。因为看在姚小姐的面上，少不得也要给他一些面子，因此遂说了一声："劳驾。"把嘴儿凑过去给他来燃着了烟卷上的火，吸了一口，又很悠闲地喷去了一口烟。何惧见他还是不向自己说话，于是搓了搓手，装出寿头寿脑的样子，嘻嘻地笑了一笑，又奉承道：

"我听表妹告诉我，说白副官是金将军手下最有才干的一位人物，我听了之后，心里非常敬佩。想起那天误会的事情，我真觉罪该万死。今天我特地向你道歉，希望你老人家能够原谅我才好。"

白得标听了，暗想：果然不出我所料。常言道："走遍全天下，马屁都用到。"白得标虽然也是喜欢拍人家马屁的朋友，说也奇怪，拍马屁的人也喜欢有人来拍自己的马屁。所以何惧这两句话听到他的耳中，他的骨头轻松了许多，这才也回过笑脸儿来，说道：

"何先生，过去的事大家不要说了，朋友到底是朋友，姚小姐也是过分地赞美我，我哪儿敢当呢？"

"这当然是你太客气了，白副官，你真的肯和我交一个朋友吗？那么有许多地方，你是应该随时提拔提拔我的。"

何惧心中忽然灵机触动，于是他便预备来干一下间谍的工作。

"笑话，笑话，我这人是很爱交朋友的，只要对方的性情正合着我的脾气，那么我什么事情都肯帮忙的。何先生，你在上海做些什么买卖呢？"

白得标见他一味地奉承自己，而且在这些话中似乎有向自己讨差使的意思，因为一则要讨菊芬的好，一则希望他作为自己的爪牙，于是他把话慢慢地说得接近了。

"不瞒你老兄说，我现在是失了业，家里妻子儿女倒有好多个，所以这次到南京，原是求职业来的。白副官若有什么差使给我介绍一个，那真叫我感激不尽了。"

何惧忽然见菊芬已慢步地进来了，遂故意把这几句话说得特别响一些。

"哦，你已结过了婚吗？"

白得标问了一句，忽然也见了菊芬，方才把话收住，站起身子，向她弯了弯腰，笑道：

"姚小姐，你一切全都舒齐了吗？"

菊芬听何惧向白得标这么地说，并又向他讨差使做，起初倒是怔了怔，但乌圆眸珠转了一转之后，忽然有所理会过来了。她明白表哥的用意，她暗暗敬服表哥的胆大，遂微笑着答道：

"什么都舒齐了，我们走了。白副官，你和我表哥真可谓不打不成相识的，以后请你时常照顾照顾，我很感激。"

"那是一定，一定！姚小姐，你别说感激的话，我正希望在姚小姐面前效些劳哩！何先生，你今天反正没有事，一同到金将军府里去玩玩怎样？"

白副官听菊芬也向自己拜托，并且还说那些感激的话，心里一快乐，他得意地把眉毛也扬起来了，于是他回头望了望何惧，终于这么地说着。这是求之不得的事情，何惧真是非常喜欢，但表面上兀是搓了搓手，很不好意思的样子说道：

"我怕将军会见怪吗？"

"这是哪儿话？将军若见怪你，他不是等于得罪了姚小姐吗？你放心，咱们一块儿走吧。"

随了白得标这几句话，于是三人一同走出了松云小筑。外面已停了一辆汽车，大家跳上车厢，便呜的一声向前疾驶了。汽车到了将军衙门前停住，三人跳下，只见大门口挂灯结彩，连每条大街上都高搭了彩牌楼，听说晚上还有行电灯会的。热闹的盛况，真可谓空前未有的。白得标领导两人直到大厅，只见金志光今天蓝袍黑褂，俨然是一个大腹硕硕的绅士派头。大厅上高朋满座，正在谈笑风生之间，忽然他瞥见菊芬到来，遂含笑站起，表示欢迎的意思。菊芬轻步上前，向他深深地鞠了一个躬，笑盈盈地叫道：

"金将军，恭喜，恭喜！"

金志光听了，放开喉咙，便呵呵地大笑起来。一面连说"别客气"，一面执了菊芬的手，便向在座诸巨头一一地介绍，也有认识的，也有不认识的，菊芬都一一招呼了。待菊芬回头去见何惧，意欲也向金志光介绍的时候，不料却见白副官把他悄悄地拉走了。原来，白得标见金志光将军并不注意何惧，拉了菊芬的手，只管向众人介绍，一时料想此刻金将军一定无暇来接待何惧，因为何惧不是个有名的人物，若冷淡了他，这似乎彼此都不好意思。白得标在这样感觉之下，所以觉得还是不介绍为妙，遂把他悄悄地拉走了，说道：

"何先生，我瞧金将军很忙，此刻你别去见他，还是我伴你随意玩一会儿吧。"

"不错，你这意思很对，白副官，你这样处处地照顾我，我心里实在很感激，将来我总会报答你的。"

何惧放低了喉咙，低声地说。白得标虽然是个阴险虚伪的人，但他今天在何惧身上倒诚实起来了。不过在他心中当然也有他的意思，因为何惧那种不怕死的样子，他是领教过的。本当是非常愤怒，因为今天他向自己请罪表示悔过，而且又这样奉承自己，可知那天他是不知我的地位，不知者不罪，这在我是应该有所原谅他的。假使他明白我有这样地位的话，也许他不敢这样放肆了，不过他的行为，总不失是一个硬汉。倘若我给他一些好处之后，他就会忠实地做我的心腹了，将来我有用得到他的地方，他不是也会万死不辞了吗？白得标这样感觉之下，他也要效前人之收服义士，他日为自己出力，所以他把何惧打耳光的怨恨竟消灭得一些也没有，把他手紧紧地握了一握，笑道：

"何先生，别说报答的话，我过一天一定会给你干一桩好差使的。"

"如此恩同再造，使我没齿不忘。"

何惧明眸充满了感激的成分，低低地回答。

"言重，言重!"

白得标得意地说着，在白得标的行为，真可说是个时代的奸雄，因为他认何惧是个有义气的死士，所以他竭力地要收服他。只可惜他奸虽奸，恶虽恶，但到底是失了眼珠，认错了人哩！

这时，将军衙门前的教场上都高搭棚子，下面又搭了戏台，正在演郭子仪的七子八婿，热闹异常。台下瞧戏的都是一班政治舞台上朋友的内眷，粉白黛绿，美不胜收。何惧心中不免一动，暗想：香红既然身为将军太太，那么她当然也得招待来宾，大概这里面总也有她的倩影了。于是停住了步，故作瞧戏的神气，暗暗向脂粉队中打量过去。

"何先生，你喜欢瞧戏吗？那么就在这儿瞧一会儿吧！我有事不奉陪了，假使有巡查来问你，你只说是我朋友好了……不对，这儿我还有一个寿章，你戴着吧！那就不会麻烦了。"

白得标见他站住了瞧戏，遂向他低低地嘱咐着。但他伸手在袋内又摸着了一个徽章，这就又交到何惧的手里去，继续又向他说了这两句话。

何惧点头称谢，他就匆匆走了。只见那徽章是金制的，上面有庆祝金志光将军五十寿辰的字样，心中不免暗想：这一个徽章需值多少钱？每一个来宾一个，至少在几千以上，把民脂民膏搜刮的汗血钱给他这么地浪费，真令人可杀之至。心中虽然这么地想，但也不得不把徽章挂到西服上去。他向脂粉队中凝眸望了良久，但是却并不见有秋香红的人，一时心中好生奇怪，难道她不出来招待她们的吗？这就呆呆地沉吟了一会子。不料就在这个当儿，忽然一阵香风吹过，芬芳触鼻，慌忙回眸望去，见有两个贵族妇人从旁走过，听她们说道：

"部长太太，我和你一同去瞧瞧将军太太好吗？真也怪可怜的，听我那口子告诉我，说将军太太脾气古怪，所以就失了宠爱，被将军关在冷房里，不能自由，每星期日只能到城外城里去玩一次，但总也有卫队监视着，好像成了犯人一样，你说不是可怜吗？"

"司令太太，可不是吗！否则，像今天那么日子，她不是也该出来招待我们吗？现在我和你一同去瞧瞧她，顺便劝慰她一番。只要她性情变好一些，像她那么可爱的女子，还不会把将军迷得昏陶陶吗？"

两人说着，便咻咻地笑起来了。何惧到此，方知这两个贵族夫人是司令和部长的妻室，也不知是什么司令，是什么部长，想来他们有了这两个好妻子之后，一定把他们人是迷得糊里糊涂不知所云的了。这样想着，由不得轻轻地叹了一口气，忽然又想，她们说的不是秋香红吗？对了，照她们所说，正是香红失了宠爱了。因为那天我们遇见她，不是在星期日吗？唉！香红，香红，你所以如此会转变了性情，还不是为了我的缘故吗？是的，我早知你有说不出的苦衷吧！何惧一面想，一面情不自禁地跟着她们悄悄地走。穿过了几重院落，到了一个小小的院子，何惧蹑脚蹑足在假山后面站住了，偷眼张望，见两人已步入内厅去了。何惧不敢再跟进去，暗暗地认清了路径，他又悄悄地退到大厅外去了。何惧站在大厅前的柱子旁，低了头，暗自在腹中计划了一会儿，便连连点了点头。就在这时，忽然后面有人轻轻地一拍，低低地道：

"白副官怎么便把你带走了?"

何惧回眸去望,见是菊芬,遂说道:

"他说金将军这时很忙,不便去见他,我听这话也不错,因为我又不是个有身份的人。"

"你心里生气吗?"

菊芬见他说话的时候并不带着笑容,她以为金志光刚才拉自己的手被他瞧在眼里,所以心中不快乐了。这就掀着笑窝儿,秋波逗给他一个倾人的媚眼。

"不,我没有生气,表妹,你怎么惯会多心的?"

何惧慌忙含了一丝笑容回答,他心里在暗暗地可怜表妹的苦楚,因为她怕我见了她和金将军的情形,我心中会鄙视她的,其实我是同情她的环境,所以她话声是特别轻柔。菊芬听他这么说,芳心才得到一些安慰,遂向他一招手,她便自管地到女宾处一同瞧台上的戏去了。何惧于是静静地耐性着,单等夜色的降临。

七点钟,大厅上已摆了席,金将军和一班部长、司令、师长等坐了一桌,中间却隔了三位女子,金将军的旁边当然是菊芬小姐,其余两个便是司令太太和部长夫人了。另有许多女宾,却自在女宾席上入座,何惧坐的是大厅下的一角,他和菊芬坐处遥遥相对,远远望去,可以瞧一个正着的。所以,菊芬的芳心中自不免有些局促不安。

入席之后,不觉酒至半酣,何惧见大家兴高采烈地猜拳行令,他却推托不会喝酒,悄悄地离座走开去了。在一轮光圆月亮的笼罩之下,他依着路径,轻步地走进了那个小院子,躲在假山旁的一株桂花树下,桂子已散出了芬芳的幽香。这时,忽然一阵开窗的声音触入他的耳鼓。这就慌忙抬头望去,只见洋台前的石栏旁倚着一个女子,仰望天际,对月长叹,以手拭眼,作揩泪之状。何惧仔细凝望,这还不是香红吗?心里一喜欢,遂情不自禁地脱口叫道:

"香红,香红!"

第八回

救父老忍泪做新娘

待香红吃过晚餐之后，丫头杏菊送上一杯咖啡，遂把饭菜盘子收拾端到厨下去了。她握了咖啡杯子，微微地喝了一口，因为心头烦闷十分，遂轻轻地把落地玻璃窗推开，移步走到洋台里去了。凭了那洁净的石栏杆，微微仰起粉脸，只见碧天如洗，万里无云，一轮明月无限清辉，使她那颗芳心之中不觉陡然忆起了在天涯奔波的何惧，她感到说不出的悲哀和伤心，眼泪不由自主地会涌了上来，她由不得深长地叹了一口气。不料她正在对月怀念、仰天长叹的当儿，突然从夜风中度过来一阵急促的呼声：

"香红，香红！"

这是男子的口音，谁有这样大胆敢呼我的名字？她由不得大吃了一惊，立刻俯身低头下望，只见假山旁那株桂花树下站着一个身穿西服的男子，因为月光是非常清澈地照临着院子，所以香红是瞧得十分清楚。因了她这一望，几疑置身在梦境，这就慌忙把手抬上去摸了摸自己的脸，觉得这是事实，并非梦境之中。她忍不住"哟"了一声，叫道：

"咦，咦！你是……"

何惧听她要呼出自己的名字来，遂忙把手摇了两摇，说道：

"你能下来吗？"

香红听他这么问，知道是千真万确的了，遂招了招手，说道：

"你上来吧，我在扶梯口迎着你。"

何惧听了，遂匆匆地步入内厅里去，只见秋香红果已迎在扶梯口了，于是急急上楼。香红拉了他手，走到房中，把门轻轻锁上，这才回身猛可抱住了何惧的脖子，呜呜咽咽地哭起来了。两人抱紧着身子，默默地哭泣了一会儿，香红这才推开了他身子，明眸含了悲痛的热泪，向他哀怨地逗了一瞥，惊讶地道：

"将军府如此严禁之地，你是怎么样才混进来的呀？而且你又如何知道我被关在这儿呢？"

"这事说来话长，因为上星期日我在白鹭洲见到你被四名卫队保护着跳上汽车，后来我问了旁人，方知你是已经做了将军的太太了。"

何惧望着她海棠那么的粉脸，觉得她脸儿是清瘦得多了，没有像战地时遇见那么结实和健康，但正因她的清瘦，更显得秀丽之气溢于眉间。他回首前尘，自然不胜感慨系之，遂先把那天的经过向她悄悄地告诉。香红听了"将军太太"这四个字，真仿佛是万箭穿心，疼痛若割，抱住了何惧的脖子，又淌泪泣道：

"我负了你，我对不住你！何惧，你恨我吗？你怨我吗？你原谅我的苦衷吗？唉！我所以忍辱偷生至今是为了什么？就是想和你见最后一面，将我的遭遇向你解释一个明白，使你可以知道我之负心你，实在出于万不得已，到今日我若一死以还君清白，我死亦瞑目的了。"

何惧听她这样惨痛地说着，也不免为之伤心泪落，遂拍着她的肩胛，偎着她的粉颊，安慰她道：

"香红，你别这么地说，我没有怨恨你，我明白你的苦，我知道你惨痛的遭遇。香红，一切我都能原谅你，你千万不要说死的话，你难道把过去的勇敢全消灭了吗？不，我们不能死，我们还需要活下去，这不是三年前你对我也这么地说吗？所以你不要说死，因为死是最懦弱的表示呀！"

香红听他提起三年前的事，她是更感到了心痛。不过何惧肯如此谅解自己的苦心，她又感到万分的感激，然而她脆弱的心灵确已遭了沉痛的创伤，她觉得自己的前途完全是呈现着一片黑暗了。她紧偎了何惧的脸，又泣道：

"唉！何惧，我太感激你，同时我也太对不住你，我怎么有脸再好意思见到你呢？"

"香红，你为什么偏喜欢说这些话呢？叫我听了，心中不是也感到难受吗？现在我很想知道一些关于你三年前以来的经过，你且细细地告诉我吧！你的爸爸呢？他如今干了什么的职司了呢？"

何惧一面低低地安慰着她，一面把她拉到长沙发上一同来坐下了，并且取了一方手帕，亲自给她拭了颊上的泪水。香红见他这样多情的举动，同时又听他问起了自己的父亲，这就更加痛断肝肠地长叹了一声，泣道：

"早知如此的结局，我真悔不该不听从你的话，跟你一块儿去奔波了。唉！我的爸爸是已经死了，虽然是死在沙场上，但也可说是死在这金志光狗蛋的手里……"

说到这里，她心痛得倒入何惧的怀里，又哀声地哭泣起来了。

"哦！原来你爸爸已不在人世了，那么他难道是被金志光故意地害死吗？香红，你且别哭呀！这儿还有什么人吗？被他们发觉了，那可不是玩的呢！"

何惧见她尽管伤心地哭泣着，一时也很酸楚，便把她身子扶起来，一面望了望四周，一面却把她嘴儿扪住了。因为他怕被人听见了，事情少不得又要陷入危险的局面。

"你放心，这儿只有我和丫头杏菊两个人，杏菊是同情我的一个孩子，所以她绝不会倾向于金志光的。你若害怕的话，我可以给你熄灭了室中的灯光，好不好？"

香红听他这么地说，方才把眼泪又收束了，一面向他低低地说，一面站起身子走到开关处，伸手灭了室中的五盏梅花形的电灯，一时里便显露出绿荫荫的光芒来。何惧回眸去望，原来床边梳妆台上还亮了一盏绿纱罩的台灯哩！这时，香红又走到他的身旁坐下，微微地叹了一口气，秋波逗了他一瞥哀怨的目光，说道：

"自从和你分手之后，没有一个月的时间，我就遭到了惨痛的变幻。唉！这也许是我的命太苦一些了……"

说到这里，顿了一顿，何惧静悄悄地望着她出神，听她细细地告诉出过去这一件沉痛的事情来。

自从金师长传令放弃了永定县，接连地和革命军又打了许多次数的仗，一直退到了山东省和鲁将军会合一处，预备和革命军展开一场血战，拼个你死我活。这是一个黄昏已降临的傍晚里，爸爸和一个年约四十六七的军官到医院里来视察伤兵，我身居护士长之职，遂向他们招待陪伴巡视一周。爸爸给我介绍之下，方知那将军就是金志光师长，他听我是爸爸的女儿，便目不转睛地盯住了我，好像色眯眯的样子，当初我心中就感到有些可憎厌。不料过了三天，爸爸忽然叫我去商量一件事，说道：

"孩子，你的年龄也不小了，男大当娶，女大当嫁，这是为人必然的道理。现在有一个人要娶你做夫人，你心里不知喜欢吗？因为他是十分倾爱你哩！"

在当时我实在没有想到爱上我的就是这个金志光，不过我和你虽然没有言明已经私订了婚约，但事实上我和你彼此确已有这个意思了。所以我也不必问爱我的是什么人，就立刻拒绝道：

"爸爸，女儿的年龄还小，我根本还不需要结婚的，况且在这个年头儿，更非我们青年谈婚嫁的时代，因为我们不是都有重大的责任吗？"

爸爸听了，点了点头，笑道：

"孩子，这话虽然说得是，但结婚之后，也未始不可以为国家出力呀！你怎么还不晓得对方是谁，就一口地拒绝了呢？我想你若知道了之后，心中一定会感到喜欢，因为他是个很有权威的人，相士对他曾说，将来实在还有飞腾之日。我想女儿若嫁他为室，倒也没有辱埋你这一份好模样儿了。"

我听爸爸竟是代他做说客来了，心中便非常生气，遂抢白他道：

"即使是贵为天子，我此时也不想嫁他，哪管其他？"

爸爸听我这么地说，倒是愕住了一会子，接着劝我说道：

"孩子，你不要使我太为难了，因为他是我的上司，前天他一见了你之后，便爱得你了不得，对我表示特别好感，愿意娶你为妻，我想你就不要固执了吧。"

我听了这个话，心中猛可想起了那天黄昏时候的事情，我就理会过来了，于是急忙问道：

"爸爸，你说的此人莫非就是金志光师长吗？"

"不错，正是他，你瞧他不是很精明干练吗？我想早晚总成大器的。"

爸爸含了微微的笑容，向我轻声地劝慰。我一听果然是他，心中这一愤怒真像江潮般地澎湃着，这就冷笑了一声，说道：

"此人虽成大业，我亦不愿嫁他。何况视彼之行为，也绝不会成大事呢！"

爸爸很奇怪的神气向我望了一眼，说道：

"孩子，你这话令人不解，何以知彼不能成大事呢？他乃鲁将军之宠人，而鲁将军年已衰老，不久他不是将任鲁将军之职而统领全国之大兵了吗？"

我摇了摇头，冷笑又问道：

"此人年已多少？"

爸爸道：

"四十七岁了。"

我又问他道：

"爸年多少？女儿之年又多少？"

134

爸爸笑道：

"父年四十五岁，汝年双九，你难道尚未知耶？"

我又说道：

"如此说来，爸爸可知我俩之配偶是美姻缘，抑恶姻缘耶？我未闻女婿之年龄较其岳父为长。况以一个年已近半百之人，若讨一个年未双十的姑娘为室，此亦是仁者所不取。故我信如此好色之徒，将来必一败涂地，死于枪弹之下哩！爸爸乃明达之人，岂能因博上司之欢心，而陷害女儿终身永远堕入苦海之中去吗？"

爸爸见我泪眼盈盈地已哭起来了，他心头似乎感到万分的羞惭，红了脸，微蹙了眉尖，一时不能所对。良久，方叹道：

"我非不知女儿之意，实因金师长乃无理可喻之人，他若见我不答应这个婚姻，他必怀恨在心，如是，则吾危矣！"

我听了这话，心中真有无限的悲痛，遂道：

"彼若以私报公，则彼之人格愈可知矣。吾想不至于此，爸爸尽管放心，他若有害爸爸之意，女儿自当设法相救也。"

爸爸听我这样说，遂点头称是，作别自去。从此以后，我便日日不安，唯恐金志光陷害爸爸，以报不允亲事之怨。但旬日后，并未见动静，爸爸告诉我，说金志光与他亲热益甚，我知道他欲献媚于爸爸，使爸爸可以逼我允婚。我知爸爸爱我较爱自身实有过之无不及，必不为他所动，故而此心殊安，不复再记挂此事在心了。谁知半月以后，我突然听到爸爸被执于军法处审办，因有通敌之嫌疑。我得此消息，方始知爸所猜测固无异耳，心中之愤，犹若火沸。吾思爸爸年已半百，因女儿之婚姻不允，陷父于死，此吾不孝之罪甚矣！心又何能安乎？所以便即往金师长前去求救，请他向鲁将军前代为说情，得能赦爸爸无罪，我真感激不尽了。其实我深知爸爸之所以被鲁将军加罪者，又何尝不是金志光从中在作祟耳，然事已至此，又有何法可想？故不得不含恨求之。不料金师长见我求他，他反而刁恶起来，说道：

135

"令尊之事，关系重大，我若前去求情，恐怕也会触怒将军，疑我为彼之同谋矣。虽然我与令尊情同手足，救彼实亦救己，但恐力不从心，致徒唤负负，有望小姐之重托耳！"

我听了这话，愤恨交进，而无法发泄，遂流泪泣道：

"吾父素抱忠心事主，绝无卖主求荣之理，不知是谁狼心狗肺陷害于彼。金师长既与吾父情逾手足，若得知此贼是谁，敢请代为报仇，则我虽从死于地下，亦瞑目甚矣！"

我说完这话，遂转身匆匆欲别，盖吾知彼之刁恶，总不敌我之刁恶也。果然，金师长见我有厌世之念，遂即把我叫住，说道：

"姑娘且不要性急，事情总有转圜的余地，何必如此焦躁而自寻烦恼耶？令尊之事，我当竭力舍命相救之。"

我听了这话，心中愈加明白，遂说道：

"如此感激不尽……"

不料我话尚未完，金志光却接着又道：

"然我有心腹之言相求，不知姑娘亦能怜我一片之苦心，而答应我之要求吗？"

我虽不知他欲所求何事，但我心中已了如指掌。那时我的痛愤，恨不得把他咬了几口以泄胸中之恨，但我为了救父心切，不得不含泪问道：

"师长所求之事，吾已尽知，莫非欲娶吾为室乎？"

金志光被我这样一问，显然彼之阴谋已尽在吾之腹中，他不由两颊血红，羞惭万分，但又含笑作哀怜之态，向我道：

"我自医院中和姑娘相见之后，觉姑娘容貌丰丽，态度大方，谈吐流利，诚可谓一代之美人也。如是之美人，安得不使我梦魂为劳而时记在心乎？吾闻英雄与美人不能分离，盖美人实乃英雄之灵魂，若项羽之失虞姬而自刎乌江，此自古皆然。虽吾不敢自比英雄，但我若没有你这么一个美人做太太的话，我好像失魂落魄，竟不知做人应该如何做法才好耳！唉！姑娘，你真太惹人爱怜，吾若没有了你，恐怕我将不久于人世矣……"

他说到这里，堂堂以一个师长的身份，竟不管一切地向我跪了下来，拉了我的衣袖，淌泪满颊，以动我哀怜之心，继续又道：

"姑娘，你若答应了我，不但你父有救，即我亦不致郁郁而与草木共朽，假使你一味地不允，你父固危，而我亦将为你相思死矣。如是，则你对父谓不孝，对我亦谓不情，不孝不情之人，尚可称谓有志气、有思想的女子吗？香红我爱，请你再三熟思之，千万勿做不孝不情之女才是啊！"

我听了他这一篇话，我心头在愤怒之中又激起了无限的鄙视，我似乎不相信他是个堂堂七尺之丈夫，那简直是狗彘都不及。我恨不得举手就打，举脚就踢，但是我为了爸爸，我为了你，我不肯做无谓的牺牲。虽然我能从死于地下，但不能救爸爸以不死，这在我总是个不孝之人。倘若我父女俩均死于非命，他日你得此消息，你必知我之不允亲事而情愿至死不辱，一定是为了你的缘故。那么你深感我之情痴，我又知你必定郁郁寡欢而有终身寡居报我之情的意思，盖你亦是个天地间之情种也。如是，我害苦你了，我将又成为不情之人矣。我既在此感觉之下，我情愿牺牲自己的终身而救父亲之性命，以报二十年来的养育之恩。同时希望你知道我已变心之后，使你更可以受到一重刺激，从此看淡了儿女之情爱，为你的事业、为你的前途更增加一分努力奋斗的精神，须可成一个民族的英雄、时代的伟人。唉！我具此苦心，我忍了悲痛的眼泪，我终于偷生地做了师长之夫人矣！何惧，我负心了你，我变了心了，我是个不情不义不值得你留恋的女子，请你永远忘记了我，为你的使命和责任努力奋发吧！

秋香红一口气絮絮地告诉到这里，她伏在何惧的肩胛上，忍不住又呜呜咽咽地哭泣起来了。何惧听了她告诉之后，心中是感动极了，眼泪也复夺眶而出，叹道：

"香红，你自以为是个不情不义之人，而我却认为你实乃是个天地古今第一多情人也。而你一片孝心，虽与古之二十四孝相比拟，亦有过之无不及矣。香红，你没有负心我，你也没被他侮辱过，因为你的精神、你的思想实在是太纯洁、太清高了。我同情你，我可怜你。因为你今日的被禁在冷房之内，正可以表明你的心迹呀！"

香红听了这话，自然非常安慰，因了安慰，而又增加心头万分的悲痛。不过她心里感到有些奇怪，遂抬起粉脸，立刻又收束眼泪，向他怔怔地问道：

"何惧，你怎么知道我是被他关在冷房里的呀？"

何惧道：

"这次我可以进将军府来，因为我和白副官有些认识，刚才听到有两个妇人在谈你的失宠被禁之事，我随后跟来，所以方知你是被禁在此。此刻他们猜拳行令，故而我趁空前来探望的。"

香红听了，这才有所恍然。是的，刚才军部部长夫人和司令太太曾来向我劝慰过几句的，于是向他立刻又道：

"何惧，白副官为人阴险而奸诈，此人不宜相交，你何以竟同他做朋友呢？恐怕长此以往，于你不利吧！请快和他绝交才好。"

"彼之阴险，我岂一无知晓？盖彼欲利用我，而我亦正欲利用他耳。香红，你且勿为我忧愁，继续告诉我，你爸如何又被他相害的？"

何惧笑了一笑，拿手帕给她亲自拭泪，一面又向她低低地安慰。香红听了，长叹了一声，遂又继续告诉下去道：

"我既失身于贼，而父果安然脱险，但从此我终日无一语，而终日又无一笑。彼虽恨我，但亦无可奈何耳。不久，鲁将军病死，金师长身拥雄兵，遂自升为大将军之职。次年，他欲并吞在南京之陆将军部，遂命我爸向陆将军作假投降，以便内应外合。但南京虽被得，而我父亲亦于是役而战死沙场矣……"

说到这里，不禁又泪下如雨，接着又道：

"我之所以偷生至今，实欲以真情相告，使你不至于蒙生鼓中而不知其中之曲折也。今既告诉了你，你又深表我之同情，我心虽慰，而心实痛。生而苦，不若死而乐，盖郁郁终年，我之生命本不久也将脱离于人世矣。但我死之后，你勿为我伤心而颓伤了志气，你应该振作你的精神，为我个人报仇，为我们大众报仇，若此，我虽死亦不死矣！"

何惧听她这样说，也为之流泪满颊，摇头叹道：

"香红，你勿作斯语，吾闻之，心痛极矣！想昔在北方时，我非你仁慈相救，我安有今日？而此两重之大恩，生死两路，危在千钧一发，此救命之恩固非其他所能相提并论也。受恩于人，而不施报答，此非丈夫之行为，故吾绝不以你失身为遗憾，盖你之失身，虽失犹洁，我们应竟昔日同心同意之誓约，圆鸳鸯之好梦。香红，请你切勿忧愁，他日我有机会时，必能救你出此魔窟。我非迂腐之人，请勿伤悲可耳！"

香红感激涕零，更哽咽不能成声。良久，始含泪摇头道：

"不可，昔日闻你曾语，女子首重贞操，而男子岂乎气节耶？盖女子之贞操与男子之气节并重，而尤以气节更甚，以上斯语，岂非出汝之口乎？当初我闻后，深加赞许，而且以吾女子之立场言者，女子之贞节，亦甚于男子之气节最矣。男子不事二主，女子岂能事二夫耶？"

说到这里，泪眼向他又瞟了一眼，接着又道：

"何惧，你听我此话，切勿误会我忠于金志光，而不肯与你作为夫妇。盖你乃一有为之青年，大丈夫处此乱世，只怕功名不成，又何患无妻乎？故吾不忍以污辱之身相委，恐外界闻之，有损汝之名誉也。为我之终身幸福，而阻你光明之前途，吾不韪之，盖我之爱你又岂非害你耶？"

何惧听她这样说，愈更感动，因此亦愈要爱她，正欲再向她解释，不料忽听房门外有人叩门甚急，两人顿时大吃一惊。何惧起身欲越窗而逃，香红急阻止之道：

"汝勿慌张，待我问之。"

说罢，遂扬脸问道：

"是谁？杏菊吗？"

却不听有人答应，香红知不是杏菊，遂携何惧手，躲入另一室中，将门关上，方去开了房门。谁知外面步入一个女子，满面娇怒，狠视香红，喝道：

"哼！你好大胆，敢私通男子，不怕将军把你处死刑耶？"

第九回

情敌当面诅意是恩人

　　诸位，你道这个女子是谁？原来却就是姚菊芬呢！菊芬如何知道何惧在这儿同香红谈话，这其中当然有一个缘故。菊芬坐在金志光的身旁，虽然和席上人欢然畅饮，含笑应酬，但她的明眸却脉脉含情地只管注意厅下那一桌上何惧的身上去。因为她怕何惧瞧此情景，心中又要发生难堪的意味，以致破裂我俩的爱情，所以她是十分担心。不料酒过三巡之后，忽然菊芬瞥见何惧起身匆匆地离座走了，一时好不惊讶，遂也向金志光一点头，说一会儿就来。志光以为女孩儿家内急，遂也没有问她，让她匆匆地走了。

　　菊芬出了大厅，因何惧向东而走，于是悄悄地跟随其后，不知不觉到了一个院子，只见何惧躲在假山旁的桂花树下，她也不知何惧闹的什么玩意儿，本欲先招呼他，但欲细窥他的行动，所以也躲入树梢蓬中，并不作声。就在这当儿，何惧忽然喊着香红的名字了，于是菊芬从树叶小孔中抬头瞧去，见有一个女子在楼上洋台之内和何惧摇手招呼。菊芬在金将军书房中瞧见过一张小照，金志光告诉她是自己的妻子，因为恼怒无情，所以被禁在冷房之内。菊芬因那女子酷肖小照内少女之容貌，故明白她就是金志光的太太，想不到表哥和她有暧昧之情在其中吗？这真是令人意想不到的事情，因此低了头，望着泻地银光，自不免暗暗地出了一会子神，觉得表哥口中仁义道德，但行为却也如此卑鄙。大概那位太太有柔媚的手腕，

141

把一个不曾亲近过女色的表哥迷恋得糊里糊涂起来了吗？唉！真是个不知廉耻的贱人！经过了菊芬这一阵子思忖之后，她又抬头望去，却早不见了表哥和那女子的影子了。菊芬明白表哥一定已走到她的楼上去了，因为心中有了妒忌和愤恨的成分，所以使她增加了不少的勇气，于是她也悄悄地步入内厅，走到楼上房中去了。菊芬既到了楼上，她那颗脆弱的芳心别别地跳跃得仿佛是小鹿般地乱撞，站在房门口，又呆呆地愕住了一会儿。因为四周是十分静悄的缘故，所以在菊芬的耳中，还听到房中有阵隐隐的哭泣之声，同时又听到喁喁唧唧的说话之声。菊芬心里由不得又奇怪起来，这到底是怎么的一回事呀？假使说表哥和她有暧昧的勾当吧，那么他们里面欢悦的举动是可想而知，但如何又伤心地哭泣起来？这真叫人太不明白了。菊芬在这样猜疑之下，她便欲探听一下秘密，遂把耳朵凑到门板上，凝神细细地侧听。只听里面一会儿笑，一会儿说话，话声十分低沉，却听得十分含糊，却不知道他们是在说些什么东西，好像一个在诉苦，一个又在安慰。菊芬因为闷得受不住，所以她就鼓足了勇气，终于伸手在门上笃笃地敲了好几下。

当时菊芬待她开了房门一脚跨进去，只见已没了何惧的影儿之后，她心里这一妒忌，真有说不出的愤怒，遂情不自禁地喝道：

"哼！好大的胆子，敢与男子私通，难道你不怕将军把你处死刑的吗？"

香红突然见了菊芬，而且又向自己说出了这几句凶恶的话，一时吓得脸无人色，由红转青，由青变白，好像死灰一般可怜了。不过她在一度惊愕之后，立刻又镇静了态度，脸色慢慢地也转红了，秋波向她逗了一瞥怒意的目光，冷笑了一声，喝道：

"你是个什么人？敢大胆私闯我的卧室？你真没了性命的了，还要来管束我的自由吗？你知道我是谁？我是将军的太太呀！"

菊芬见她忽然也凶恶起来了，便伸手掩上了房门，秋波也逗了她一瞥鄙视的目光，噘了噘小嘴，冷笑道：

"我早已知道你是个将军太太了，真是个好不要脸的将军太太，怎么把一个年轻的男子藏在卧房之中？你还有脸见人吗？我倒不怕将军会给我犯死罪，只怕你……哼！我若去回报了将军，瞧你还活得下去……"

菊芬一面说着话，一面把她的明眸只管在屋的四周细细地打量，在她当然是找寻何惧被她藏到什么地方去的意思。香红见她衣服华丽，口出大言，一时暗想：她莫非认识将军的吗？哦，哦，杏菊告诉我，说将军正追求一个唱戏的姑娘，名叫姚菊芬，生得十分艳丽，那么这女子莫非就是她吗？否则，她对待我敢这么凶狠吗？于是恨恨地怒斥道：

"谁不要脸，迷住了我们的将军？哼！我老实地告诉你，我也不稀罕做什么将军太太，你也不用再来陷害我了，反正我这个位置总是你所有的了。"

菊芬听她这样说，显然她不是也知道我是什么人了吗？想不到这女子将军太太不要做，难道死心塌地地也要看中何惧了吗？啊哟！她以为我要夺她的位置，所以欲加害于她。谁料我也正因为怕表哥被你所夺，故而向你怨恨哩！于是向她问道：

"你知道我是什么人？我岂要夺你太太的位置吗？"

"你可不是姚菊芬？我怎么会猜你不着？哼！你既不欲夺做将军太太，那么你到此何干？是不欲在将军面前搬弄是非吗？"

香红竭力欲把藏何惧的事情扯开去，她只管向她恨恨地责问着。菊芬听她叫出自己的姓名，遂笑了一笑，说道：

"你不要瞧错了人，我姚菊芬岂是无耻的女子？即是总统夫人的位置，我也不会来瞧中你的。我老实地对你说，你为什么夺了我的爱人？你把我表哥勾引在此，意欲何为？正亏你还是个堂堂正正的将军太太，胆敢私通小白脸，好不知羞，我真给你愧死哩！"

香红听她这么地说，猛可使她想起三年前何惧受伤时叫喊菊芬的名字，当初我不知菊芬者为谁，还以为是他的亲妹子，想不到竟就是他的表妹呢。这才恍然大悟，不禁"哦"了一声。因为她已揭穿了自己的秘密，说自己勾引她的表哥，所以她的粉颊不免涨得绯红，半响说不出一句话来。菊芬见她娇靥红晕得艳丽，知道她是情虚的缘故，因为她穿的是件绯红软绸的睡衣，只是酥胸微露，令人可爱。那种富于诱惑性的服饰，想起了表哥的被迷，一颗芳心自然更加痛恨，这就又娇斥道：

"为什么不说话？你快快地把表哥交出，万事全休，否则，我一定向金将军去告诉，瞧你羞也不羞？"

香红这才知道菊芬也不是个爱好虚荣的女子，因为她并不为金将军的黄金所动，而一心也爱上她的表哥，可见她和何惧交谊之深，当亦不想而知的了。但这所奇怪的，菊芬既然如此美丽，而且又是何惧从前的心上人，那么何惧干吗一定要爱上我呢？虽然我是救过他性命的人，不过我究竟已是花败柳残，成个已嫁的妇人了呀！想到这里，她不忍以一个已污的身子去拆散人家这一头婚姻，于是低低地说道：

"姚小姐，你何必这样愤怒？你视我竟如此不知廉耻吗？要知道我并没有勾引你的表哥呀。在当初我实是并没有知道何惧就是你的表哥，现在我既明白你是不爱金将军，而赤裸裸地爱上了你的表哥，那么我一定可以向何惧忠告，使你们成功一对美满的姻缘，不知你心里喜欢吗？"

菊芬当然不会相信她的话是从心眼儿里说出来的，还以为她故意讨好，无非是退敌之计，于是冷笑了一声，秋波白了她一眼，说道：

"多谢你的好心，我也不需要你的劝他，我只叫你此刻把表哥喊出来就是，否则，我一定不依你的。"

香红因为此刻给他们在房中相见，生恐闹开来被金志光发觉，这岂是儿戏的事情？遂一撩眼皮，乌圆眸珠在长睫毛里一转，这就有了主意，说道：

"姚小姐，你好傻呀，此刻叫我到什么地方去找他？老实地告诉你，他已跳着窗户逃下去了。你现在不用追究我，一定能够给你玉成美事的。你若不信，我可以发誓给你听，我若夺了姚小姐的表哥，天诛地灭，今生永不得好死的，那你总可以相信我的了。"

菊芬见她念了重誓，一时倒不免将信将疑起来，明眸向她凝望了一会儿，因为香红的意态太惹人可爱了，因此使菊芬误会她是个风流浪漫的妇人，她的念誓原不足为准的。她所以不肯把表哥交出，她一定今夜想干不正当的事情，反正金将军是不会到她房中来的。菊芬在这样思忖之下，她全身一阵热燥，两颊绯红，心头更有些酸溜溜起来了，便说道：

"我可有些不相信你这些话，那么你能允许我在屋子里搜抄一遍吗？"

"那不要紧，你只管在这个屋子里搜抄好了。"

香红点了点头，很坦白地说着，她心里暗想：只要你不找到里面一间房中去也就是了。于是菊芬走到床边，掀起雪白的被罩，在床底瞧了一瞧，回眸向香红说道：

"你为什么把室中灯光弄得如此暗淡？那你不是明明有意思的吗？"

"有什么意思呢？我给你亮了电灯吧，那么你总可以明白地搜抄了。"

香红见她疑窦丛生的神气，倒是个细心的姑娘，遂抿嘴微微地一笑，她走到壁旁去，伸手又把五盏梅花灯开亮了。菊芬这就觉得眼前大放光明，室中是明亮了许多，遂走到玻镜大橱旁，拉开橱门瞧了瞧，又把门关上了，回身向四周打量了一番，见实在并没躲藏的地方了，这就暗自想道：这太奇怪了，明明听见他在房中，怎么一忽工夫，他就没了影儿吗？于是她又走到洋台外去望了望，也没有影子。菊芬凝眸含颦地沉思了一会儿，当她转身步进卧房的时候，忽然瞥见靠西尚有一扇门户，这就灵机一动，她便三脚两步地奔到那扇门旁去了。菊芬这一下子举动，真把香红吓得魂灵都飞向天际去了，于是也就顾不得许多地立刻飞奔上前，把身子先去倚着门，灰白了脸色，但犹强作笑容，说道：

“这间房中我放着重要的珍宝，无论谁都不能进去的。”

“重要珍宝？是什么东西，你倒说出来给我听听，我可不是强盗。老实说，任你怎么贵重的珍宝，都不放在我的心上，你只管走开，给我瞧瞧是了。”

菊芬见她这样吃惊的样子，心里如何不疑惑？遂噘了噘嘴，向她正了脸色说着。

“那可不行吧，你……你……如何可以搜查我私下的财产呢？”

香红这回把粉脸涨红得像一朵四月里的蔷薇，她把两手横拦着门户，支吾了一会儿，话声是带有些颤抖的成分，显然，她心头是跳得那一份的急促了。

“哼！你不要再掩饰了吧！”

菊芬见她害怕的表情，她已经完全地明白了，表哥一定是藏在这间房中。她恨恨地白了她一眼，抢步走了上去，伸手握了门拳，斥道：

“你到底走不走开？我可用强了。”

“你这人好生无礼，我和你无冤无仇，你凭空地怎么竟欺侮我到这一份样儿呢？不能，不能，你无论如何不可以走进这间房中去的。”

香红见她蛮不讲理，这就也急了起来，把身子倚着门板，两手抵住菊芬的身子，一定不许她入内。因此在这个情势之下，两人扭作一堆，一个要开门，一个不许她开，几乎已成相打之势，难解难分，两人口中都不停地娇喘着，显然是把生平的气力都用出来了。经过了一阵子扭成一堆之后，两人便真的相打起来。菊芬一手抱住她的脖子，一手还要强去拉那门户上的门拳，香红如何肯依？把手去扳回菊芬的臂膀，菊芬手一松，两脚站立不住，身子向左冲了几步，齐巧旁边有张长沙发，因此两人都倒在沙发上了。菊芬是压在香红的身上，经过一度扯拉之后，香红的睡衣带子早已散开了，衣襟也就落了下来，因此她的酥胸更露了一大块。菊芬的明眸忽然瞧见她项下悬了一颗金链子的鸡心框子，框子内还嵌了一个八九岁女孩儿的小照。谁知就在这个当儿，突然又听房外有人笃笃地敲门了，同时又听说道：

"香红，快开门，你在干什么呀？"

这是金志光粗重的声音，不但香红听得清楚，就是菊芬心里也很明白。香红到此，真的不禁脸如死灰，几乎要哭了出来，遂向菊芬低声求道：

"姚小姐，你千万饶我一死，切勿以此事相告，不然我性命完矣！"

菊芬听金志光突然也来，芳心由不得也大吃了一惊，遂放了香红的身子，冷笑了一声，说道：

"你也有今日……"

说着，她已奔到房门口去，伸手开了房门。可怜香红这时芳心的害怕，真是难以笔述，她以为这次必死于金将军皮鞭之下无疑矣。金志光见开门的不是香红，却是菊芬，心里这一惊奇，不免笑出声音来了，说道：

"我以为你去了这许多时候怎么不回来了？谁知却在这儿和香红谈话吗？你如何就认识到这儿来的途径呀？"

他一面说着话，一面身子已跨进房中来了。

"你不知道，因为时在黑夜，我摸错了路，竟直走到这院子里来了。抬头见你太太站在洋台上赏月，我就招呼她，她问了我姓名之后，遂招待我上楼方便。金将军，你有这么一位好模样、好性情的太太，你为什么不早些给我介绍认识了呢？那天我若没有瞧见小照上你的太太，我还不认识她是你府中什么人呢！"

菊芬乌圆眸珠一转，秋波逗给他一个妩媚的娇嗔，笑盈盈地向

147

他说出了这几句话。

"姚小姐，你和我香红倒很说得合吗？"

金将军方才明白了，因为听她这么地说，遂也很得意地问她。

"哎！我觉得你太太真美丽，真多情，假使我是个男子的话，我一定要和你夺爱的。香红姊姊，你肯答应我的爱你吗？"

菊芬走到香红的身旁，拉了她的纤手，秋波向她逗了一个顽皮而又妩媚的甜笑，显出万分亲热的神气。香红对于菊芬这个冷不防的举动，真可说是做梦也意想不到的事情。因为菊芬去开门的时候，向自己说了一句"你也有今日……"的话，好像她一见了金将军，立刻就要告发我秘密的样子，这可把我直吓得三魂六魄已丢去了一半了。谁知她既不告诉，而且还向我显出这样亲密的意态，那不是她有心救我一条命吗？但既存心救我，还要故意吓我一句，这姑娘真也刁得令人可恶，又令人可爱哩。一时她把心头的大石放下了，粉脸也慢慢地红润起来了，偎着菊芬的身子，秋波又恨又怨地逗了她一瞥娇嗔，也亲热地笑道：

"我是没有像你那么美丽可爱，假使你喜欢爱我的话，我当然也同样地爱你、感激你哩！"

菊芬见她说到"感激你哩"的时候，她把自己的手紧紧地捏了一下，从这一点子猜想，可见她这次对于我会待她这么的情景，真使她有些梦想不到的事情，一时感到万分好笑，望着她嫣然地忍俊不置。香红也不免微微地笑了。金志光见她们两人会一见如故那么亲热，似乎也感到了意外的惊喜，望着两人并立的意态，一个好像笼烟芍药，一个好像出水芙蓉，真是美丽非凡。这就耸了两耸肩膀，得意地笑了一阵，说道：

"其实你们都是绝世的美人，假使我的太太肯像今天那么展露笑意，这我还会把她关在这儿吗？没有瞧见太太的笑容，足足有三年的日子了。今日托姚小姐的洪福，总算被我一见，真也可说难能可贵的了。"

菊芬听了这话，方知香红定是个有思想、有志气的姑娘，她的嫁给金将军，莫非也是出于万不得已的吗？否则，何以三年以来，她连一些笑容都不肯对待金将军吗？忽然她猛可地有些理会过来了。她为什么在表哥的面前只管哭泣诉说？从此可知香红一定也是表哥的情人无疑了。那么我刚才的猜测，不是太委屈了她吗？因为天生她的丽质和慧质，我知道她必不是个庸俗的姑娘。菊芬这时的心中，对于这位香红姑娘却又激起了无限的同情，拉了她的手，柔和地抚摸了一会儿，笑道：

"金将军，今天使你太太会嫣然地笑，这并不是我的能力，这是因为她的房中藏了一件心爱的珍宝了呢！"

说到这里，却是咻咻地笑弯了腰肢，几乎像花枝一般地乱抖起来了。香红听她话中有因，妙语双关，一时芳心又惊又怕，又羞又喜，红晕了两颊，瞅了她一眼，说道：

"哪里来的心爱珍宝？除非我是认识了你这么一位又美丽又可爱的珍宝了。"

金志光是个粗笨的人，他当然没有这样粗心地去理会她们两人的说话，而且这时候他被这一对如花如玉的美人陶醉得有些神魂飘荡起来了。他在暗暗地细想：假使香红肯柔顺地服侍我，同时菊芬也给我做个太太，如此左拥右抱，同睡一床，此种快乐，虽万里江山，我也不易也。想到这里，心中奇痒难抓。此刻又听两人这么地对答着，于是笑得拉开了嘴，得意地说道：

"你们两人真可谓是我心眼儿上的一对珍贵的宝贝，假使你们能和和睦睦地像亲姊妹一样，将来我若登了龙位，绝不使你们有所失望的。"

香红、菊芬听了这话，心里都有一个强烈的反感，暗自骂道：

"龙位？只怕死无葬身之地吧！"

不过两人表面上当然还是和平了脸色，绝对没有把这一句话骂出来罢了。菊芬却又把秋波逗给他一个娇嗔，含笑问道：

"金将军，那么你此刻又做什么来的呀？你今天可是寿翁啦，如何也逃席了呢？"

金志光这才停止了笑，说道：

"我哪里是逃席的？因为马司令太太和张部长太太两个人责我不该如此冷待自己的太太，说今天大好的日子，也该请太太来同饮几杯，我仔细想想，也觉得这话不错，所以立刻就来陪伴了。想不到我的姚小姐也在这儿，那真叫我欢喜极了。好太太，你快换上了旗袍，我们一块儿走吧。"

菊芬这才明白了，遂点头笑道：

"那么你先去好了，我也该给你太太打扮打扮呢。"

香红明白菊芬的意思，因为她要放走何惧，所以嘱他先走。不料金志光醉眼模糊，瞧着两个国色天香的姑娘，如何肯舍得离开？便一定要瞧着菊芬给香红打扮，一同走到大厅上去。菊芬没有办法，只好给香红草草梳洗了一会儿，香红很快地换上了旗袍，遂拉了菊芬的手，一同跟着金志光走到大厅上去。不料才到石阶级前，忽然大厅下那一桌酒席上，何惧依然坐在桌旁吃喝的情景映入到菊芬和香红的眼帘下，两人相互地望了一眼，心中真有无限的惊异，"咦"了一声，早已情不自禁同声地响起来了。

第十回

义结金兰姊妹情爱深

酒阑灯炧，众宾欢然而散。菊芬和何惧同车回家，在车中，菊芬向他瞟了一眼，说道：

"时已不早，你今夜就宿到我的家里去好吗？"

何惧道：

"怕麻烦了你吗？"

菊芬听了这话，心里有些生气的样子，秋波逗给他一个娇嗔，说道：

"我瞧你和我愈弄愈生疏，愈弄愈客气了。假使照这样客气下去，说不定我们也许会成陌路人了呢！"

"这是哪儿话？表妹，叫我听了心里不是感到难受吗？"

何惧慌忙赔了笑脸，向她低低地说。菊芬不作答，撇了撇嘴，却如嗔如恨地白了他一眼，把粉脸很快地别转去了。两人默默地坐了一会儿，不知不觉地车已到松云小筑的门口停下。何惧口里虽然没有向她答应今夜宿到她的家里去，可是事实上他已不敢向她再违拗了，于是两人跳下车厢。何惧先走上去按了电铃，不多一会儿，小香匆匆出来开门，菊芬、何惧一同步到楼上，小香倒上了两杯茶。菊芬脱去了大衣后，向小香吩咐道：

"今天表少爷宿在我的家里，你把隔壁书房收拾得清洁一些吧。"

小香答应一声，把她大衣挂进在衣橱里后，遂匆匆地走出去了。

菊芬待小香走后，遂瞟了何惧一眼，只见他坐在那张沙发上，握了杯子，两眼呆呆地凝望着杯子里的茶汁，仿佛在作沉思的样子，于是笑道：

"表哥，你在想什么心事？可不是在想将军太太的美丽多情吗？"

"表妹，你这又是什么话……"

何惧听了这话，心中大吃了一惊，手抖了抖，那只茶杯竟掉落地上去了，只听"乒乓"的一声，竟是敲得粉碎的了。因为茶是热的，不免泡痛了他的脚，他"呀"了一声，身子也就很快地站起来了。菊芬见他吃惊得这个模样，忍不住掩着嘴儿哧哧地好笑起来了。但是见他紧锁眉尖的意态，忙又停止了笑，问道：

"烫痛了没有？快把皮鞋和袜子全都脱下来了吧。"

"烫倒不曾烫痛，只是好端端的突然打碎了杯子，未免叫人懊恼……"

何惧把身子站开了一些，望着菊芬微微地叹了一口气，心头感到有些不自在。

"那有什么懊恼？我自己也常常打碎杯子的，这算得了什么呢？"

菊芬一面说，一面也不喊小香，就自到浴室中去拿扫帚和拖把，预备亲自来收拾。何惧走上来夺扫帚，说道：

"我来打扫，怎好意思还劳驾你？"

"表哥，你这客气不是有些过分了吗？你给我坐着，否则，我可不高兴了。"

菊芬把他身子推了推，她鼓着小嘴儿，有些生气的神情。何惧见她这个模样，也就只得罢了。

菊芬打扫完毕，又笑盈盈从浴室中走出来，向何惧逗了一瞥神秘的媚眼，嫣然地笑道：

"表哥，这可是你自己虚心病吧！假使你没有爱上了将军太太的话，你何必要惊吓得连茶杯都拿不稳了呢？你是骗不了我的，所以你还是从实地告诉我好。"

"表妹，你这种委屈我的话不要说好不好？万一传扬开去，那还当了得吗？"

何惧兀是镇静了态度，一味地否认着。因为他明白表妹的脾气，她是善于套人家说出真情来的。在他以为菊芬是没有什么根据的，无非她的聪敏，所以才有这一种猜测而已。不料菊芬却噘了噘小嘴，白了他一眼，嗔道：

"你所做的事情，我全已尽知，你还瞒骗谁呢？我问你，你和将军太太一会儿哭泣，一会儿诉说，这难道还能赖得掉的吗？"

何惧到此，方知彼已尽知其中的了，一时脸无人色，目定口呆，怔怔地愕住了一会子，说道：

"表妹，你何以知之？那么金将军难道也都明白了吗？"

"哼！任你本领高强，总也逃不了我的手中，金将军险些也知道了，若不是我给你掩饰，你还能在这间屋子里说话吗？"

菊芬说着话，和他已在长沙发上一同坐下来了。何惧听了这话，由不得急出了一身冷汗，脸由白转红，明眸望了她一瞥，频频地点了点头，说道：

"多谢表妹相救之恩，真令我感激不尽的了。不过我和秋香红这一段事迹，实在是可歌可泣，我若没有香红所救的话，恐怕我在三年前早已不在人世的了。"

"哦，原来香红也是你的救命恩人。但不知是怎么的一回事，你能告诉给我听听吗？"

菊芬听了这话，粉脸上浮现了无限惊异的神色，秋波脉脉地凝视着他英俊的脸庞，低低地问，表示很认真的样子。

"那当然可以，我也正预备向你告诉一个详细呢。"

何惧说着，遂把自己在军队中生活时的一段被香红救护的事迹详详细细地对她告诉了一遍，并且又把金志光强逼为婚的话也向她低低地诉说了。一时不禁叹了一口气，摇了摇头，很感伤的样子，接着又道：

"表妹，你想，她这次救我的性命，真可谓是两重的恩惠。我在白鹭洲和梅馨游玩的时候，既然知道了她的下落，在情理上而说，也不是该冒险去见见她的吗？"

菊芬听了，这才知道香红真是个不平凡的女子，自己责骂她无耻的话，想起来真好生后悔，因为我以小人之心度君子，这不是太小觑了人家吗？遂很同情地点了点头，沉吟了一会儿，说道：

"香红这么慈爱伟大的女子，确实难得，而且她救你的性命，也太不平凡了。只可惜她已被金将军所摧残，不过她的失身于贼，完全是为了一片孝思，故而吾谓香红之失身，情有可原，我们应该同情她可怜她才是。表哥，你说的梅馨这人究属又是哪个？这名字好像也是一个女子呀？不知也能告诉我吗？"

何惧因为无意之中说出了梅馨的名字，不料表妹心细如发，竟又这么地问起来，为了往后不发生误会起见，于是他点了点头，遂又告诉道：

"梅馨姓高，确实也是一个女子，说起来她还是高大生的女儿，而且也是你救的思明的妹妹，但她和我又如何认识的呢？唉！说起来真叫人意想不到，因为我这个生命，至少已经是死过五六次的了，不过逢凶化吉，而现在究竟还在做一个人，这在我真不得不向她们一班热心的女儿深深地感恩哩！"

菊芬听了这话，不禁失声地叫了起来，讶之道：

"那么梅馨也是你救命之恩人了，是不是？但她又是怎么样救你的呢？"

"就是你救思明同一个夜里，我从你家里走出，在路上遇到了巡逻队，他们欲上前搜抄，我因袋中有枪，所以向前而逃，竟逃进了兰心别墅。这是高大生的家，但我没有知道，误入梅馨的卧房，齐巧她患着微疴。后来……"

何惧絮絮地说到这里，顿了一顿，方才又把陆队长搜抄兰心别墅、梅馨把自己相救的情形细细地告诉了她。菊芬听完了这两件事情，她感到喜欢，又感到悲伤，喜欢的是表哥全仗她们冒险相救方得保全性命，而悲伤的又是自己的希望，自然很淡然的了，于是不禁苦笑道：

"表哥，我们自小一块儿长大，到十六岁分别时为止，我们的感情确实最密切，不过这五年来的事情变化太多了，我们最密切的恐怕已降低到最淡薄的了。因为我对你除了情感好之外，并没有施恩于你，那么我和香红、梅馨相较，自然是望尘莫及。不过我为表哥设想，对于香红和梅馨两位小姐又怎么安摆呢？"

菊芬说到这里，不免望着他出神。何惧不知菊芬心中存的是什么意思，所以听到这里，慌忙先安慰她道：

"表妹，在这一个乱世的时代，根本还谈不到儿女的情爱，表妹虽未有恩于我，但勉我爱我，我所受恩惠也是不浅。所以表妹千万别这么地说，倒叫我心里听了难受。"

菊芬对于何惧这几句话，心头倒着实把他感激了一阵子，望着他倾人地一笑，点了点头，说道：

"只要表哥有这两句话，我到死都深深地表示感激的。不过我为了爱你，总也不能使你左右感到为难，以恩之深浅而言，我是应该自动退步的。更何况香红既是你的恩人，而且也是我的恩人哩。我为了欲报之恩，不是使你们应该玉成其美事吗？"

"什么？什么？你说的什么话？香红……她……她……如何也是你的恩人呢？"

菊芬这句话不但使何惧感到无限的惊异，就是阅者诸君恐怕也要拍案称奇了吧！但菊芬笑了一笑，接着又道：

"这事情还在十三年前吧。你的家在城里，那时我和母亲在黄村里，突然地来了一支败军，他们杀人放火，掳掠抢夺，无恶不作，我和母亲也在被俘虏的一分子。那时有个排长见我母亲年轻妇人，且容貌秀娟，他便起了歹意。我瞧此情景，大哭大叫，不料那排长便拿刺刀杀我。正在危急之间，突然有个女孩子走来喝住，那排长一见，便一溜烟似的逃跑了。我母亲十分奇怪，遂向她叩问，方知她姓秋小名小红，乃本营营长秋大熊的女儿，因为大熊早丧妻子，故将女儿随身带行的。小红也问我姓名，我以姚小菊乳名告之，因为我母女感其相救之恩，遂把我项下一金链子鸡心相赠，不料她项下亦有和我同样之物，鸡心内各嵌幼年时小影，彼此相易，作为纪念，如此匆匆分别矣。今夜我在席上喝酒，然而我很注意你的行动，因为怕你见我应酬金将军而生气的，不料你席未终而离座起身走了，我不知你往何处，遂借故随你身后同走。到了院子，见你和将军太太招呼上楼，我初疑你与她有暗昧之情，遂在门口窃听多时，只听一会儿哭一会儿诉说，不甚详细，于是叩门而入。你已躲入别室，我欲推门进内，香红阻拦不允，因此我俩扭打一堆，香红原穿睡衣，所以露出胸前的鸡心框子，我见框子内的小影，正是我的幼年时也。至此方知彼秋香红者即秋小红，而也是我母女俩救命恩人哩！谁知正欲询问于彼，而金志光也来陪他太太入席饮酒去，这岂不是危险吗？但你在何时下楼的，为什么我们到大厅前时，见你又坐在席边吃喝了呢？"

何惧到此，方才有了一个恍然大悟，不禁笑道：

"原来其中还有这么一段曲折的事情，那么你们说起来还是一对好朋友呢。对于你和香红扭打的事情，我倒没有知道，因为我是早已跳下窗去而遁的。当时我见你们三人一同到大厅里来，还以为你和金将军是并没有知道我这一回事呢。"

"可是你也太会冒险了，每次总是越窗跳楼，万一有失，岂不是要跌坏的吗？"

菊芬秋波逗给他一个娇嗔，这意态在怨恨之中至少是包含了一些爱惜的成分。接着又说道：

"你想，香红既是我的恩人，我不是应该有所报答她的吗？所以我在见到那个鸡心框子之后，我就决心预备退步，希望你们仍能结成一对。不料现在听了你说的尚有梅馨这一回事，觉得事情并不是我想象那么简单，因为她们都曾救过你的性命，你固然忘不了香红，但也忘不了梅馨，所以这个主意我倒不敢给你出了。究竟与谁结合，那是只好要你自己斟酌的了……"

菊芬说到这里，便又望着他咻咻地娇笑。何惧听她把自己撇开了，以第三立场来向自己说这两句话，一时感到她的痴情正也不下于香红和梅馨，他觉得菊芬脸上浮现着的笑至少是包含了一些悲惨的阴影，因为他明白菊芬的退步，也就真是为了爱我的缘故呀！于是他深深地感到不忍，握了菊芬的手，低声笑道：

"表妹，你真是个多情到极点的姑娘，你为什么要把自己撇开？可是我却偏喜欢和你结成一对哩！"

"多谢你，表哥，只是我俩的结合也只有待来生的了。"

菊芬被他这么一说，不禁掀着酒窝儿嫣然地一笑，但她说话声有些颤抖的成分，眼泪水也终于夺眶而出了。

"咦！表妹，你怎么竟说出这个话来了呢？"

何惧心中因为是太感动的缘故，遂把菊芬的身子猛可地抱住了。他捧过菊芬的粉脸，默默地凝望着，但菊芬的眼泪也终于像雨水一般地滚下来了。

"表妹，不要伤心，我生平有三个裙衩知己，第一个是你，第二个是香红，第三个是梅馨。我觉得这三个人，一个也都不能忘却，所以我绝不会和任何一个先结婚的。因为我还有未竟的志愿，未竟的工作。我希望表妹多给我一些勇气，使我振作了奋发的精神，成个时代的伟人。表妹，我爱你，你不要难受吧！"

可怜在何惧这时的心里，他真有说不出的苦衷。他在香红的面前，说爱香红，在梅馨的面前又说爱梅馨，但在菊芬的面前，而又不得不说爱菊芬。其实在他的心中是三个人都爱，而又三个人都不敢爱，因为一个人总有情感的，何惧在这左右为难之下，他感到太幸福了，因此也就不免弄得啼笑皆非的了。菊芬听他对自己这么说，方知表哥心中实在也很爱我，一时感激流涕，不禁把娇躯倒入何惧的怀内去了。何惧低下头，于是情不自主地又在她唇上接了一个长吻。菊芬在羞涩之中，却有些悲酸的意味，俏眼向他一瞟，便又别过头去暗暗地垂泪。

"小姐，表少爷的卧室已收拾舒齐了。"

正在这个时候，小香匆匆地走进来报告。菊芬慌忙收束了泪痕，点了点头，说道：

"时也不早，你就伴表少爷到房中去安息吧。"

何惧因为见她悲哀的意态，心头感到了楚楚的可怜。虽欲再向她安慰几句，但菊芬已经催自己去睡了，于是也只好弯了弯腰，道声晚安，跟着小香走出去了。只苦了菊芬躺在床上，想起身世之孤独，倒忍不住又暗暗地泣了一夜。

次早起来，何惧到菊芬房中，见表妹尚酣睡未醒，于是对小香叮嘱了一声，他便匆匆地自回机关里去了。待何惧走后半个钟点，菊芬便醒来了，小香悄悄地告知，菊芬道：

"可曾给他吃了点心？"

小香道：

"我喊住他也来不及哩！"

说着，服侍她起身梳洗毕。时已近午，菊芬道：

"我到金将军家中瞧他的太太去，表少爷若来，你叫他等一会儿好了。"

小香点头答应，送她走出大门，方才回身进内。菊芬到了将军府，知金志光到军部里去商议军机大事未回，因为今天有电报到，谓前线战事颇为吃紧。菊芬听了，暗暗欢喜，遂匆匆地走到香红的房间里去，昨天黑夜没有瞧清楚，原来月洞门上有横额一方，题曰"碧霞轩"。菊芬既已到过一次，熟门熟路，直达楼上房中。恰巧有一婢走出，见了菊芬，便问瞧谁。菊芬道：

"瞧你太太，不知可在家中？"

那丫头便是杏菊，听了菊芬的话，遂引她入内。见香红独坐桌

158

旁，正在用膳，一见菊芬，便笑盈盈地站起相迎，问道：

"姚小姐，你还不曾用过午饭吧？快坐下来一同吃吧。"

菊芬笑道：

"我不客气，姊姊，将军到军部开会去了吗？"

香红点头道：

"是的，听说前线吃紧，大概需要派兵增防去了。唉！我倒希望早日到达南京，也大快人心的了。"

这时，杏菊倒上一杯茶，香红道：

"茶也不用喝了，你给姚小姐盛饭吧。"

说着，拉了菊芬的手，一同在桌边坐下。杏菊遂盛上饭，又送上一副羹匙和银筷子。菊芬本欲在吃饭的时候就要向香红诉说，但碍着杏菊在旁，到底有些不便，所以和她只谈了一些空话。

两人匆匆用毕饭，香红拉菊芬到里面一间房中去梳洗。杏菊重新泡上香茗，然后悄悄退出。香红和菊芬在长沙发上坐下，望了她一眼，很感激地道：

"姚小姐，昨夜的事情真出人意料之外，我真感激你到万分哩！不过我和你表哥的认识是在三年之前，那时我还未嫁给金志光，在当初我们的认识也是可歌可泣，绝非普通的可比。你说我不知廉耻，勾引了你的表哥，这未免有些冤枉了我。不过在你不知道个中情况的人，我当然也不能来怨恨你。现在很想和你解释一个明白，希望你能原谅我的苦衷……"

菊芬听到这里，已不让她再说下去，点了点头，说道：

"香红姊姊，你不用向我解释了，因为昨夜回家后，表哥已把你的经过事情都对我告诉过了。我很对不起你，因为我冤枉了你。而且我也很惭愧，因为我太小觑你了。姊姊，你自小就是个博爱的人，我觉得你人格伟大，思想超群，而孝心更使人感动，你真是个不平凡的女子，使我深深地表示万分的敬爱。"

菊芬一口气说到这里，把她手握得紧紧的，似乎非常亲热的样子。香红听她忽然又这么地赞美自己起来，一时倒弄得两颊绯红，低低地说道：

"姚小姐，你不要这么地褒奖我，因为我并没有像你所说那么伟大，所以我感到非常羞惭。不过你既然已经明白我过去和何惧的一回事了，那我就可以省却许多的口舌，不必再向你解释了。我是个苦命的女子，所以才有这样悲惨的遭遇，那是我的命，我不怨天，也不尤人，只恨自己命苦而已。记得三年前何惧因伤重在医院时曾经有过一度昏迷的状态，他伸张了两手，睁大了眼睛，口里只喊着菊芬的名字。我是身居看护的地位，我瞧此情景，岂能无动于衷吗？虽然我不知他所喊菊芬者为阿谁，但我已明白必是他心灵上最亲爱的人，除了他夫人之外，当然是只有爱人或妹子的了。我几次想冒充菊芬而伏下身子去给他拥抱，使他空虚的心灵可以得到了现实的安慰，不过我究竟为了羞涩而畏怯了，我望着他只有出神的份儿。直待他感到失望而声音低沉的时候，我不忍极了，我悲痛极了，于是我受不住浓厚情感的激动，最后，我是大胆地冒充了一次菊芬的人了。他既抱住了我之后，便连喊着妹妹。我以为菊芬是他的亲妹子，在这一刹那，我激起了手足之情，我的泪也像雨一般地滚下来。姚小姐，我并不瞒，在他伤愈之后，我确实是爱上了他，但为了环境的各别，同时我又为了父亲的缘故，所以只好和他含泪作别了。现在我是一切都完了，我如何忍心以一个被污辱的身子再去爱上他呢？如今我知道你姚菊芬小姐就是他的表妹，我心里非常安慰，因为在何惧心中，他确实很爱你。在他所以又和我相爱的缘故，也无非为了要报恩罢了。好在如今是我负了他，并非是他负了我，所以我希望姚小姐此后应该多给他一些安慰，以弥补我负心的缺憾。同时我也竭力会劝他，希望他专心地爱上了你，那在我不是感到一件无限痛快的事情吗？"

菊芬听她絮絮地说出了这一大篇话，方知昨夜她对我说的话原也是真心真意的，并非有一些虚伪的作用在其中。她感动得了不得，遂偎过身子，叹道：

"姊姊之情不愧与地球日月共存，然而我昨夜已和表哥说过，姊姊这次的嫁与金志光，完全出于强迫。因救父而失身，这和不曾失过身的姑娘又有何异？我们应该原谅她，应该同情她，而况她这次救表哥的性命，真所谓是两重的大恩。受恩于人，而不报答于人者，此还能算是个人吗？所以我劝表哥千万不要以姊姊失身事为可耻，盖失身之情形有大不同的啊！"

香红听了菊芬的话，倒不免又大奇特奇起来，望着菊芬的粉脸，怔怔地愕住了一会子，忽又感动地问道：

"妹妹，我太奇怪了，昨夜你不是恨我夺你表哥吗？怎么今天又一味地要玉成我了呢？你不是应该告诉我一个缘故吗？"

"这当然有一个缘故的，姊姊，我给你瞧一样东西，那你就可以完全地明白了。"

菊芬微微地一笑，她站起身子，先去掩上了房门，然后把自己旗袍衣襟的纽扣解散了，里面这就露出鸡心领软绸的衬衫来。香红瞧了她这个不可思议的举动，真奇怪得目定口呆，两眼望着她雪白的酥胸，倒是泥塑木雕般地愕住了。但菊芬已走近到她的身旁又坐下了，伸手在脖子里撩出一条金链子来，把下面宕着的一个鸡心框子交到香红的手里去，笑道：

"姊姊，你倒仔细地瞧一瞧，这张小影是谁的幼年时代呀？"

香红骤然见了这个金链子的鸡心框子，虽已隔别了十三年悠久的时间，但她总还认识这正是自己的小影。她拿在手里，凝眸含睪地沉吟了一会儿，忽然她伸手把自己的衣纽也解散了，取出那个金链子的鸡心框子，交到菊芬的手里，也笑道：

"妹妹，你也瞧瞧，这是谁幼年时的小影呀？"

两人在说完了这几句话之后，这就情不自禁地彼此紧紧地抱住了。经过良久良久，大家这才放开了手，彼此相对凝望了一眼，谁知各人的粉颊上已展现了无数晶莹莹的泪水了。

"妹妹，我想不到你一直把它戴到现在！"

"姊姊，我想不到你一直把它戴到现在！"

两人不约而同地说出了这一句话，却又再度亲热地抱住了。她们默默地又淌泪了，这是喜欢的泪，也是悲酸的，因为她们的情感是激动得太兴奋一些了。

"姊姊，我真想不到秋香红就是秋小红。"

"妹妹，但是我也会没想到姚菊芬就是姚小菊。"

"十三年了，年数隔别得太悠久了。"

"是的，整整地过去了十三年了，真的太悠久了。"

两人这回分开身子之后，大家把纤手抬到眼皮上去，揉擦了两下眼泪，微微地叹了一口，在这一口叹气中至少是包含了无限的感喟的意思。

"菊妹，那么你今天如何又知道秋香红就是秋小红了呢？"

过了一会儿，香红秋波瞟了她一眼，忍不住又低低地问。微蹙了翠眉，有些不了似的神气。

"我岂止是今天才知道呢？昨夜我和姊姊扭成一堆的时候，我就发觉了你项下这个金框子，正欲向你发问，不料金将军就来敲门了，所以我也就不提起了。"

菊芬告诉了她之后，不禁抿嘴扑哧地笑。香红到此，这才有了一个恍然大悟，握了菊芬的手，也不禁破涕嫣然，说道：

"在当初我知道妹妹定有醋意，故而欲和我扭打，不料经此一打，倒打出一些意思来了。这岂不是叫人太喜欢了吗？可是妹妹真也无赖，既然已知我们是故交，那你也不该再说什么'你也有今日'五个字来吓我了，当时我真几乎连心胆都吓碎了呢！"

"这原是妹妹该死，请姊姊饶了我这一遭吧！"

菊芬听她这样说，粉脸泛现了一朵娇艳的玫瑰，偎在香红的怀内，低低地笑。香红见她对自己这样亲热，因为自己是没有姊妹兄弟的缘故，所以把她纳入怀内，不禁吻了她一下颊，说道：

"菊妹，我们都是孤苦的女子，那么我们就真个认作了亲姊妹吧，不知你心里喜欢吗？"

"我如何不喜欢呢？姊姊，你实在是我的救命恩人呢！我真应该有所报答你，所以我一定会帮助你和表哥成功。"

菊芬坐正了身子，和香红依然把金链子纳入胸中，扣上衣纽。菊芬瞟了她一眼，又低低地说，但说到这里，香红却把她嘴扪住了，嗔道：

"妹妹，你若再这么地说，那是叫我太心痛了。姊姊已是一个妇人了，如何还可以再嫁人？况且你和何惧天生一对良缘，我以为妹妹能够得到幸福，亦是我做姊姊的得到幸福，那是一样的。"

菊芬见她情意真挚，绝无虚伪的作用，心中这一感激，不免又垂下泪来，向她说道：

"姊姊之爱我，犹若父母，妹心之感激，固非三言两语所能表白得尽的。不过姊姊虽有成全我的美意，而事情却尚有波折。因为表哥在南京城中又受了人家一个姑娘的相救之恩，事情是这样的……"

说到这里，遂把梅馨病中相救的一段事实对香红悄悄地又告诉了一遍，并且说道：

"你想，这叫表哥不是弄得太为难了吗？不过表哥曾经对我说，他忘不了你，忘不了梅馨，因为他的生命完全是属于你们两人所有的了。"

"我不信，你表哥难道会没有说过他忘不了你的话吗？"

香红见她并不说她自己，遂白了她一眼，忍不住抿嘴神秘地笑。菊芬当然很难为情，"嗯"了一声，伸手打了她一下手心，笑道：

"他当然没有说过，因为我并没有救过他的性命呀！"

"我以为救性命是一件事，相爱又是一件事。救了人家的性命，总不能就此强欲嫁给他的，那么这岂不是失了救人性命的真意吗？所以我说你和何惧自小一块儿长大，才是一对美满的姻缘。不过那位高梅馨小姐假使真的是非常痴心的话，我想你们就不妨效古之舜帝，二美同事一夫，岂不是一件风流的韵事吗？你若怕羞，他日我自当向何惧陈述之，你以为如何？"

香红见她还意态带有些小女儿的成分，这就感到一个姑娘的可爱，遂抚着她纤手，又向她低低地笑着说。菊芬被她这么一说，也就愈加地感到难为情了。红晕了娇靥，向她啐了一口，正欲说句什么，忽听杏菊在外面报道：

"太太，将军到了。"

两人听了这话，慌忙整衣起身，拿帕儿擦了擦脸，含笑相迎。金将军一脚跨入房中，忽见菊芬也在，便展眉笑道：

"姚小姐什么时候来的？想不到你们两人真的亲热起来了。"

"来好多一会儿了，我和你太太已结成亲姊妹了呢！"

菊芬拉了香红的手，低低地说，扬着眉毛，秋波逗给他一个妩媚的娇笑。

杏菊来端上香茗，又给志光燃着雪茄。金志光含笑说声："姚小姐请坐。"于是菊芬拉了香红便又坐了下来。志光吸了一口雪茄，忽然想起了一件事，遂对菊芬说道：

"我在军部里的时候，白副官领来一个少年，名叫何惧的，说是姚小姐的表哥，不知可真的吗？"

香红听了这话，心头别别地一跳，粉脸不禁转变了颜色，立刻回眸向菊芬瞟了一眼，她急得汗水几乎冒出来了。但菊芬早已明白个中了，却笑盈盈地点了点头，说道：

"不错，他是我的表哥，原从上海来了还不多几天。"

"听说你表哥在上海已结过婚，而且孩子也养下了吗？"

金志光还恐怕何惧骗他，因为他担心菊芬会被他夺去的。假使他没有结过婚，我就把他结果是了。他暗暗盘算着，却听菊芬答道：

"是的，表哥这次在上海失了业，原上南京来找事的，他和白副官谈谈，十分投机，白副官因为说表哥很有胆量，所以愿意介绍他到军部办事。不知金将军给他一个什么好差使？"

“我见他身材高大，膂力过人，倒确是个人才，所以把他录为副卫队长之职。假使他办事能干的话，将来我还要好好地提拔他一下。”

金志光因为何惧是菊芬的亲戚，所以他这几句话至少向菊芬是带有些讨好的成分。

“金将军这样恩待于他，我一定嘱他竭力尽忠，以报答将军知遇之恩哩！”

菊芬一面笑盈盈地回答，一面向香红瞟了一眼，只见香红此刻的脸色才转和了许多，于是望着她扑地笑了，乌圆眸珠一转，回头又向志光问道：

“金将军，前线的消息到底怎么啦？”

金志光这才皱起了眉毛，笑容收束了，说道：

“虽然不大好，不过我已调两师兵马上去，连原有一师，共有一军大兵坚守龙潭，大概是足以抵敌革命军的。”

说到这里，望着两人秀丽的面庞，吸了一口雪茄，似乎做个沉思的样子。忽然微微地一笑，他展了眉毛，又得意地向她们望了一眼，安慰着道：

“你们不用害怕，我有的是钱，万一事情真正不好，我可以带你们两人一同到外国去做寓公，这在海外的生活真要比国内舒服得多，而且也给你们去见识见识。”

香红、菊芬听了这话，忍不住各自在肚子里骂声：“狗养的王八！”但表面上兀是含了笑容，连连地点头。菊芬还很喜欢地笑道：

“这是好极了，我真想到外国去游历哩！”

金志光见菊芬赞同，心里这一快乐，他放开了破喉咙早已呵呵地大笑起来。

黄昏的时候，军部里又有电话来，金志光只好别了两人，又坐车前往了。香红见他走后，遂对菊芬急道：

“妹妹，这王八若果然欲把我们携之出国，那如何是好？”

165

菊芬噘了噘嘴，哼了一声，说道：

"他死在眼前，还在做那甜蜜的美梦哩！姊姊，你放心，这老贼的性命恐怕就在……"

说到这里，凑过嘴去，附着香红的耳朵，低低地说了一阵。香红听了，脸有喜色，频频地点了一下头，说道：

"是的，是的，我想他冒险投身，当然也有深刻的含意了。"

两人说了一会儿，菊芬遂匆匆别去。到了家里，小香告诉她道：

"表少爷下午一点钟来的，但没有一会儿，就被白副官约了出去。"

菊芬点了点头，说道：

"我已经知道了，表少爷在军部里做了官哩！"

小香说声："真的吗？"她便笑盈盈到厨下开饭去了。晚饭毕，菊芬遂到戏院子里去。

匆匆过了多天。这日傍晚时分，菊芬正在楼上房中阅书，忽听一阵皮靴声，抬头望去，原来表哥穿着军服已跨进房中来了，遂含笑站起，秋波白了他一眼，说道：

"好一个神气活现的卫队长！"

何惧握了她手，打了一下，笑道：

"你怎么挖苦我？真气死我了！我告诉你，我已有电报拍去，告诉我的工作经过，上峰已升我为情报部副部长了。你瞧着，早晚吾必取老贼之头哩！"

菊芬扑地一笑，说道：

"你的计谋，只能瞒他们，而不能瞒我。我军师早就算着，知之久矣。你若不信，可问香红姊姊去。"

"知己知彼，汝真我之心也。"

何惧见她妩媚可爱，遂望着她得意地笑。菊芬又喜又羞，绯红了两颊，啐了他一口，也不禁赧赧然地笑了，接着又问道：

"这几天随将军出入府门，想来和香红姊姊已有几度会面过吗？"

166

"虽然天天有见面的时候，但谈话的机会却不可得。前夜偶然与彼在院子相值，她嘱我娶妹妹和高小姐二人为妻，语气真挚，令人感动。惜未谈数语，即匆匆地别开。"

何惧听她这样问，遂以实情相告，表示很感动的神气。菊芬听了，知香红真心待人，一时垂首默然，不免感极而泣。何惧惊问其故，菊芬含泪说道：

"我被姊姊之情太感动了，但想到她的身世，安得不令人伤悲耶？"

何惧听了，想起三年前被救之种种恩情，也不免凄然泪下。两人伤感了一会儿，何惧遂辞别自去。走不多少路程，忽然瞥见远远地有两个卫兵押着一个西服少年走来，何惧定眼细瞧，原来就是那夜募捐的青年，使他猛可记得这是梅馨的哥哥高思明，他不是也加入了革命党吗，不知如何被捕了？于是把身子闪过一旁，躲在一个墙角旁边站住，直待两个卫兵押着思明已走过自己的面前。他向四周望了一下，见没有旁人，遂立刻拔枪向两个卫兵猛然击射。只听"砰砰"两声，那两个卫兵的身子早已扑地而倒矣。

第十一回

推己及人两全其美好姻缘

　　高思明显露真迹被卫兵所捕，心中正在暗暗焦急，不料突然之间，只听枪声连发两响，那左右两个卫兵竟饮弹而倒了，因为心里十分惊奇，所以也忘记了奔逃，反而回身向后面来瞧望。说时迟，那时快，何惧早已握枪奔来，对他急急地催道：

　　"高思明，你还不快些逃命，难道在这儿等死吗？"

　　思明见那少年也是军服装束，想不到竟自相残杀，反来救自己，心中虽奇，但也管不得许多地向前狂奔了。这时，何惧把枪在空中又连发两响，并拿警笛乱吹，后面有一队巡逻队便急闻讯赶来。队长王忠良一见副卫队长，遂急问凶手在哪儿。何惧故意把手向左边一条小街一指，他的身子已先飞奔了。众人见副卫队长英勇如此，于是便也率众追随前去，其实思明是向前而逃，他们当然是空追了一阵子，只晦气了沿路几家店铺，被他们大抄而特抄了一会子。

　　思明奔了一阵，突然见旁边有座小洋房，铁栅子的门正半开着，于是他也不问情由地就奔了进去，回身给他们插上铁锁，他便跨步向会客室中走去。谁知里面却一个人也没有，心中好生奇怪，于是就在沙发上坐下，望着正中百灵桌上那一瓶鲜丽的西洋草本，倒是怔怔地愣住了一会子。他这里有三个疑问，自不免暗暗地想着：第一个疑问，我不认识他，他如何能认识我？而且还呼出我的姓名，这不是奇怪？第二，他身穿军服，明明是军部中人，怎么反而自相

168

残杀？无缘无故地救我一命，这又是什么道理？第三，他何以知道我是革命军部下的人，他是否也是革命军人？不过既是我同志，如何又在他们那儿工作？思明沉吟良久，忽然恍有所悟，莫非他是我们第三纵队的人员吗？不料正想到这里，突然耳边有女子声音问道：

"你是谁？你是谁？啊哟！有鬼，有鬼……"

你道这是谁？原来这女子就是小香，这洋房也就是松云小筑。小香偶然从厨下出来，忽然想到表少爷走后，自己还没有去关上大门，此刻天已入夜，也该去关上了，把饭开出，好喊小姐和五爷下楼来吃饭。不料她一脚步入会客室，在暮色笼罩之下，见沙发上坐着一个黑影，心中一跳，那两脚就停下来。因为思明正在出神，自然没有理会到她，因此小香以为是鬼，身子瑟瑟地抖了一下，忍不住大喊起来了。思明被她这么一声大喊，自然惊觉过来了。这就慌忙立刻站起身子，也不瞧清楚对方的人在哪儿，先急急地辩解道：

"我不是鬼，我是人，我是人，请你不要害怕吧！"

这时候，菊芬在楼上已闻讯走下楼来，急叫小香开了室中的灯光，方才见室中站了一个年轻的男子。不料思明和菊芬见面之下，大家不约而同地"哟"了一声叫起来了。思明抢步上前，突然向菊芬跪拜下去，说道：

"姚小姐，我还不曾向你拜谢救命之恩哩！"

菊芬对于思明这一下子冷不防的举动，倒是出乎意料之外，一时心里感到十分不好意思，红了脸，慌忙让过一旁，伸手把他扶起，说道：

"高先生，你快起来，切勿这个样子，那不是叫人不好意思吗？"

思明又感激又惊奇，遂站起身子，望了菊芬一眼，怔怔地问道：

"姚小姐，你如何知道我姓高的呀？"

"咦！令尊没有向你提起这个事情吗？高先生，你且坐下来，我们再谈吧。"

菊芬被他这么一问，也感到稀奇，遂"咦"了一声，向他还问

169

了一句，一面把手一摆，表示请他坐下的意思。思明于是和菊芬在隔座坐下，小香做梦也想不到这少年又是小姐认识的，她真是又惊又奇又觉好笑，因此站在旁边，呆呆地怔住了一会子，此刻见两人坐下了，方才给他们倒上了两杯茶，悄悄地退到旁边去站住了。菊芬秋波向他瞟了一眼，因为那夜是只有见了一次的面，而且时间又极短促，情势又极紧张，所以也不过见了一个轮廓罢了。此刻在细瞧之下，见思明的脸比何惧更要俊美一些，何惧的美是美在雄伟威武之气，而思明的美不免带了一些柔媚的意态。因为他此刻两颊红晕得厉害，自然更觉得好看一些，芳心不免暗想：阿兄如此，其妹之艳丽，自属可想而知矣。一时想到香红说的我与梅馨同事一夫的话，更加赧赧然起来了。思明见她望了自己一眼之后，忽然又显出这样娇羞不胜的意态，一时心里也不免荡漾了一下，遂开口先问道：

"姚小姐，我爸爸难道已经来和你说明过一切了吗？"

"是的，高老先生还送来许多礼物，表示谢谢我的意思。到此我才明白那个募捐少年就是高会长的少君，我这里很奇怪，高老先生如何会没有向你提起这个事情呢？"

菊芬这才又显出洒脱的态度，一撩眼皮，望着他低低地问。

"不瞒姚小姐说，我实在有许多日子不曾回家了。因为……因为……我已……"

思明说到这里，支吾了一会儿，似乎有些欲语还停的神气。菊芬原是个绝顶聪敏的姑娘，她见思明这个模样，心里哪还有个不明白的道理？遂点了点头，说道：

"你不说我也明白了，你是在干不平凡的工作了，对吗？"

思明听了，显出很惊异的神情，望着她说道：

"姚小姐，你真是个聪敏的姑娘，不但使我敬佩，而且更使我感激流涕。那夜若不是姚小姐相救，我恐怕早已死于非命了，此恩此德，不足言谢，真不知叫我如何报答你才好哩！"

菊芬见他明眸里充满了无限的热情，脉脉地望着自己出神，一时觉得他末了这两句话中至少是包含了一些向自己求爱的意思，芳心倒是怦然一动，暗想：二女同事一夫，这究属不可能的事情，表哥既受梅馨救命之恩，当然难以忘却，那么思明受恩于我，既有爱我之意，我也何不和他表示亲热呢？虽然在当初我之救他，原没有存着私爱的意思，不过事到今日之局势下，我也不得不放弃表哥而接近他的爱呀！好在他也是一个有才有貌的青年，和何惧一样有志气，那么我若嫁他为妻，总算也不辱没了我这一副好模样儿了。菊芬心中既然有了这一阵子的思忖，当然对于思明的话是没有给予回答。思明见她沉吟着不答，心内自然非常难为情，因此有些坐立不安起来了。菊芬这才猛可理会了，遂掀着笑窝，嫣然地一笑，说道：

"高先生，你怎么知道我的打你还是好意呢？我想也许你还会恨我的倚势欺人吧？那时候我实在急慌了，假使不接连地再打你两下，这又似乎装得不大相像，所以我也顾不得了，对于这一点，还得请高先生原谅我才好哩！"

思明听她还这么地说，一时愈加爱到心头，感入骨髓，遂正色道：

"姚小姐，思明虽然愚笨，但对于姚小姐这一份苦心，我总也明白，怎么我还来怨恨你吗？姚小姐，你太客气了，如何又叫我原谅起来？那使我再也没有什么话可以来回答你了。"

说到这里，顿了一顿，见菊芬粉脸上含了妖媚的甜笑，仿佛很得意的样子，于是接着又道：

"我在受到姚小姐的大恩之后，次日是曾经回家一次的。妹妹知道了这事之后，便叫我前来向姚小姐叩谢救命大恩，我因为明白姚小姐的救我完全是为了我有前进的思想，所以才冒险相救的，我如何好意思就此作为进见之由，来认识姚小姐呢？所以我就始终鼓不起这个勇气，唯有天天起身暗自把姚小姐感激一会儿而已。"

菊芬听他这样说，益发显明他有爱上我的意思了。一时芳心跳跃愈速，那粉脸上的红霞也就一层一层愈加堆上来了，秋波逗了他一瞥倾人的媚眼，微微地含笑问道：

"那么高先生今天又怎么会来了？"

思明"哦"了一声，又沉吟了一会儿，方才低低地告诉道：

"姚小姐，这事情说来又奇巧万分，我这次又可说是死里逃生的了……"

说到这里，遂把刚才的经过向菊芬悄悄地告诉了一遍，并且又道：

"我在逃进这屋子里之后，其实我还没有知道这就是你小姐的府上呢。当然，我是非常鲁莽，请姚小姐千万勿罪才好。"

菊芬和小香这才恍然了，想起小香把他当作了鬼看待，因此忍不住又觉好笑。这时，菊芬忽又微蹙眉尖，凝眸沉吟了一会子，说道：

"这个救你的军官到底是谁呢？"

"我也很奇怪，因为他还叫我的名字哩！"

思明听她这么地猜测，遂也低低地附和着说。

"他叫你名字？哦！哦……莫非就是他……吗？"

菊芬若有所悟般地自语。

"一定是表少爷，因为他不是也这个时候走回去的吗？"

小香在旁也插嘴了。菊芬想不到小香这妮子竟也有这么心细，便回眸瞟她一眼，微笑着点了点头，说道：

"你猜得不错，除了他之外，还有谁有这么的胆量？"

思明听了她们主婢两人的谈话，这就目定口呆地愕住了。良久，方低低地问道：

"姚小姐，他……他……是你的表哥吗……那么他又如何知道我的姓名？而他又叫什么名儿呢？我实在太奇怪了，姚小姐，你能不能详详细细地告诉我知道吗？"

菊芬笑了一笑，说道：

"不错，他就是我的表哥，姓何名惧……"

思明听了"何惧"两字，猛可记得了，遂不待她说下去，就笑道：

"他名字叫何惧吗？这样说来，他就是我妹妹的朋友呀，想不到竟是姚小姐的表哥哩！不过他是和我站在同样的地位，怎么他又转变了方针了呢？"

菊芬听他这么说，便扑地笑道：

"是的，我表哥不但是你妹子的好朋友，而且你妹子还是我表哥的大恩人哩！不过你既然知道何惧是你妹子的朋友，为何却不认识何惧的人呢？"

"哦！妹妹也救过他的性命吗？至于我不认识何惧，当然也有一个原因的。那天我和妹妹告诉你救我性命，并且又告诉我已加入革命党工作了，妹妹听了，便问革命党中可有个名叫何惧的同志吗。因为他是妹子的朋友，当时我听了，说并不认识，因为我们一组一组都分开的。所以我只知何惧有其人，而未见其人。不过妹妹并没有告诉我她是曾经救过何先生性命的，姚小姐可知道详细吗？"

思明听事情愈说愈曲折了，遂一面告诉，一面又低低地问菊芬。菊芬听了，方才明白了，遂笑道：

"你妹妹救他，和我救你是在同一个夜里。"

说着，遂把何惧路遇巡逻队，逃入兰心别墅的经过向思明低低地告诉了。思明"哦"了一声，说道：

"是了，那么我的名字一定是妹妹告诉他的了。不过他也没有见过我，他又如何认识我呢？"

"这里自然也有一个原因的，你那夜向金将军募捐的时候，他是恐怕瞧见你的吧。"

菊芬秋波盈盈地向他一瞟，微笑着回答。

"他瞧见我？他是站在什么地方呀？"

思明对于她这两句话觉得其中至少是含有些神秘的意味，这就望着她的粉脸，不禁呆呆地出神。菊芬笑道：

"你觉得奇怪吗？在当初我也很奇怪，后来方知他还有些神出鬼没的本领呢！"

说到这里，遂又向他告诉了一遍。思明听了，赞叹不绝，遂说道：

"何先生真英雄也，我望尘莫及的了。那么他的在军部工作，想来大有深意的了。"

菊芬点头道：

"这当然是的……"

说时，回头又向小香望了一眼，说道：

"你去开上晚饭，请高先生就在我这儿便饭了。"

"不，姚小姐，你别客气，我走了。又惊扰了你，我真感激。他日稍有进展，容再图报吧！"

思明觉得在一个初次认识的姑娘家里吃饭，这到底是太不好意思了，所以他站起身子，预备告别欲走的神气。

"高先生，已经是吃晚饭的时候了，那你还到什么地方去？况且外面也许还在搜抄，在家多避一会儿，就省却许多危险呢！"

菊芬听他要走了，因为她芳心中既有了刚才那么一个主意之后，对于思明也就有一层爱怜的意思，这就情不自禁地也跟着站起，伸手把他拉住了。但既拉住了他之后，倒又感觉万分不好意思，红晕了脸，慌忙又放下了，秋波斜乜了他一眼，轻柔地劝留着他。思明被她手一拉之后，他手的感觉真是软绵得可爱，心里这就有了一层甜蜜的意味，回眸望了她一眼，又见她娇羞多情的意态，一时站住了倒又呆住了一会子，暗想：从她这两句话中看来，可见留我吃饭是宾，怕我出外发生危险是主。到此益信菊芬是个多情的姑娘，遂微笑道：

"我冒昧奔逃而入，已属不该之至，岂敢再在这儿留饭？那我心中如何过意得去？"

"我问高先生，你既是逃性命而进内躲避，此刻又为了心中过意

174

不去欲冒险出外，万一又遭不幸，那你不是当初不必逃进来了吗？"

菊芬见他如此客气，遂逗了他一瞥娇嗔，似乎有些责问的口吻。

"姚小姐这样热心过人，我实在感激得无可再言。将来我若有扬眉吐气的日子，一定不会忘记你的大恩！"

思明于是向她又很恭敬地鞠了一躬，语气是特别诚恳。菊芬听他重复地又这么地说，这不是他的老背，当然明白他心中是太感激的意思，一颗芳心也深深地得到了无上的安慰，遂嫣然笑道：

"高先生，你不要这样说，你们不辞辛苦地终日奔波，不怕危险地埋头苦干，那是为了什么？不用说的，这当然是为了国家，为了大众。那么我们的帮助你，换句话说，不也是为了国家和大众吗？况且你令妹是我表哥的朋友，以私情而言，我们也是朋友，朋友原有互助的义务，所以我们还是实心眼儿一些的好。高先生，你说对吗？"

思明听了这话，心中愈加肃然起敬，连声地道：

"对，对，对！姚小姐有这样不平凡的思想，真是我国女界中的英豪，那么我说句自不量力的话，希望往后和姚小姐结交一个朋友的地位，不知你允许我吗？"

其实思明是过分小心，从菊芬说的"我们也是朋友"这一句话猜想，可见她也早有这个意思久了。菊芬见他连说了三个"对"字，倒也不禁为之嫣然失笑，点头道：

"只要高先生不以为我是个唱戏姑娘是低贱的话，那我岂有不喜欢的道理？"

"姚小姐，你这是打哪儿说起？叫我听了太难受了，以姚小姐的思想和人格而言，可谓既伟大又清高，以姚小姐的情义而言，又真可谓说得一句'义薄云天'四个字了。这样罕有的人才，思明能得之为友，颇以为荣。盖思明受姚小姐之大恩，实到死都不能忘却也。"

思明听菊芬这么地说，便正了脸色，滔滔地说着，表示他内心忠诚的意思。菊芬对于他这一份的赞美，芳心中又喜欢又惭愧，扬着眉，微微地一笑，说道：

"高先生，你赞得过分了，我反觉得不好意思。"

说到这里，见小香已把饭菜端上，于是请思明入座吃饭。小香给两人盛上饭之后，她向菊芬告诉，说五爷有些头疼，他不想吃饭，今夜戏馆子里小姐一个人去。菊芬点头答应，遂把筷子向思明一点，当然表示请用的意思。思明做梦也想不到今晚会和一个自己心中日夜感激而又爱慕的姑娘坐在一块儿吃饭，心中这一快乐，真也不是作者一支秃笔所能形容其万一的了。两人吃毕饭，思明还送菊芬到戏院门口，方才握手匆匆地别去。

何惧领了巡逻队虚张声势地沿街搜抄了一会儿，也就自回军部里去。次日，他想起好久不曾和梅馨见面了，也许她在怨恨我了吧？于是他便趁闲匆匆地到兰心别墅里来。门役见他身穿军服，还以为是瞧老爷来的，遂向他很小心地报告道：

"不巧得很，老爷出去了。"

何惧把帽子拿下，向他望了一眼，笑道：

"我已来过两次，你不认识我了吗？"

门役这才"哟"了一声，笑道：

"原来是何少爷，小姐没有出去，你快请里面坐吧！你穿了军服，所以我竟有些不认识了。"

何惧笑了一笑，遂匆匆地走进里面去了。到了梅馨住的屋子里，在走到扶梯上的时候，先遇见了小青。小青"咦"了一声，一面含笑招呼道：

"何少爷，干吗这许多日子不来玩？我们小姐怪记挂的，原来何先生是做了官哩！"

何惧因为梅馨是个有思想的姑娘，强将手下无弱兵，从这一点子猜，可见小青末了那一句话至少是包含了一些讽刺的成分，遂笑道：

176

"小姐在房中吗？"

小青点了点头，向房中一努嘴，便自管地走下楼去了。何惧于是移步跨入房内去，梅馨似乎在房中已经听到了他们谈话的声音，所以她先笑盈盈地迎着了。待她一见到何惧穿了军部里的服装，这就显出无限惊异的神情，猛可走上来，急急地问道：

"惧呀！你真的做了官吗？你变了，你变了，你一定是被秋香红小姐所同化的了。"

何惧听她这么地说，又见她这副怨恨的意态，心中这一感动，直把她爱极欲狂，立刻把她娇躯抱住了，捧着她的粉脸笑道：

"你急什么？我假使要被香红同化的话，何待到她已做将军太太的今日，不是在三年前就可以跟她一块儿走了吗？"

"那么你是什么意思呢？"

梅馨的粉脸这才又浮现了一丝欣慰的笑容，秋波逗了他一瞥又娇羞又喜悦的目光，轻声地问。她并没有拒绝何惧的拥抱，而且她抵起了脚尖，微仰了娇靥，大有等待他来接个甜吻的意思。

"我告诉你，是因为……"

何惧说到这里，把嘴凑到她的耳边，又低低地说了一阵，梅馨惊喜地道：

"真的吗？惧，你不愧是个英雄！"

"但……你也不愧是个英雄……"

何惧听她这么地赞美自己，遂也含笑还赞了她一句。梅馨小嘴儿一掀，秋波在逗给他一个娇嗔之后，不免嫣然地笑了。何惧在她小嘴掀起之时，瞧到她那一排雪白整齐的银齿，真有些令人想入非非，于是他终于大胆低下头去，和梅馨甜甜蜜蜜地吻住了。良久，梅馨才推开他的身子，故作娇嗔之态白了他一眼，回身走到窗前去了。何惧吻着她樱唇，正是无限甜蜜之间，忽然被她这么一来，犹嫌时间之太促，遂含笑步上去，拍了拍她的肩胛，笑道：

"梅馨，你为什么，恨我吗？"

"当然恨你，你干吗一去不复来？你那儿有香红、菊芬那么足以使人留恋呢！"

梅馨并不回过身子来，她的话声是包含了无限怨恨的成分。何惧见她又和我吃醋，可见她处处总是脱不了那孩子的意态，遂笑道：

"你不要冤枉好人了吧，香红倒有这个意思，她说叫我爱你。"

"什么？你和香红已经见过面了吗？她怎么说呢？"

梅馨不听他说下去，这就猛可地回过身子，攀着何惧的手臂，急急地追问。何惧见她脸有喜色，可想她心中是这一份的快乐了，遂笑道：

"香红对我说，因为她已失身于贼，断断地再也不肯以污辱之身来与我结合，希望我爱你并爱我的表妹。又说，假使我既忘不了梅馨，又忘不了菊芬，那么就不妨娶两人为妻。这个话我对菊芬也告诉过了，不知你的心里也喜欢吗？"

梅馨听他这样说，粉脸是红晕得好看，把攀在他臂上的纤手慢慢地放下了，沉吟了一会儿，便一撩眼皮，反问他道：

"既然你问过了菊芬，那么她心里喜欢吗？"

何惧见她的神情，猜测她的芳心，至少有些不以为然的意思，于是把她纤手去握了过来，望着她笑了一笑，说道：

"菊芬并没有表示什么意思，她只有默默地淌泪了。"

"淌泪了？那为什么？"

梅馨在未知底细之前，当然表示无限惊异，她以为菊芬一定是不赞成了。

"因为菊芬对于香红的情义太感动了，在这里其中还有一层曲折的原因，你道是什么？原来香红还是菊芬的救命恩人哩！"

何惧知道她心中引起了误会，遂向她低低地告诉着。

"哦！原来如此，这究竟是怎么一回事呢？你能告诉我吗？"

梅馨方才明白了，遂又急急地问他。何惧于是把香红救菊芬母女俩的事情约略地告诉了一遍，并且又道：

"菊芬当初在未知你也曾救过我性命之前，她因为要报答香红救命之恩，所以决心自动地退步，希望我继续地爱香红。后来知道了还有你这位高小姐，她便不敢出这个主意，不过她决意放弃，因为她说，她和我只不过有爱情，却无救我之恩，故与香红和你相较，自然是差一层了。不过照香红的主意，她决计不愿再爱，希望我爱你们，菊芬因为感动得太厉害的缘故，所以便泣起来了。"

梅馨听了他这一篇话，她的粉脸便显出羞惭之色，叹道：

"想不到菊芬和香红竟有这么伟大，我似乎感到惶恐。论'恩'一字，我不及香红之伟大；论'情'一字，我又不及菊芬之深厚。我若越二人而独嫁你为妻，这叫我良心又如何能安？所以我明白了，救人性命是一件事，相爱又是一件事，两者绝不可合作一处而谈的。"

何惧听她忽儿也这么地说了，觉得香红、菊芬、梅馨这三个姑娘真可谓是血性中人了。他感到幸福，他也感到悲哀，遂望着她愕住了一会儿，忽又笑道：

"照你们三人这么说来，我是一个都没有的了。"

梅馨被他这一句话，倒又引逗得为之嫣然笑了，说道：

"惧，你太勇敢了，你太伟大了，所以有这么许多的姑娘要爱上你……"

说到这里，不免有些赧赧然的样子。

"不，这并不是我的勇敢，也并不是我的伟大。实在是你们三位姑娘太勇敢、太伟大了，假使不是你们的勇敢和伟大，哪儿还有我这么一个人呢？唉！我实在太幸福了。"

何惧摇了摇头，他含了满面的笑容说，但说到后面一句时，因了太幸福，谁知竟也会微微地叹了一口气。梅馨听他这么地说，那是更衬他的不平凡，遂微抬粉脸，瞟了他一眼，说道：

"在这情势之下，我为你设想，实在也太为难了。"

"不过现在我倒有一个主意了，香红既然决意割爱，我也只得罢了。好在爱的范围极广，只要我心中爱她，又何必一定要结成夫妇？至于我娶两个妻子，这于情于理说不通，而且在这个时代，也会被人笑骂的。我想你哥哥一表人才，真也是个时代的好男儿，况且我表妹也救过他的性命，那么你哥哥何不娶她为妻？这么一来，岂非是两全其美吗？"

何惧见她代为自己很忧煎的神情，于是他想起了昨日被救的思明，遂向她低低地说出了这两句话。梅馨听他这么地说，可知他是决意地爱自己了，心里又感激又喜欢，她的眼角旁不禁淌下一滴眼泪来了。何惧惊讶地抱住她的肩胛，问道：

"梅馨，你为什么又伤心了？难道你不喜欢吗？"

"不，不，我因为太喜欢了。"

梅馨连说了两个"不"字，猛可投入他的怀里，也紧紧地向他胸前偎住了。何惧感到她的可怜，又感到她的可爱，抱着她的身子，望着窗外天空中来去飘浮的白云，他摇了摇头，在凄凉的意味中挂了一丝浅浅的微笑。不料正在这个时候，忽然听得一阵皮鞋脚声响进来，两人慌忙离开了身子，梅馨又收束了泪痕，只见一个西服少年匆匆地步入房内，含笑先叫了一声妹妹。谁知突然间又见到了何惧之后，他顿时呆呆地一愕，但不到一分钟的时间，他猛可地奔上来，竟向何惧扑的一声跪倒了，叩头便拜，说道：

"何先生，承蒙你热心相救，真是恩同再造，令人没齿不忘。"

说时，却不爬起来了。梅馨见哥哥这个举动，她真弄得目定口呆，丈二和尚摸不着头脑了。何惧却早已把他扶身搀起，笑道：

"高先生，别客气，昨天你是受惊的了。"

梅馨听何惧又这么地说，一时更加地不明白了，遂忍不住急急地问道：

"哥哥，你快告诉我呀！昨天你们又怎么啦？"

思明于是把被救的经过向妹子告诉了一遍，梅馨这才恍然，暗想：怪不得何惧刚才就提起哥哥的人来了。于是急又说道：

"那么哥哥如何又知道他叫何惧了呢？"

思明道：

"这其中当然还有一个原因的，因为我向前奔了一阵子，无意之中竟逃进姚菊芬小姐家里去了。经姚小姐的猜测所得，知道救我的人必是她的表哥，并告诉我何先生已荣任了副部长之职，这次冒险入军部工作，我想将来定有一番伟大的贡献，所以实在令我敬爱之至。"

何惧、梅馨听他告诉之后，方才也明白了。两人相互地望了一眼，不禁发出了一个会心的微笑。梅馨瞟了思明一眼，说道：

"那么你见了姚小姐之后，不是该向她谢个救命之恩吗？"

思明见妹妹这句话似乎问得含有些作用似的，这就微红了两颊，低低地道：

"这个当然，我既被姚小姐相救于前，又承何先生相救于后，你哥哥的人真可谓是第三世做的了。所以我对于何先生表兄妹俩的大恩，真不知该如何地报答才好哩！"

何惧笑了一笑，摇头说道：

"我们是同志，救你等于救我自己一样，你可以不必说这些报答的话。何况我的性命也是令妹所救的呢！不过我表妹虽然是个唱戏的姑娘，她实在是个有思想、有意志的姑娘。高先生若不见弃的话，我愿意从中给你们做一个月老，撮合你们这一头良缘，不知你心里喜欢吗？"

思明对于何惧这两句话倒是感到了意外的惊喜，因此红了两颊，反而呆呆地说不出话来了。梅馨在旁早已鼓吹着笑道：

"姚小姐这么一个美丽的姑娘，哥哥心中喜欢都来不及，那还会不答应吗？"

思明经妹妹这么一说，方才厚着脸皮向何惧含笑说道：

"既承何先生玉成之美意，当然使小弟感激不尽了，不过投我以桃，我也得报之以李。听姚小姐告诉，妹妹也曾救过何先生的危急，假使何先生不以我妹妹为丑陋的话，我亦当向爸妈陈说，与你们结成此对良缘好吗？"

说到这里，连自己也不免笑出声音来了。梅馨见哥哥当着自己面前向何惧说出这个话来，虽然是万分喜悦，但也感到万分羞涩。女孩儿家总爱假惺惺作态的，所以她"嗯"了一声，走到思明的面前，伸手一扬，做个要打的姿势，但是又不打下去，只把秋波逗给他一个妩媚的白眼，一骨碌转身，含笑逃到梳妆台旁去了。何惧听思明这么地说，觉得思明真也是个可人，推己及人，确实是个血性中人，遂含笑道：

"我正欲和令妹有此之希望，以期报答她相救之恩。今大哥肯负责玉成，那当然亦使我感激万分的了。"

梅馨听何惧这么地说，知道他确实是真心地爱上了我，心里非常安慰，于是她悄悄地退到房外去，预备吩咐小青去烧点心了。这儿何惧同思明谈着公务上去，也是十分投机，真可谓志同道合。也不知经过多少时候，只见梅馨、小青端着一盘蛋炒面来，小青道：

"这是小姐亲自煮的，真是难得的了。"

何惧望了梅馨一眼，梅馨却赧赧然报之以微笑，说道：

"蛋炒面是我的新发明，恐怕外面馆子里是没有的，那么我相信你们一定也没有吃过。快大家尝尝滋味，看究竟好不好？"

随了她这两句话，何惧、思明就走到桌旁坐下，只见面盘子里油水很足，把面条子都余煎得黄松松的，外面包着嫩黄色的鸡蛋。思明笑道：

"这种作料的炒面，我倒真的第一次吃。何大哥，来来，我们尝尝吧！"

于是两人下筷吃了，觉得其味鲜美十分，在蛋里似乎还和着虾仁、干贝，真是别有风味。何惧向梅馨笑道：

"你真是天下第一厨师也，不知是怎么烹调的？能把秘诀告诉我们吗？"

梅馨俏眼瞟了他一瞟，掀着酒窝儿，嫣然一笑，说道：

"其实是很容易的，只要油放得多，把面条子煎得松松的，然后把蛋打碎，中和虾仁、干贝等作料，这是随便什么都行，再放入稍许细盐和调味品，倒入面条子上，过五分钟后，蛋炒面也就成功了。"

思明、何惧听了，都笑起来，因为肚子正饿，所以愈吃愈有味道，把一盘子面吃得精光，还连连地赞不绝口。梅馨很得意，笑道：

"你们爱吃，明天我再做给你们吃。只不过你们明天吃起来的时候，也许不及今天的好吃了。"

说时，秋波逗给何惧一个媚眼，微微地笑。

何惧对于她这两句话，好像感到有些神秘作用似的，遂笑道：

"这也不会的，我以为只要不改变烹调的法子，好吃的味儿是始终不变的。"

梅馨感到他回答的话真是针锋相对，这就感到他的聪敏，于是忍不住又嫣然地笑了。这天直到晚饭吃过，何惧、思明才一同回去的。

第二天下午，何惧又到菊芬家中来，菊芬望着他笑道：

"前天你救过一个人性命的吧？"

何惧也笑道：

"我想这个人一定逃到表妹家中来的。"

菊芬惊讶地笑问道：

"咦！你何以知之？"

何惧道：

"我遇见过他，他赞美妹妹之情义，可谓绝无仅有，心中爱慕得了不得。"

菊芬撇了撇嘴，逗给他一个娇嗔，说道：

"思明可不认识你的，你们在什么地方遇见过？"

何惧道：

"在他的家里，他妹子也说哥哥自从你救他之后，日夜感激，且颇有爱你的意思。谁知前天你们又会无意相聚在一处，这不是老天在玉成你们吗？"

菊芬听了这话，冷笑了一声，说道：

"表哥，你何必说这些话，你无非欲把我支开去罢了。"

说着，似欲盈盈泪下的样子。何惧听了这话，深感其痴，走上去拉了她手，也不免凄然泪下，说道：

"表妹，你不是谅解我的苦衷吗？我也并非不爱你呀！怎奈环境如此，分身乏术，真是徒唤负负了。好在思明的才貌和我相较，实有过之无不及，而且又是我的同志，妹妹若以终身相委，也绝不会有辱你的好模样儿了。何况思明确实爱你甚痴，我为彼此终身着想，觉得真是两全其美的事情，难道妹妹却不喜欢吗？"

菊芬见他也暗暗地垂泪，心中当然也明白表哥并非是不爱我，实在因为事难两全。与其是大家不娶不嫁的话，那么何不两全其美呢？这话自然也不错，遂抬起粉颊，含了泪水，哀怨地望了他一眼，说道：

"表哥，但是你应该明白我，我不是不爱你，我正因为是爱你的缘故，而出此下策的。你应该可怜我的委曲求全，你应该……"

她说到这里，投入他的怀抱，忍不住伤心地哭起来。

"妹妹，我知道，我明白，你真是个千古第一多情人。"

何惧听了这话，心中感动到了极点，因此两人抱住着，大家都哭泣了一场。从此以后，思明和何惧时相过从，何惧又有什么消息，都透露给思明知道，思明再报与上峰知悉。如是过了两月，早已到了帘卷西风、叶落梧桐的深秋天气了。梅馨也和菊芬相识，时常往来，颇为莫逆。思明、菊芬的感情也与日俱增，十分亲热。

这几天秋风吹得很紧，呼呼作响，同时时局也非常紧张，所谓风声鹤唳、草木皆兵了。何惧这日在军部中独自暗思，闻革命军已逼近龙潭最后一道防线了，金将军愁眉不展，日困愁城。日前香红偷偷告我，谓金将军有放弃南京之说，并欲携香红、菊芬至上海一同出洋往海外做寓公之意思，若果然如此，我当及早图之。正在暗自计算，忽然卫兵引一白发老者而入，说欲拜见卫队长，有事相告。何惧睁目一瞧，见那老者形容古怪，却并不认识。方欲喝问，却见那老者伸手在袋中取出一张名片，已递到何惧的面前来了。

第十二回

精神不死儿女英雄竟作古

何惧正在暗暗盘算计划之时，突见卫队引入一个老者，容貌古怪，正欲动问其姓字，那老者却早已递过一张名片来了。何惧接过一见，上写"高思明"三字，旁有两行小字，谓"请退左右，有机密大事相告"。何惧这才恍然，惊喜交集，即起身与彼握手，佯作惊讶之状，说道：

"高老伯，别来无恙乎？不想竟苍老如此耶？"

说着，遂即携之入后室，掩上门，向思明低低笑道：

"思明有何机密大事相告，请道其详。"

思明附他耳朵，低声说道：

"我已得上峰密电，谓龙潭金将军增防五次，计大兵三十余万，如今已全军覆没，势孤力竭。我军于二小时后即可抵达南京。我聆此消息，恐金将军有遁逃之意，故先着同志五十人乔装乡民，埋伏于将军府之四周。你我即可前去除之，不然恐彼已成空中之鸟矣。"

何惧一听，拍手称妙，遂忙说道：

"事不宜迟，迟则生变，我们就此同往。"

正说话时，忽听外面人声鼎沸，何惧急步至外室，早有卫兵报道：

"禀卫队长，大事不好，我军在龙潭一役，已被完全歼灭，竟壮烈牺牲矣。请速报与将军，以便定夺。"

何惧遂安慰他们道：

"外传之消息不确，汝等勿惊，现在将军病已多时，我此刻当即往将军府面议一切，不久当有主意前来吩咐。"

众者唯唯而退，何惧遂和思明急急奔出，乘马到将军府门跳下，一同走了进去，直达金将军之书房。只见金志光站在书桌旁边，手握电话听筒，脸无人色地连声说是。对面站着一人，乃是白副官，金志光身旁尚有二女子，即香红与菊芬是也。何惧、思明本欲举枪击之，恐投鼠忌器，有伤香红与菊芬两人，故不敢冒昧。这时，金将军放下听筒，回头一见何惧，便即大叫道：

"何惧，汝来得正好，我已定计前往上海，汝可护我同往矣。"

何惧一听，冷笑了一声，大骂道：

"好大胆的无仁无义之贼，汝死在临头，尚敢欲妄想往海外做寓公耶？"

说时，早已拔所备之指挥刀，向前直劈金志光。金志光见此情景，大吃一惊，忙道：

"何惧见我势孤竟欲谋反耶？吾待汝不薄，敢有负于我，不义极矣！"

说罢，遂把身子向左而退避，急取书架上之指挥刀，力敌何惧。白得标见何惧变心，遂愤然拔腰间所备之枪，向何惧欲射之。冷不防思明抢步上前，飞起一脚，大喝道：

"走狗，休得暗计伤人！"

说时迟，那时快，思明脚尖早已踢中他的手腕。白得标手一阵麻木，手枪早已落下地去。思明乘势一拳，击倒白得标于书桌之上，白得标奋勇跃起，力扑思明，于是两人就在室中大打起来。这时，香红和菊芬相偎躲在一处，吓得芳容失色，不知如何是好，身子几乎瑟瑟地乱抖起来。只见何惧和金将军两刀相碰，乒乓有声，形势极为紧张。而白得标与一老者互抱力斗，又是非常险恶，见他们终于倒在地上，滚来滚去，打得厉害十分。谁知就在这个当儿，白得标一拳击中那老者的头上，经此一击，那老者头上的白发竟掉了下来。菊芬瞥见之下，不禁"哟"了一声，叫道：

"是思明吗？"

思明却没有作答，奋力翻身，把白得标又压到地上去。菊芬自知思明之后，芳心跳跃愈烈，不知怎么的，白得标胜则忧煎若割，白得标败则芳心一宽。正在这时，忽听室外脚步声甚乱，菊芬遥见有卫队四名，握枪奔来，一时花容失色，心胆俱碎，暗自叹道：

"惧、明危矣！"

但忽然眸珠一转，立刻计上心头，也不知打哪儿来的一股子勇气，立刻步到室外，站在门口，挡住四名卫兵，作色言道：

"将军有命，外人一概不能入室。"

四名卫兵听了菊芬的话，不免站住了愕了一愕，但一会儿后，忽然向前又奔，说道：

"室中有刀剑相击之声，将军在做何事？吾等自居卫队之职，岂能不侍奉其左右？将军有责，吾等自当之便了。"

菊芬手无寸铁，以一娇弱之女子，安能挡四名如狼似虎之武夫？正在束手无策之间，见香红也急奔而出，娇斥道：

"汝等欲谋反耶？将军没有召汝等入内，岂可大胆私入？若有不听令者，当斩之。"

香红说时，柳眉倒竖，杏眼圆睁，满面娇容，其势颇为威人。卫兵们一见了将军太太也这么说，于是又停步下来，面面相觑，不知所云。只听室中刀剑相击之声愈烈，且其中还掺和掼掷什物之隆然响声，于是齐声问道：

"请问将军在内所做何事？"

"将军因战事不利，心甚烦恼，故与白副官击剑为戏耳！"

香红听问，情急智生，遂絮絮地说出了这两句话。四名卫兵听了，将信将疑，复侧耳静听了一会儿。那时香红与菊芬的芳心跳跃，真可谓是小鹿般地乱撞着。虽然站在地上，仿佛是踏棉花堆中，两脚发软，不寒而栗，几乎欲跌地地上矣。这时，四名卫兵中有一人大声道：

"我等食君之禄，当忠君之事。岂能听信一妇人之言而误国家大事耶？我知室中必有变耳，可冒死进内一观，以知虚实。"

说毕，举枪一扬，领三人而进。菊芬见事已急，遂挺身而前，奋勇阻挡之，厉声喝道：

"违将军命者，乃不忠之逆贼也，谁敢前进？"

为首一名卫兵冷笑一声，亦大喝道：

"汝是何人，敢出此妄言？吾将军为汝一女子，已失大好之邦业，汝实乃吾们之罪魁也。吾先杀之，以泄心头之愤。"

言未毕，伸手一扬，只听砰然一声，菊芬应声而倒矣。香红见状，心碎肠断，但却又愤怒交进，复抢步上前而拦之，娇斥道：

"姚小姐乃将军之宠人也，汝敢杀彼，真不怕死耳！"

正在千钧一发之间，突然院子外又奔入无数之乡民，各执盒子炮，大声喝道：

"我军已抵城矣！不降者杀之不赦！"

原来，这无数乡民者，就是思明携来之五十名埋伏者也。四名卫兵听革命军已抵城，遂回身向后，齐声大叫道：

"今城已破，我等岂能忍辱而降耶？当与城共亡，以尽其职。"

说罢，举枪向前猛击。五十名同志见彼等还击，遂一齐发枪。香红躲之不及，遂和四名卫兵同躺倒于血泊之中了。这时，五十名同志飞奔入室，只见金将军已被何惧一剑刺中咽喉，倒在地上，血流如注，气绝而死矣。但何惧手按胸部，倒坐于残椅之旁，满手全染鲜血。又见思明身骑白副官，手扼其喉，见五十名同志入，遂大呼："速来助我！"其中一名同志手起一枪，巧中白得标之脑袋，只见脑浆直进，一代之阴险小人，也早已一命呜呼矣。何惧这时人已受伤甚重，但犹脸不改色地奋身而起，大叫道：

"恶魁已诛，吾军可进城否？"

189

众人齐声答道：

"已进城多时矣！"

何惧听了，仰天大笑，说道：

"我志已酬，尚何求焉！"

说毕，口吐鲜血，身子摇摇欲倒。思明急上前扶之，见他满身是血，惨不忍睹，遂含泪泣道：

"大哥勿忧，吾当送往医院急救之。"

何惧道：

"伤已惨重，不能救矣。请老弟呼香红、菊芬来见最后一面，以作纪念。"

思明流泪满颊，扶何惧躺倒于红木炕榻之上，回头大呼菊芬速来，但呼之不应。五十同志中有人答道：

"菊芬者莫非门口躺卧于血泊中之女子乎？"

何惧闻之，不禁痛苦全失，奋勇又起，急奔室外视之，只见门口果然躺着菊芬、香红和四名卫兵，血水遍地而流。这时，思明亦出，见菊芬已气绝多时，一时心痛若割，不禁相抱而泣。何惧见香红尚奄奄一息，遂挥泪笑道：

"你们死得其所，谓不死亦无不可矣！"

香红见何惧血水染遍满身，遂掩面而泣，说道：

"君等知菊芬惨死之原因乎？若非菊芬奋勇阻挡卫兵，恐你两人皆被彼等所杀久矣。今吾等虽死，心亦慰矣！"

言讫，一缕芳魂亦已香消玉殒了。何惧、思明闻言，方始恍然，不禁抚尸痛哭。思明见何惧倒卧于地，不能动弹，以为彼亦哭死，遂即前来扶起，叫道：

"大哥，你且息哀，里面稍躺一会儿才是。"

正言间，忽听马蹄声嗒嗒而来，何惧抬头急视之，见一老将军身带诸军官昂然而入，乃何惧之师孙伏波将军也。遂急奔上前，投其怀而泣，说道：

"能见老师最后一面，吾心慰矣！"

伏波将军垂泪感泣，抱之入室，令其躺卧于榻，说道：

"汝一生奔波于沙场之上，出入于枪林弹雨之中，今大事告成，而不幸先我而逝。言之安令我好不痛心！"

说毕，挥泪如雨。思明等众人闻之均泣，伏波将军继续又道：

"然成仁殉国，虽死犹存。汝之精神自当与日月共留天地间耳！"

何惧听了，脸含笑容，点头称谢，说道：

"吾师言之甚善，在吾今生之生命中，凡已入死境者不下五六次，均能死里逃生，皆赖吾师之洪福也。今虽死而大事已成，吾死亦慰矣！"

说时，又以目视思明，思明知其意，遂趋前含泪问之道：

"大哥尚有何言对弟吩咐乎？"

"我死无挂念，唯所恨者，不能与令妹诀别耳。然请弟转告以妹，嘱彼勿以为我死而灰其心，盖彼乃一年轻有思想之姑娘，前途之幸福自多……吾不能一一详细嘱咐，请弟再三力劝令妹，毋以我为念也。如是，则幸甚感甚矣！"

何惧言至此，流泪如雨，其眼欲合，忽又说道：

"门口躺倒其另一女子者，乃秋香红也。此女虽被逼嫁于金贼，然亦吾之恩人也。请弟以友人之地位葬之，以成其志，使彼在九泉之下安慰殊甚，感弟之大德，当亦永永无穷矣！"

思明泣拜允之。时室中鸦雀不闻，寂寂无声。何惧环视诸人侍立其榻旁做垂泪之状，不禁欣慰而笑，忽又闻外面鼓乐喧天，十分热闹。何惧于斯时之间，一缕热血之忠魂遂也脱离这个世界了。

这是一个秋云不雨的黄昏里，思明、梅馨兄妹俩衣袖上各缠素带，快步地从追悼会里走出回家。视天茫茫，愁云密布，落叶萧萧，凄风婆娑。两人的脑海中浮映起过去的欢乐，两全其美甜蜜的好姻缘，谁料到风流云散，今日之结局，竟若是之悲惨耶！思明仰天长叹，梅馨垂首流泪。但这时，他们的眼前又显现了追悼会里无数的挽句"精神不死!""热血忠魂!""为国成仁!"……在他们脑海里一幕幕地搬演。两人相互地望了一眼,不禁破涕笑了。这时,西风更紧,黄叶纷飞,天地为愁,草木凄悲,似乎天公亦在凭吊这白门中多少英雄之忠魂哩!

附　　录

从鸳鸯蝴蝶派谈到冯玉奇小说

裴效维

《民国通俗小说典藏文库·冯玉奇卷》将收录冯玉奇的百余种小说作品，此举极其不易。现在，我愿以这篇文章给出版者呐喊助威。尽管我人微言轻，但我毕竟是一个中国文学的研究者，为鸳鸯蝴蝶派说些公道话是我的责任。

冯玉奇是一位鸳鸯蝴蝶派作家，因此我们要想了解冯玉奇，必须首先厘清有关鸳鸯蝴蝶派的一些问题。

一、何谓鸳鸯蝴蝶派

鸳鸯蝴蝶派作家平襟亚在《关于鸳鸯蝴蝶派》（署名宁远）一文中对鸳鸯蝴蝶派的来历说得很清楚：

> 鸳鸯蝴蝶派的名称是由群众起出来的，因为那些作品中常写爱情故事，离不开"卅六鸳鸯同命鸟，一双蝴蝶可怜虫"的范围，因而公赠了这个佳名。
>
> ——载香港《大公报》1960 年 7 月 20 日

可见鸳鸯蝴蝶派并不是一个有组织有宗旨的小说流派，而是因

195

为当时流行的言情小说多写一对对恋人或夫妻如同鸳鸯蝴蝶般相亲相爱，形影不离，因而民间用鸳鸯蝴蝶小说来比喻这种言情小说，那么这种言情小说的作家群当然也就是鸳鸯蝴蝶派了。这种说法应该是可信的，因为民间常用鸳鸯和蝴蝶来比喻恋人或夫妻，很多民间文学作品中不乏其例。这一比喻非常形象生动，但并无褒贬之意，因此不胫而走。

传到新文学家那里，便加以利用，并赋予贬义，作为贬低对手的武器。但新文学家对鸳鸯蝴蝶派的界定并不一致，大致有两种看法。

一种看法认同民间的比喻说法，即将鸳鸯蝴蝶派小说局限为通俗小说中的言情小说，将鸳鸯蝴蝶派局限为言情小说作家群。鲁迅是这种看法的代表，他在 1922 年所写的《所谓"国学"》一文中说："洋场上的文豪又作了几篇鸳鸯蝴蝶派体小说出版"，其内容无非是"'卿卿我我''蝴蝶鸳鸯'"（载《晨报副刊》1922 年 10 月 4 日）。又于 1931 年 8 月 12 日在社会科学研究会做了《上海文艺之一瞥》的长篇演讲，其中对鸳鸯蝴蝶派小说更做了形象而精辟的概括：

这时新的才子＋佳人小说便又流行起来，但佳人已是良家女子了，和才子相悦相恋，分拆不开，柳阴花下，像一对蝴蝶、一双鸳鸯一样。

——连载于《文艺新闻》第 20、21 期

此外，周作人、钱玄同也持这种看法。周作人于 1918 年 4 月 19 日在北京大学文科研究所小说研究会做《日本近三十年小说之发达》的演讲中，就说现代中国小说"还有《玉梨魂》派的鸳鸯蝴蝶体"（载《新青年》第 5 卷第 1 号）。次年 2 月，周作人又发表《中国小说里的男女问题》（署名仲密）一文，认为"近时流行的《玉梨

魂》，虽文章很是肉麻，（却）为鸳鸯蝴蝶派小说的鼻祖"（载《每周评论》第5卷第7号）。与周作人差不多同时，钱玄同在1919年1月9日所写的《"黑幕"书》一文中也说："人人皆知'黑幕'书为一种不正当之书籍，其实与'黑幕'同类之书籍正复不少，如《艳情尺牍》《香闺韵语》及'鸳鸯蝴蝶派小说'等等皆是。"（载《新青年》第6卷第1号）这种看法后来被人称之为"狭义的鸳鸯蝴蝶派"看法。

另一种看法却将鸳鸯蝴蝶派无限扩大，认为民国年间新文学派之外的所有通俗小说作家都是鸳鸯蝴蝶派，他们的所有通俗小说都是鸳鸯蝴蝶派小说。这种看法的代表人物是瞿秋白和茅盾。瞿秋白从小说的内容方面来扩大鸳鸯蝴蝶派小说的范围，他在《财神还是反财神》一文中说，"什么武侠，什么神怪，什么侦探，什么言情，什么历史，什么家庭"小说，都是鸳鸯蝴蝶派小说（见人民文学出版社1953年10月版《瞿秋白文集》）。茅盾则从小说的形式方面来扩大鸳鸯蝴蝶派小说的范围，他在《自然主义与中国现代小说》一文中认定鸳鸯蝴蝶派小说包括"旧式章回体的长篇小说""不分章回的旧式小说""中西合璧的旧式小说""文言白话都有"的短篇小说（载1922年7月《小说月报》第13卷第7号）。这种看法后来被人称之为"广义的鸳鸯蝴蝶派"看法，而且逐渐成为主流看法，以致后来的文学研究者都接受了这种看法。

新文学家不仅在鸳鸯蝴蝶派的界定问题上分成了两派，而且在鸳鸯蝴蝶派的名称上也花样百出。如罗家伦因为徐枕亚等人好用四六句的文言写小说，便称其为"滥调四六派"（见署名志希的《今日中国之小说界》，载1919年《新潮》第1卷第1号），但无人响应。郑振铎因为《礼拜六》杂志为鸳鸯蝴蝶派的主要刊物之一，便称其为"礼拜六派"（见署名西谛的《新文学观的建设》一文，载1922年5月21日《文学旬刊》第38号）。这一说法得到了周作人、茅盾、瞿秋白、朱自清、阿英、冯至、楼适夷等人的响应，纷纷采用，以致使用频率越来越高，知名度越来越大，终于成为鸳鸯蝴蝶派的别称了。于是"鸳鸯蝴蝶派"和"礼拜六派"两个名称便被新文学家所滥用。如郑振铎在《新文学观的建设》一文中称"礼拜六派"，而在《〈文学论争集〉导言》一文中却称"鸳鸯蝴蝶派"（见上海良友图书公司1935年10月出版的《新文学大系·文学论争集》卷首）。还有人在同一篇文章里既称鸳鸯蝴蝶派，又称礼拜六派。如阿英在1932年所写的《上海事变与鸳鸯蝴蝶派文艺》一文中说：张恨水的所谓"国难小说"，与"礼拜六派的作品一样，是鸳鸯蝴蝶派的一体"，"充分地说明了鸳鸯蝴蝶派的作家的本色而已"（见上海合众书店1933年6月出版的《现代中国文学论》）。

茅盾在20世纪70年代觉得统称鸳鸯蝴蝶派或礼拜六派都不合适，于是提出了一个折中的看法，他在《紧张而复杂的生活、学习与斗争（上）——回忆录（四）》中说：

> 我以为在"五四"以前，"鸳鸯蝴蝶派"这名称对这一派人是适用的。……但在"五四"以后，这一派中有不少人也来"赶潮流"了，他们不再老是某生某女，而居然写家庭冲突，甚至写劳动人民的悲惨生活了，因此，如果用他们那一派最老的刊物《礼拜六》来称呼他们，较为合式。

——载1979年8月《新文学史料》第4辑

事实是该派在"五四"前后没有根本变化，都是既写言情小说，又写其他小说，将其人为地腰斩为两段，既显得武断，又无法掩盖当时的混乱看法。

这些混乱的看法导致后来的文学研究者无所适从：或沿用"鸳鸯蝴蝶派"的说法（如北大本《中国文学史》和《中国小说史稿》、

复旦本《中国文学史》和《中国近代文学史稿》等）；或沿用"礼拜六派"的说法（如山东师院本《中国现代文学史》等）；或干脆别出心裁地称之为"鸳鸯蝴蝶—礼拜六派"（见汤哲声《鸳鸯蝴蝶—礼拜六小说观念的价值取向及其评价》，载《苏州大学学报》1992年第2期）。这可真算是中国小说史上的一出有趣的滑稽戏了。

二、如何评价鸳鸯蝴蝶派

鸳鸯蝴蝶派的开山作品是1900年陈蝶仙的言情小说《泪珠缘》，因此鸳鸯蝴蝶派应该是指言情小说派，这也就是后来的所谓"狭义的鸳鸯蝴蝶派"，但被新文学家扩大为"广义的鸳鸯蝴蝶派"，实际上也就是民国通俗小说派。

鸳鸯蝴蝶派与同时期的"南社"不同，既没有组织，也没有纲领，而是一个在思想倾向和艺术风格上大体相同或相近的小说流派，连"鸳鸯蝴蝶派"这一招牌也是别人强加给它的。然而客观地说，鸳鸯蝴蝶派确实是一个产生过巨大影响的小说流派。在"五四"以前的近二十年间，它几乎独占了中国文坛；在"五四"以后的三十年间，虽然产生了新文学，但新文学只是表面上风光，而鸳鸯蝴蝶派却一派兴旺发达景象。我对"广义的鸳鸯蝴蝶派"做过不完全的统计：该派作家达数百人，较著名者有一百余人，所办刊物、小报和大报副刊仅在上海就有三百四十种，所著中长篇小说两千多种，至于短篇小说、笔记等更难以计数。在此前的中国文学史上，还没有哪个文学流派有过如此宏大的规模，产生过如此巨大的影响。

鸳鸯蝴蝶派由于规模宏大，又处在历史的一个巨变时期，其成员的确鱼龙混杂，其作品也良莠不齐，但总体来说，它形象地记录了中国二十世纪前五十年的历史，为中国读者提供了丰富的精神食粮，对中国小说的传承起过积极作用，因此应该给予充分的肯定。

鸳鸯蝴蝶派小说已经不是中国传统通俗小说的复制，而是一种改良的通俗小说。在形式方面，它既采用章回体，也采用非章回体，甚至采用了西洋小说的日记体、书信体等，至于侦探小说则更是完全模仿自西洋小说。在艺术手法方面，受西洋小说的影响非常明显，如增加了人物形象和景物描写，结构与叙事方式也趋于多样化，单线和复线结构并用，第三人称和第一人称叙述法兼施，还采用了倒叙法和补叙法。在内容方面，鸳鸯蝴蝶派小说已经扩大了描写范围，反映了当时社会生活的各个方面，甚至已经紧跟时事，及时反映当前的社会现实，被称为"时事小说"。如李涵秋的《广陵潮》描写辛亥革命，而他的《战地莺花录》则描写五四运动，这种及时反映当时发生的重大政治事件的小说，与多写历史故事的古代小说完全不同，显然是一大进步。鸳鸯蝴蝶派的言情小说，也不同于古代的才子佳人小说，而是一种新才子佳人小说。古代的才子佳人小说因面对森严的封建礼教，只能写才子与佳人偶尔一见钟情，以眉目传情或诗书传情的方式进行交流，最后皆是有情人终成眷属的大团圆结局。而这种大团圆结局完全是人为的：或出于巧合，或由于才子金榜题名，皇帝御赐完婚，这就完全回避了封建包办婚姻的问题。而民国年间的封建礼教已经在一定程度上松绑，尤其像上海、北京等大城市得风气之先，恋爱自由和婚姻自主思想已经渐入人心。因此有些鸳鸯蝴蝶派的言情小说也突破了古代才子佳人小说的窠臼，才子佳人已经敢于"相悦相恋，分拆不开，柳阴花下，像一对蝴蝶、一双鸳鸯一样"。其结局也不再全是有情人终成眷属的大团圆，而是"有时因为严亲，或者因为薄命，也竟至于偶见悲剧的结局……这实在不能不说是一个大进步"（鲁迅《上海文艺之一瞥》，连载于 1931年 7 月 27 日、8 月 3 日《文艺新闻》第 20、21 期）。言情小说由大团圆结局到悲剧结局的确是一个大进步，因为前者是回避封建包办婚姻礼制，而后者是控诉封建包办婚姻礼制。而这一进步的开创者是曹雪芹和高鹗，他们在《红楼梦》里所写的婚姻差不多都是悲剧。因此胡适称赞《红楼梦》不仅把一个个人物"都写作悲剧的下场"，而且最后"作一个大悲剧的结束，打破了中国小说的团圆迷信"（《〈红楼梦〉考证》，见1923年亚东图书馆版《胡适文存》）。可见鸳鸯蝴蝶派的言情小说在一定程度上继承了《红楼梦》开创的爱情婚姻悲剧模式，因而具有相当的反封建意义。我们可以徐枕亚的《玉梨魂》为例加以说明，因为该小说被新文学家指为鸳鸯蝴蝶派的代表性作品。

《玉梨魂》的故事很简单——清末宣统年间，小学教员何梦霞与年轻寡妇白梨影相爱，但两人均认为他们的这种行为是不道德的。为了得到感情的解脱，白梨影想出个"移花接木"的办法，即撮合何梦霞与自己的小姑崔筠倩订了婚。然而何梦霞既不能移情于崔筠倩，白梨影也无法忘情于何梦霞，结果造成了一连串的悲剧——白梨影在爱情与道德的激烈冲突下郁郁而死；崔筠倩因得不到何梦霞之爱而离开了人世；白梨影的公公因感伤女儿、儿媳之死而一病身亡；白梨影的十岁儿子鹏郎成了孤儿。何梦霞为排遣苦闷，先赴日本留学，继又回国参加了辛亥武昌起义（即辛亥革命），壮烈牺牲。

《玉梨魂》不仅描写了一个爱情婚姻悲剧，而且不同于一般的爱情婚姻悲剧。一般的爱情婚姻悲剧都是由封建势力造成的，即由包办婚姻造成的；而《玉梨魂》所写的爱情婚姻悲剧，其原因却是何梦霞和白梨影自身的封建道德。他们既渴望获得恋爱自由和婚姻自主的权利，又不能摆脱封建道德和封建礼教的束缚，两者激烈冲突，造成三死一孤的惨剧。从而揭露了封建道德和封建礼教的影响力是多么巨大，它已深入人们的骨髓，使其不能自拔。因此，它的反封建意义比一般的爱情婚姻悲剧更为深刻。

其实，新文学阵营也不是铁板一块，虽然大多数新文学家对鸳鸯蝴蝶派全盘否定，但也有少数新文学家态度比较客观，他们对鸳鸯蝴蝶派也给予一定的肯定。鲁迅是其中最突出的一位，他不仅认为某些鸳鸯蝴蝶派的悲剧言情小说是"一大进步"，而且不同意某些新文学家对鸳鸯蝴蝶派消极影响的夸大其词。他说：

至于说他流毒中国的青年，那似乎是过虑。倘有人能为这类小说所害，则即使没有这类东西也还是废物，无从挽救的。与社会，尤其不相干，气类相同的鼓词和唱本，国内非常多，品格也相像，所以这些作品也再不能"火上添油"，使中国人堕落得更厉害了。

——《关于〈小说世界〉》，载《晨报副刊》

1923 年 1 月 15 日

这种客观的观点与前述周作人无限夸大鸳鸯蝴蝶派作品能使国民生活陷入"完全动物的状态"乃至"非动物的状态"的观点形成了鲜明对比。当抗日战争爆发后，鲁迅更提倡文学界的抗日统一战线，主张团结鸳鸯蝴蝶派一起抗日。他说：

我以为文艺家在抗日问题上的联合是无条件的，只要他不是汉奸，愿意或赞成抗日，则不论叫哥哥妹妹，之乎者也，或鸳鸯蝴蝶都无妨。但在文学问题上我们仍可以互相批判。

——《答徐懋庸并关于抗日统一战线问题》，

载《作家》月刊第 1 卷第 5 期

鲁迅不仅提倡团结鸳鸯蝴蝶派一起抗日，而且主张新文学派与鸳鸯蝴蝶派在文学问题上"互相批判"，这种平等对待鸳鸯蝴蝶派的度量，也与那些视鸳鸯蝴蝶派如寇仇，必欲置诸死地而后快的新文学家形成了鲜明对比。

对鸳鸯蝴蝶派给予肯定的不只鲁迅，还有朱自清和茅盾。朱自清认为供人娱乐是中国传统小说的特点，因此不赞成将"消遣"作为罪状来批判鸳鸯蝴蝶派小说。他说：

> 在中国文学的传统里，小说……更是小道中的小道，就因为是消遣的，不严肃。不严肃也就是不正经，小说通常称为"闲书"，不是正经书。……鸳鸯蝴蝶派的小说意在供人们茶余酒后的消遣，倒是中国小说的正宗。

> ——《论严肃》，载《中国作家》创刊号

茅盾也承认鸳鸯蝴蝶派小说也"写家庭冲突，甚至写劳动人民的悲惨生活"。他还从艺术性方面对鸳鸯蝴蝶派小说给予一定肯定。他认为鸳鸯蝴蝶派的有些长篇小说"采用西洋小说的布局法"，如倒叙法、补叙法，以及人物出场免去套语、故事叙述"戛然收住"等等，这一切是对"旧章回体小说布局法的革命"。还认为鸳鸯蝴蝶派的有些短篇小说学习了西洋短篇小说"截取一段人生来描写，而人生的全体因之以见"的方法："叙述一段人事，可以无头无尾；出场一个人物，可以不细叙家世；书中人物可以只有一人；书中情节可以简至只是一段回忆。……能够学到这一层的，比起一头死钻在旧章回体小说的圈子里的人，自然要高出几倍。"（《自然主义与中国现代小说》，载1922年7月10日《小说月报》第13卷第7号）

鲁迅、朱自清、茅盾毕竟属于新文学派，因此他们对鸳鸯蝴蝶派的肯定是有限的。我们应该摆脱成见与束缚，从中国文学史的角度，对鸳鸯蝴蝶派做出客观公正的评价。

三、如何看待冯玉奇的小说

我们澄清了以上有关鸳鸯蝴蝶派的三个问题，等于为介绍冯玉

奇的小说提供了一个坐标，也等于为读者提供了一把参照标尺。读者用这把标尺，就可自行评判冯玉奇的小说了。

冯玉奇于1918年左右生于浙江慈溪，笔名左明生、海上先觉楼、先觉楼，曾署名慈水冯玉奇、四明冯玉奇、海上冯玉奇。据说他毕业于浙江大学（一说复旦大学）。1937年九一八事变后寄居上海，感山河破碎，国事蜩螗，开始写作小说以抒怀。其处女作为《解语花》，由上海春明书店出版。出版后旋即由东方书场改编为同名话剧，演出后轰动一时。那时他才十九岁。由此一发而不可收，至1949年7月《花落谁家》出版，在短短十来年时间里，他创作的小说竟达一百九十多种，平均每年近二十种，总篇幅应该不少于三千万字，只能用"神速"来形容。这时他只有三十一岁。近现代文学史料专家魏绍昌先生（已去世）所编《鸳鸯蝴蝶派研究资料（史料部分）》（上海文艺出版社1962年10月出版）开列的《冯玉奇作品》目录只有一百七十二种，也有遗珠之憾。不过我们从这一目录中仍可确定冯玉奇是一位以写言情小说为主的通俗小说作家，因为在一百七十二种小说中，言情小说占有一百二十二种，其他小说只有五十种：社会小说三十四种、武侠小说十四种、侦探小说两种。

冯玉奇不仅是一位写作神速且极为多产的通俗小说作家，还是一位热心的剧作家和剧务工作者。早在他二十六岁（1944年）时，就担任了越剧名伶袁雪芬的雪声剧团的剧务，并为之创作了《雁南归》《红粉金戈》《太平天国》《有情人》《孝女复仇》五大剧本，演出效果全都甚佳。在他二十七到二十八岁（1945～1946）时，又与他人合作，前后为全香剧团和天红剧团编导了《小妹妹》《遗产恨》《飘零泪》《义薄云天》《流亡曲》等二十多个剧本，演出效果同样甚佳。可见冯玉奇至少写过十几个剧本。

冯玉奇一生所写的小说和剧本总计不下两百五十种，总篇幅可能达到四千万字以上，是名副其实的"著作等身"，是当之无愧的中国最多产的作家，号称多产的同派小说家张恨水也难望其项背。当时的文学作品已是一种特殊商品，冯玉奇的小说如此畅销，其剧本演出又如此轰动，这足可以证明其受人欢迎，这就是读者和观众对冯玉奇的评价，它比专家的评价更为准确，也更为重要。遗憾的是，我们无法看到他的剧作和三十岁以后的作品，也不知其晚景如何，卒于何年。

从冯玉奇的生活年代和创作时段来看，他显然是鸳鸯蝴蝶派的后起之秀，所以尽管他作品如此之多，影响如此之大，而同派的老前辈却很少提到他，这也是"文人相轻"的表现之一。

按说要介绍冯玉奇的小说，应该将其全部小说阅读一遍，但我没有这么多时间，也没有这么大精力，因而只向中国文史出版社借阅了《舞宫春艳》《小红楼》《百合花开》三种，全都是言情小说。因此我只能以这三种言情小说为例加以介绍，这可能会犯以偏概全的错误，因此只能供读者参考。

《舞宫春艳》写了两个纠缠在一起的爱情婚姻悲剧故事：苏州富家子秦可玉自幼与邻居豆腐坊之女李慧娟相恋，由于门第悬殊，秦可玉被其父禁锢，二人难圆成婚之梦。不幸李慧娟生下了一个私生女鹃儿，只好遗弃，自己则郁郁而死。鹃儿被无赖李三子收养，长大后卖到上海做伴舞女郎，改名卷耳。中学生唐小棣先是爱上了姑夫秦可玉家的婢女叶小红，不料叶小红失踪，于是移情于卷耳，但无钱为卷耳赎身，两人感到婚姻无望，于是双双吞鸦片自尽。

《小红楼》的故事紧接《舞宫春艳》：曾经被唐小棣爱过的叶小红的失踪，原来也是被无赖李三子拐卖为伴舞女郎，小棣、卷耳自杀后，小红才被救了回来，并被秦可玉认为义女。经苏雨田介绍，与辛石秋相识相恋而订婚。同时石秋的姨表妹巢爱吾也爱石秋，但石秋既与小红订婚在先，便毅然与小红结婚。爱吾为了摆脱难堪的地位，离家出走，下落不明。石秋奉父命赴北平探望二哥雁秋，在火车站被人诬陷私带军火，被军人押到司令部。可巧爱吾此时已成为张司令的干女儿兼秘书，便设法救了石秋一命。但张司令强迫石秋与爱吾结婚，二人既不敢违命，又固守道德，便以假夫妻应付。后来石秋回到家里，终于与小红团聚。

《百合花开》写了两个紧密相关的爱情婚姻故事：二十岁的寡妇花如兰同时被四十二岁的教育家盖季常和十八岁的革命青年盖雨龙叔侄俩所爱，而盖季常的十六岁侄女盖云仙又同时被三十六岁的银行家杨如仁和十九岁的革命青年杨梦花父子俩所爱。经过许多曲折后，终于两位长辈让步，盖雨龙与花如兰、杨梦花与盖云仙同场结婚。

由以上简单介绍可知，冯玉奇的这三种小说共写了五个爱情婚姻故事，其中两个是悲剧结局，三个是有情人终成眷属。这正如鲁迅所说："有时因为严亲，或者因为薄命，也竟至于偶见悲剧的结局……这实在不能不说是一个大进步。"其次，这三种小说的五个爱情婚姻故事，倒有四个是三角爱情婚姻故事，但它们的情况并不雷同。唐小棣、叶小红、卷耳的三角恋是一男爱二女，辛石秋、叶小红、巢爱吾的三角恋是两女爱一男，而盖季常、盖雨龙、花如兰和杨如仁、杨梦花、盖云仙的三角恋更为异想天开，竟然都是两辈嫡亲男人（叔侄、父子）同爱一个女子。可见冯玉奇极有编故事的才能，从而使作品更具吸引力和娱乐性。又次，这三种言情小说的描写极为干净，没有任何色情描写。除了秦可玉与李慧娟有私生女外，其他人都非礼勿言，非礼勿行。如辛石秋与叶小红因婚礼当天石秋之母去世，为了守孝，新婚夫妻在百日之内没有圆房。而辛石秋与姨表妹巢爱吾为了对得起叶小红，虽被张司令强迫成亲，却只做了几天假夫妻。

从表现形式和艺术手法来看，我觉得冯玉奇的小说与当时新文学的新小说都受了西洋小说的影响，基本相同。譬如：两者都突破了传统小说书名的套路，不拘一格，尤其采用了一字书名和二字书名，如冯玉奇有《罪》《孽》《恨》《血》和《歧途》《逃婚》《情奔》等；而巴金有《家》《春》《秋》，茅盾有《幻灭》《动摇》《追求》。两者的对话方式也突破了传统小说的套路，灵活自如：对话既可置于说话者之后，也可置于说话者之前，还可将说话者夹在两句或两段话之间。至于小说的结构法、叙述法与描写法，更是差不多的。譬如人物描写不再是"沉鱼落雁""闭月羞花""倾国倾城"之类的千人一面，景物描写也不再是"落红满地""绿柳成荫""玉兔东升"之类的千篇一律，而加以具体描绘。这里随便举一个例子：

> 小红坐在窗旁，手托香腮，望着窗外院子里放有一缸残荷，风吹枯叶，瑟瑟作响。墙角旁几株梧桐，巍然而立。下面花坞上满种着秋海棠，正在发花，绿叶红筋，临风生姿，可惜艳而无香，但点缀秋色，也颇令人爱而忘倦。

这是《小红楼》对莲花庵一角的景物描绘，虽然算不上十分精彩，但作者通过小红的眼睛描绘了院中的三样东西——风吹作响的"枯荷"、巍然挺立的"梧桐"、正在开花的"海棠"，从而衬托出莲花庵幽静的环境，曲折地表明了时在秋季。频繁使用巧合手法是冯玉奇小说的显著特点，可以说把所谓"无巧不成书"用到了极致。巧合手法有助于编织故事，缩短篇幅，增加作品的吸引力等，但使用过多则时有破绽，有损于作品的真实性。冯玉奇的某些小说也采用了章回体，但只是标题用"第×回"和对偶句，"却说""且听下回分解"之类的套语已不再经常出现，因此并非章回体的完全照搬。况且章回体并非劣等小说的标志，它在我国小说史上发挥过巨大作用，产生过杰出的四大古典小说。因此用章回体来贬低冯玉奇的小说，也是毫无道理的。

冯玉奇的小说也有明显的缺点。它们与其他鸳鸯蝴蝶派小说一样，主要注重小说的娱乐性，而忽视小说的社会性和艺术性，因此没有产生杰出的作品。他是南方人而小说采用北方话，加之写作速度太快，无暇深思熟虑，导致语言不够流畅，用词不够准确，还有许多错别字和语病。还有使用"巧合"法太多，有时破绽明显，这里不再举例。

总而言之，冯玉奇既不是"黄色"和"反动"小说家，也不是杰出小说家，而是一位勤奋多产、有益无害的通俗小说家，他应在中国小说史尤其是中国现代小说中占有一席之地。

2017 年 6 月 4 日于北京蜗居

图书在版编目（CIP）数据

白门秋／冯玉奇著. — 北京：中国文史出版社，
2018.3

（民国通俗小说典藏文库·冯玉奇卷）

ISBN 978 - 7 - 5034 - 9817 - 6

Ⅰ . ①白… Ⅱ . ①冯… Ⅲ . ①长篇小说 - 中国 - 现代

Ⅳ . ①I246.5

中国版本图书馆 CIP 数据核字（2017）第 289661 号

点　　校：清寒树　旷　野

责任编辑：牟国煜

出版发行：**中国文史出版社**

网　　址：http://www.chinawenshi.net

社　　址：北京市西城区太平桥大街23号　邮编：100811

电　　话：010 - 66173572　66168268　66192736（发行部）

传　　真：010 - 66192703

印　　装：廊坊市海涛印刷有限公司

经　　销：全国新华书店

开　　本：720×1020　1/16

印　　张：13.5　　字数：178 千字

版　　次：2018 年 3 月第 1 版

印　　次：2018 年 3 月第 1 次印刷

定　　价：42.00 元